10
嘆きの亡霊は
Nageki no bourei ha intai shitai
引退したい
〜最弱ハンターによる最強パーティ育成術〜
著：槻影
Tsukikage
イラスト：チーコ
Chyko

《放浪》
エリザ・ベック

ユグドラの皇女
セレン・ユグドラ・フレステル
《不動不変》
アンセム・スマート
《絶影》
リィズ・スマート

覚悟を決め、装置に近づく。装置に手を
伸ばしたところで、シトリーが叫んだ。
「待ったッ！」
「!?」
びくりと身体を震わせ振り返るセレンに、
シトリーが低い声で脅すように言った。
「まだ、嵌めてはいけません」

10
嘆きの亡霊は
Nageki no bourei ha intai shitai
引退したい
〜最弱ハンターによる最強パーティ育成術〜

CONTENTS

第10部
源神殿

Chapter X "GENSHINDEN"

Prologue 神

世界樹。それは、星の中心に存在する巨大な樹。大地の下を血管のように奔《はし》る地脈。そこに流れる力――マナ・マテリアルは最終的に世界樹に集まり、その力を世界中に分散させる。

だが、マナ・マテリアルの力で天をつくほどに成長した樹は今、漆黒の神殿に呑み込まれていた。

無数に聳《そび》え立つ漆黒の柱に、ひび割れた壁に描かれた壁画。

太古に確かに存在した異形の神を祀《まつ》り、降臨させるためのそれは、神殿であると同時に王の帰還を待つ城でもある。


世界樹に集まったマナ・マテリアルが蓄積した結果顕現《けんげん》してしまった、世界をリセットし得る災厄――【源神殿《げんしんでん》】。


探索者協会に知られればレベル10認定されるであろう、その宝物殿の最奥にある祭壇に、仮面を被った幻影《ファントム》達は整然と並んでいた。

幻影《ファントム》は過去の再現だ。現世の生き物とは異なる法則で存在している。

その姿は様々だった。この世界にも存在する犬や馬、竜などの動物や魔物型をした幻影《ファントム》に、どこか儀礼的なローブと鎧で身を固めた人型の幻影《ファントム》。それらに共通しているのは、仮面を被っているというただ一点のみ。

仮面の神の眷属《けんぞく》。そこに顕現されたのはかつて確かに存在していた忌まわしい君臨者への信仰だ。かつて世界を支配していた超越者の一柱。世界中に轟《とどろ》いていたその名も、姿も、力も、今では誰一人として覚えている者はいない、忘却された災厄。

仮面の神、ケラー。

かつて神の一柱とされたその力は世界中から集まる力を受けて尚、未だ完全なる顕現を果たしていなかったが、その意識は無数の眷属の、信徒の信仰を、貢物を得て確かに萌芽しつつあった。

黒く光沢のある石で作られた祭壇。細かな彫刻を施されたその真上に、闇があった。

一見、霧のようにも見えるそれは、ケラーの精神だ。未だ神としての力は、肉体は戻っていないが、思考能力を持ち神殿周囲の事くらいは把握できる神の卵。

深い眠りの底にあるような朦朧《もうろう》とした意識が、異常を察知し僅《わず》かに浮上する。

——眷属の気配が消えた。

マナ・マテリアルにより顕現した眷属の一軍が、唐突に現れた侵入者の一軍と相打ちになった。

本来ならば、取るに足らない事だ。戦いに参加した眷属は現在の【源神殿】の兵力の一部に過ぎない。時間さえあればいくらでも増えるし、いなくなったところで痛くも痒《かゆ》くもない。

問題は、侵入者が『唐突』に現れた事だ。

歩いて来たのならばわかる。【源神殿】とその周辺は既にケラーの体内のようなものだ。空を飛んで侵入してきたとしても、すぐにわかるだろう。だが、今回は違った。

ケラーの認識領域外から突然現れた。現れるまで、察知できなかった。少数ならば接近に気づかなかった可能性もゼロではないが、あれほどの大群だ。見逃すはずがない。

これまでは警戒に値する存在はいなかった。【源神殿】の周囲にはそれなりに高位の魔術技術を有する知的生命体がいるし亜神に近い精霊《エレメント》も存在するが、その程度ならば問題なかった。

いくら完全な復活を果たしていなくても、ケラーは神だ。眷属もそれなりに増えているし、敵などそうそういるものではない。

だが、相手が同じ神格を持つ存在ならば話が別だ。

遠距離から空間を飛び越え移動する空間跳躍は神の領域に限りなく近い。

ほとんど力の戻っていないケラーには同格の相手と戦うだけの力はない。今はまだ。

判断に割いた時間は極僅かだった。控える眷属達に命令を、神託を与える。

少しでも時間を稼ぐのだ。

【源神殿】に流れる力は膨大だ。完全なる復活は遠くても肉体を取り戻すのに時間はかからない。

さて、どうしたものか。

自然豊かなユグドラの街を仲間達と歩く。青々と茂る大樹に作られた家々に、咲き乱れる草花。空は快晴、降り注ぐ陽光がぽかぽかと暖かく、『快適な休暇《パーフェクト・バケーション》』を着ていない状態でもかなり快適だが、いい考えは何も浮かばなかった。

石化したルークが宝物殿に突っ込み行方不明になってから一週間。状況は停滞していた。

元々、クライ・アンドリヒという人間は考えるのが苦手だ。巷《ちまた》では神算鬼謀《しんさんきぼう》の《千変万化《せんぺんばんか》》などと呼ばれているが、僕の決定が良い方向に転がったことなど余りない。

「まったく、ルークちゃんったら……相変わらずなんだから――」

「石化状態で動くなんてどういう理屈なんでしょうね」

リィズとシトリーが呆れたように会話を交わしている。ルークが石像のまま最悪の宝物殿の中に入ってしまったというのに、凄い余裕だ。

こちらが動きを止めていたのは宝物殿やアドラー達、そしてルークの様子を見るためだった。

今回の相手は世界でもほとんど存在しないレベル10相当の宝物殿と、魔物を操る未知の力を持つ賊なわけで、どれだけ警戒してもし足りない。こちらの戦力も、《嘆きの亡霊《ストレンジ・グリーフ》》のフルメンバーと《星の聖雷《スターライト》》、伝説の都ユグドラの皇女と過去見ない程の充実っぷりなのだが、敵が余りにも強大過ぎであった。

なんだか少しずつ敵のレベルが上がってきている気がするんだけど、気の所為《せい》かな？

状況の推移を見守るのは僕の数少ない得意分野だ。

ルークならば勝手に戻ってきてくれるかなーとか思ったりもしていたのだが、どうやらそううまくはいかないらしい。

「にしても、そろそろ動くべきでは？　リーダー。一週間経っても戻ってこないんだから、ルークさんを助けに行くべきでしょう」

「そうだねえ……」

セレン達には一週間という期限を切って様子を見ると約束していた。マナ・マテリアル酔いで倒れていた幼馴染達も無事復活したし、そろそろ新たな手を打つべきだろう。

シトリーがぐっと手を握り、世界の危機に直面しているとは思えない笑顔で言う。

「そうそう。ルークさんにはもう十分チャンスを与えたと思います！　次は私にチャンスをください！　私の成果をクライさんに見ていただける事なんて滅多にないので!!」

「あ、はい」

思わず頷いてしまう。きらきらした笑顔に負けてしまうのは昔からの悪い癖だ。

ただ流されるままにされた首肯に対して、シトリーはうっとりしたように言う。

「マナ・マテリアル攪拌《かくはん》装置……危険だったので実験も余りできていなくて……でも、私達の計算は完璧です。こういう時のために、装置の製造もできるだけ簡略化したんですよ！　【白狼《はくろう》の巣】での成功例も一応あるし――まあ今回は宝物殿の強化じゃなくて弱化という違いはあるし、地脈を流れるマナ・マテリアルの量も雲泥の差ですが、絶対に今回も成功させてみせます！　クライさんにもきっとご満足していただけるはずです!!」

「シト、あんたもう一回くらい捕まった方がいいんじゃない？　ねー、クライちゃん？」

リィズが同意を求めてくるが、コメントは差し控えさせていただく。

僕にできるのはシトリーを信じて全て任せる事くらいだった。如才《じょさい》ない彼女ならばこの状況もなんとかしてくれるだろう。今回はダメじゃない方のシトリーだったらいいんだけど――。

まぁ、捕まった方がいいは言い過ぎだと思うよ？　シトリーも研究の話になるとちょっとやりすぎな感じはあるけど、捕まるような悪事は犯していないはずだ。犯していないと思いたい。

この中で一番の年下で且《か》つ、巻き込まれるような形で連れてこられたティノを見る。

ティノはシトリーの言葉を聞き、何故か青ざめていた。

じっと見ていると目と目が一瞬合い、さっと視線を逸らされる。もしかしたらシトリーの提示した作戦について僕ではわからない危険性を感じ取ったのかもしれない。

僕にはシトリーの作戦の危険性は余りわからないが、状況が依然として厳しい事はわかっているつもりだ。最初と比べてルークの石像が手元にない分だけ悪くなってすらいるかもしれない。

僕にできる事は相変わらず何もなかった。だが、何もできないからこそ、せめてティノ達が不安にならないように自信に満ちたハードボイルドな態度でいるべきだ。

それは、《嘆きの亡霊《ストレンジ・グリーフ》》のリーダーとして僕に課せられた数少ない役割だった。

シトリーに負けない笑顔を作り幼馴染達をくるりと見回すと、僕は努めて明るい声で言った。

「レベル10宝物殿――神の幻影《ファントム》と戦うせっかくの機会だ。研究成果に自信もあるみたいだし、指揮はシトリーに任せるよ。僕もできるだけ後方からサポートするから、頑張ってごらん」

まぁ、シトリーの策が万が一ダメでも僕にはまだ切り札が残っている。リィズが駆け足で帝都に戻ってアーク達を呼んでくるのだ。

帝都まではそれなりに距離があるし、アークも忙しいので帝都にいるかどうかもわからない。

不確定要素の多い作戦だが、相手は神なのだ。こちらも神をぶつけるしかないだろう。

第一章　枯らす者

ユグドラの中心部に存在するセレンの屋敷。作戦室を兼ねた広々としたリビングに今、メンバーが勢揃いしていた。

古より世界樹を守る役割を課せられてきたユグドラの皇女にして、現在のユグドラで最も優秀な魔導師《マギ》。セレン・ユグドラ・フレステル。

帝都ゼブルディアでも名の知られる精霊人《ノウブル》のパーティ。平均レベルこそそこまで高くはないものの、優れた魔導師《マギ》が揃う《星の聖雷《スターライト》》。

高い戦意と珠玉の才能。高レベルの宝物殿を求めて世界中を周《まわ》り、ほぼ百パーセントに近い依頼達成率と悪名を誇る《嘆きの亡霊《ストレンジ・グリーフ》》。

《始まりの足跡《ファースト・ステップ》》の有望な若手。可哀想なティノ。

魔導師《マギ》の数が多めだが、大抵の宝物殿ならば攻略できる錚々《そうそう》たるメンバーだと言っていい。

だが、室内には閉塞したような重い空気が漂っていた。

前回のルーク解呪作戦で【源神殿《げんしんでん》】の恐ろしさがわかったというのもあるし、僕が一週間様子見を決定したからというのもあるだろう。別に勝手に行動する分には何も言うつもりはないのだが、優秀なハンターたるもの統制も取れているという事らしい。

ラピスが鼻を鳴らし、相変わらず居丈高《いたけだか》に言う。

「ふん。何を待つのかと思えば、なんら状況に進展なく一週間が過ぎ去ったか。貴様にしては珍しいのではないか？」

「…………まぁ、無駄ではなかったよ。さっさと世界樹の暴走を止めたい皆には歯がゆかったかもしれないけど――」

そもそも、僕がこういう状況で待機を選ぶのは別に珍しくもないけど。

「いえ……構いません。それが最終的な勝利に繋がるのであれば。手段はなんであれあれほどの幻影《ファントム》の軍勢を倒したのは事実――勝つためならこちらの感情など些事《さじ》にすぎません」

【源神殿】で軍勢を倒したのは僕ではなく《千鬼夜行《ナイト・パレード》》だとはっきり教えたはずなのだが、どうやらセレンにはそんな事関係ないらしい。

目の下に張り付いた隈《くま》。一週間待機していたはずなのに、セレンの表情には色濃い疲労が見えた。

恐らく、僕が様子見を決めてからのんびり休んでいる間も働き続けたのだろう。

ユグドラの皇女であるセレンの華奢《きゃしゃ》な双肩にかかる重責は一クランマスターの僕にはわからないが……今にも倒れそうだな。休む能力は僕の方が高いようだ。

そこで、様子見中も幾度となく【源神殿】の調査を行っていたらしいエリザが疲れ果てたようにため息をついて言う。

「現在の状況を整理する。結論から言うと、現在の【源神殿】に正面から侵入するのは不可能」

「へー、はっきり言うね」

ルークの解呪作戦を決行する前も宝物殿の調査は何度も行っていたが、エリザが侵入不可能と言い切る事などなかったはずだ。

僕を見て、エリザが少しだけ責めるような口調で言う。

「ルークの解呪作戦から日々警戒は強くなっていたけど、今では目視できる距離に近づく事すら難しい。統制も取れているし、絶対にバレる」

「さすが神殿型宝物殿、幻影《ファントム》の質もこれまでとは違うって感じねぇ」

リィズが感心したように言い、ティノが落ち着かなさげにきょろきょろする。

それは、人間や魔物相手ならばともかく幻影《ファントム》相手では余り発生しない現象だった。

幻影《ファントム》は生き物ではない。過去の再現である彼らは種の保存を目的とせず、消滅への恐怖も薄く、そして、親から生まれたわけではないが故に、帰属意識というものも希薄だ。

トレジャーハンターが幻影《ファントム》の跋扈《ばっこ》する宝物殿に侵入できるのも、幻影《ファントム》達が基本的に個々で動いているからである。唯一、侵入者への敵意は皆が持ち合わせているので知性の高い幻影《ファントム》同士が徒党を組む事もなくはないが、それらはだいたい数体から多くても数十体程度であり、軍勢というレベルまで大きくなる事はまずない。

「クー、あの幻影《ファントム》達は恐らく、一体一体生まれたものじゃない。あれは群にして個。統制などというレベルじゃない。今の彼らは高い知性を持ち、明確に私達を敵と見なして待ち構えている。でも私が侵入不可能と言った理由はそこじゃない」

エリザが大きくため息をつくと、その美しい薄紫色の目でじっとこちらを見て言う。

「今日確認したら……宝物殿を取り囲むように強力な結界が張られていた。《星の聖雷《スターライト》》やルシアが全力で攻撃魔法を放ってもほぼ傷つかない——そういう類の結界が」

セレンが目を見開く。予想外の言葉に、僕も息を呑む。

宝物殿に強力な結界が張られる。なくはない話だが、宝物殿全体をぐるりと囲むとなると話が違うし、それが《星の聖雷《スターライト》》やルシア程の魔導師《マギ》の全力でも破れないともなると例がない。

「私の見立てでは、恐らく現代の魔術体系による結界ではない。宝物殿をぐるりと囲んでいて隙がないし、精霊人《ノウブル》でもあの魔法を解析するのは時間がかかる、と思う。固いとかではなく、恐らく攻撃が一切通っていない。多分……空間が遮断されているんだと、思う」

空間遮断。厄介な情報に、ラピスが不機嫌そうに言う。

「空間遮断、か——ふん……一瞬ならばともかくそれが長時間持続するとなると、エリザの言う通り現代の魔術で張れる類の結界ではないな。仮に休みなくずっと張り続けられるのならば、奴らの能力は我々の想像を絶している」

「…………恐らくユグドラが生み出した神樹廻道《しんじゅかいどう》と同じ——世界樹に流れ込む力を転用しているのでしょう。魔力《マナ》が切れる事もないはずです」

セレンが深刻そうな表情で考えを述べる。

「それだけ、こちらを警戒しているという事なんだろうけど——あれでは誰も中に入れない」

強いくせに油断もしないなんて、なんという賢い幻影《ファントム》だ。【迷《まよ》い宿《やど》】の幻影《ファントム》のように愉快でもないみたいだし、絶対に戦いたくない相手だ。

もしかしたらルークもそれで戻って来られないとかだろうか？　……いや、ないか。障壁張られていたのって今日からみたいだしね。

皆が沈黙する中、口火を切ったのは意外な事に、クリュスだった。

白い目でこちらを見て言う。

「ヨワニンゲン、オマエどういうつもりだ、です？　相手が結界を張るまで待つなんて――」

「……え？」

結界を張るまで……待つ？　僕が？　なんで？

空間を遮断する結界を張り巡らせる宝物殿なんて前代未聞だ。そもそも過去の残滓《ざんし》である幻影《ファントム》の考えなど読めるわけがない。

目を丸くしていると、クリュスが唇を尖らせて言う。

「前々から、何か作戦があるなら言えと言っているだろ、です！　リーダーだからって何やってもいいと思ってもらっては困るぞ、です！」

「!?　えぇ!?　こ、ここまで作戦通りなんですか……神算鬼謀《しんさんきぼう》とは聞いてはいましたが――」

なんかクリュスの僕の評価って高いんだよなぁ。

こちらの作戦だと疑わないクリュスの純粋な眼差しにセレンが騙されていた。相手が万全の態勢を整えるまで待つとか、ちょっと考えたらありえない事だとわかるだろうに――。

リィズをちらりと見ると、リィズが呆れたような表情でこれみよがしにため息をついてみせる。

「ま、クライちゃんを常識で測ろうとするなって事よ。後ろ盾もなく普通に活動してて、この年齢でレベル8になれるわけないでしょお？」

「ますたぁは、神！」

…………いや、僕がレベル8になったの、リィズ達が頑張りすぎたからなんだけど――。

「まぁ、僕はやれる事をやるだけだよ。往々にしてそういう基本的な部分が重要なんだよ」

つまり何を言いたいかというと、無理だったらあっさり諦めるという事です。

半端な笑みを浮かべる僕に、セレンがチラチラと周りを確認し、慌てたような声をあげる。

「ユ、ユグドラにも……一応、空間遮断をなんとかするための術はあります」

すごく焦っている。別にそういうつもりじゃなかったのだが――。

セレンは大きく深呼吸をすると、真剣な表情を作り、僕を見る。

切れ長の目に透明感のある瞳。目の下には濃い隈が張り付き、その表情には明らかな疲労が見えたが、《星の聖雷》《スターライト》の精霊人《ノウブル》と比べても一際美しい。

覚悟を決めたような、悪く言えば切羽詰まったような表情。神の復活までまだ後百年もあるというのに、いつから彼女はこんな表情を作り続けているのだろうか？

セレンは一度小さく咳払いをすると、自分の胸に手のひらを当てて言う。

「ユグドラには――空間転移のための秘術があります。この秘術ならば空間遮断の結界を飛び越えて世界樹まで人を送り込めるはずです。もっとも、そう何度もは使えませんが……」

空間転移……ほとんど使い手のいない伝説めいた魔法だ。ルシアでも使えなかったはず。

　だが、喜ぶのは早い。強力な魔法には代償が伴うものだ。じっと見る僕に、セレンが続ける。

「デメリットは……消耗の大きさです。私が全力を振り絞っても、一度に送り込めるのはせいぜい一人、一度使用すれば私はしばらく動けなくなるでしょう」

「…………………うんうん、ダメだね」

「…………え？」

　セレンが鳩が豆鉄砲を食ったような表情を作る。

　見ちゃいられないな。さすがの僕でもダメ出しするレベルだ。

　僕でもはっきりわかるくらい論外である。一人しか送り込めない時点で話にならない。

　あんな危険な場所に一人で送り込まれて喜ぶのはうちのメンバーだけだし、仮にルークの石像を救出できたとして、セレンが動けなくなっていては、誰がルークの解呪をするというのか？

　そんな余裕があるならその術で僕をおうちに帰してください。

　僕は深々とため息をつくと、ハードボイルドな表情を作り言った。

「セレン、こんな事は言いたくないが、君は少し…………視野が狭くなっていると思うよ。何のために様子見の時間を取ったと思っているのさ？　もうちょっと肩の力を抜かないといいアイディアも浮かばない」

　まぁ、セレンを休ませるために様子見期間を取ったわけじゃないんだけどね。

「!?　…………わ、私は、ユグドラの最後の皇族ですよ？　私には、世界樹の管理者として、異常を解決する、責任があります」

セレンの頬には朱が差し、その声は震えていた。まったく、僕などではなく、彼女にこそ快適な休暇《パーフェクト・バケーション》が必要だ。

百年も時間があるんだから数年くらい休んでも誰も文句は言うまい。

「……そんな事いったら僕はクランマスターなんだからクランを円滑に運営する責任があるよ」

「？？？」

でもその責任をエヴァやその他のメンバーに全部押し付けて、こうしてのうのうと生きている。高レベルハンターとしての責任も全然果たしていないし、何なら任命した奴らが悪いと考える始末だ。

僕とセレンの責任感を足して二で割ったら丁度良くなるだろう。

彼女は確かに超優秀な魔導師《マギ》なのだろうが、言っちゃ何だが今回は余り期待していない。何しろ今回の件はユグドラの魔導師《マギ》達が何百年も使って全力を尽くしてもどうにもならなかったわけで――。

そして、自分ではどうにもできない事件に巻き込まれる気持ちが、いつも似たような目に遭っている僕にはとてもよくわかるのだ。僕が今回の異変を解決するような能力を持っているわけでもないので任せてなんて言葉は口が裂けても出せないが、少し精神的な負担を減らすくらいはできるはずだ。

何度も言うが、こういう時に重要なのはどれだけ内心不安でも、表面上だけは自信満々な態度を作ることである。おどおどしていてはうまくいくものもいかない。開き直りとも言う。

「一人しか転移できないんじゃ余り役に立たないし、セレンはしばらく大人しくしてなよ。凄い隈ができてるし、ちょっと寝たら？　後から何か協力してもらう事もあるかもしれないし――」

もしも休み方を忘れてしまったのなら、快適な休暇《パーフェクト・バケーション》を貸してあげてもいい。僕が快適じゃなくなってしまうが、まぁゲロ吐きそうになるのは慣れてる。

セレンは一瞬唖然としたが、すぐに顔を赤くして詰問でもするかのように叫ぶ。

「わ、私が……このユグドラの皇女である私が、役立たずだ、と、そう言うのですか!?　貴方にどんな力がある、と？」

そんな事言ってないじゃん…………いや、言ってたかな？

僕はニヤリと笑みを浮かべると、無意味に自信満々に言った。

「今回の主役は別にいるって言ってるんだよ」

僕に力があるとするのならばそれは――コネだ。どんな時でも折れない強い仲間だ。

僕の出番はここまでだ。役割は果たしたし、後は案山子《かかし》になる事にしよう。

シトリーに視線を向けると、シトリーは花開くような笑みを浮かべ、よく通る声で宣言した。

「はい。私が主役ですッ!!」

「!?」

僕は気づいていた。結界の話をしている最中もずっとシトリーの目が輝いているのを。

持つべきものは頼りになる幼馴染だな。

仕事を終えた気分でにこにこしていると、シトリーが熱のこもった声でプレゼンを始める。

「私はこういう事もあろうかと、前々からマナ・マテリアルや地脈を操作するための研究を進めてきました。クライさんの提案を受けて――その研究成果の一つに、丁度こういう事態にぴったりのものがあります。マナ・マテリアル撹拌《かくはん》装置というのですが――」

へー、僕の提案を受けて、ねえ。そこは初耳だなあ……そんな事あったっけ？

いくら思い返しても提案した記憶はないのだが、シトリーが言うのだから提案したのだろう。

成果物を実戦投入するのが楽しいのか、シトリーの頬は紅潮しその声は弾んでいる。

「地脈に仕込む事で目に見えないマナ・マテリアルを撹拌させ、流れるマナ・マテリアルを増減させることができるのです！　まだ実験は足りていませんが、実際に一つの宝物殿を変える事ができました。これを活用すれば、空間遮断の結界なんて関係ありません。世界樹に流れるマナ・マテリアルを大きく減少させ、【源神殿】を弱らせる事ができるはず……いや、できます！」

「…………待った。おい、それ犯罪だろ、です」

クリュスの発言に、場が静まり返る。

無数の視線がにこにこしているシトリーに向けられる。

犯罪、犯罪ねぇ…………………た、確かに！

マナ・マテリアル操作関係は研究だけでもゼブルディアで最も重い罪である十罪《じゅうざい》に問われるし、他の国でも大抵禁止されている。リィズがさっき言っていた捕まったほうがいいってもしかして――。

…………いやいや、冷静に考えよう。シトリーは何かとそつのない子だし、罪に問われるような研究をするような子ではない。ないはずだ。余り重い罪になるような事はやらないんじゃないかな……多分。それに、よしんば罪に問われる類の研究だったとしても、彼女は顔が広いし、プリムス魔導科学院を始めとした各機関に顔が利く。きっと特別に許可を貰って研究したとかだろう。

「まぁまぁクリュス、落ち着いて。シトリーが許可もなく違法な研究なんてするわけないだろ。そもそもいくらシトリーでもそんな研究、一人でこっそりするのは難しいだろうし……」

「………十罪に違反してるんだぞ、です。どこの誰がそんな研究、許可するんだよ、です」

ごもっともな意見だな。僕もちょっと想像がつかない。

クリュスが胡散臭《うさんくさ》いものでも見るかのような表情でシトリーを見る。

シトリーは自信満々に胸を張って言った。


「そりゃもちろん…………クライさんです！」


!?　僕に何の権限があるって言うんだよ……それに許可なんて出した記憶はない。

クリュスが愕然とした様子で僕を見る。

シトリーには全く嘘をついているような様子はなかった。どうやら心の底から僕が許可を出したと思っているようだ。頭の回転が速く記憶力も優れているシトリーにそんな表情をされると、なんだか僕が間違えているような気さえしてくる。

もしかして忘れているだけで許可、出してた？


「…………」

過去の自分すら信じられずに沈黙する僕に、クリュスが眉を顰《ひそ》め口を開きかける。そこで、セレンが割って入ってきた。

「待ってください。今は法など気にしている場合ではありません。世界に破滅の危機が迫っているんですよ!?」

「……早くて後、百年後だよ」

「そう！　たった百年しかないのです！　もとより、多少の危険は覚悟の上です」

いや、まぁ、そういうつもりではなかったんだけど………確かにシトリーの策が不可となった場合でも代替案《だいたい》はない。アーク呼んでくれば空間遮断の結界も切り裂けるかな？

セレンの言葉に感化されたのか、《星の聖雷《スターライト》》のメンバー達が口々にセレンの言葉に追従する。

「セレン皇女の言う通りだ。今はニンゲンの作ったルールに囚われている場合か」

「神の顕現《けんげん》を黙ってみているわけにはいかない。ニンゲンにも被害が出るんだぞ？」

「そ、それは………」

口ごもるクリュス。そこで、とどめでも刺すかのように、ラピスがこちらを見て言った。

「それに……ふん。何を心配している、クリュス。この男はあらゆる事件に首を突っ込み、全てを収めて見せた《千変万化》だぞ？　貴様が我々に言ったんだ。この男は信頼に値する、と」

「はぁ!?　そ、そんな事言ってない、です！」

クリュスが素っ頓狂《すっとんきょう》な声をあげて僕を見る。彼女は本当に少し警戒心というものを持った方がいいと思う。酷い事に巻き込んだ記憶しかないのに……。

何を隠そう僕は自分自身の事を信用しきれていないのだが、そこまで言われたからには信頼に応えられるよう最善を尽くすしかない。どちらにせよ選択肢はないのだ。

小さく肩を竦《すく》めると、僕は笑みを浮かべたまま静かに待っている幼馴染に言った。

「どうやら話はついたようだね。シトリー、説明、頼んだよ」

「はい。お任せください！　クリュスさんも、心配ありません。理論上は絶対うまくいくはずです。装置の用意はないので作るところからやらなければなりませんが、製造方法もしっかり頭に入っています！　簡単ではありませんが！」

理論上は、か。作るところから、か……なんだか前途多難だなぁ。

きらきら輝く瞳。拳を強く握りしめ、言い切るシトリー。

犯罪と聞かされてちょっと正気に戻った僕に、リィズがこそこそと話しかけてくる。

「クライちゃん、シト、なんか変なスイッチ入っちゃってるけどこれ大丈夫かなあ？」

今回のシトリーはダメなシトリーなのか大丈夫なシトリーなのか、判断が難しいね。


かくして、マナ・マテリアル撹拌装置を使った地脈の弱化作戦が始まった。

「少し時間がかかりますが、神を相手にするよりはずっと楽なはずです」

そう前置きした上で提示されたシトリーの作戦は単純明快だった。

この星を巡る地脈の中心――世界樹。過剰に蓄積したマナ・マテリアルにより顕現した推定レベル10宝物殿【源神殿】は、地脈を通して流れ込んでくる膨大な力によって保たれている。

宝物殿はその維持にも力が必要なので、流れ込むマナ・マテリアルの量さえどうにかできれば宝物殿は徐々に力を失い、最終的には消失する。それは、極稀《まれ》な現象ではあるものの大規模な地殻変動などで地脈の位置が変わった際などに実際に発生している現象でもあった。

「これまでの研究で宝物殿についてわかっている事があります。強力な宝物殿程、マナ・マテリアルの供給が滞《とどこお》った時の消滅速度が速い。そして更に!! 宝物殿にマナ・マテリアルの供給がなされなくなった時、宝物殿は幻影《ファントム》をマナ・マテリアルに戻して場を保とうとする傾向にあります。【源神殿】は現時点でかなり長い時間マナ・マテリアルを蓄積しているようですが、それでも流れ込むマナ・マテリアルさえ断つ事ができれば、幻影《ファントム》も強力な結界もすぐに保てなくなるはずです。理論上は! ですよね、クライさん?」

「うんうん、理論上は、ね」

「うーむ……」

「理論上は」を連呼するシトリーに、アンセムがどこか不安げな唸り声をあげる。

何だかシトリーの興奮に比例するようにセレンの表情が不安げに変わっていっているが、他に名案もないのだ。シトリーの提案を否定するなら代案を出してもらおうか(やけくそ)。

「私が所属していた研究所で開発されたマナ・マテリアル撹拌装置は地脈に流れるマナ・マテリアルに作用し、本来地殻変動でしか発生し得ない地脈の変化を再現します。この作戦にはフェイズが二つあります。第一フェイズで行わなくてはならないのが、装置の作製と、フィールド調査です」

第一フェイズか。先が長そうだなぁ。皆、頑張れ頑張れ!

「装置は適当に設置しても意味がない……どころか、逆効果になる可能性もあります。装置を設置する場所は私が計算しますが、場所を適切に導き出すためには【源神殿】周辺のフィールド調査を行い大地に流れる力の多寡《たか》や地脈の構造を知る必要があるのです」

幻影《ファントム》の跋扈《ばっこ》する森を調査しなくちゃならないのか……簡単ではなさそうだな。

セレンが世界樹を中心とした周辺の地図を持ってくる。

世界樹が存在するのは大樹海のど真ん中だ。マナ・マテリアルも相応に濃いし、視界も悪い。魔獣や幻獣も出現するはずだ。いくら精霊人《ノウブル》が森の探索に慣れていたとしても限度というものがある。

戦力も《嘆きの亡霊《ストレンジ・グリーフ》》と《星の聖雷《スターライト》》だけだ。出発前は心強いと思っていたが、どうして皆強くなっているはずなのにいつもハントが大変なのか理解に苦しむ。

「チームを分けましょう。フィールド調査するチームと、装置の製造をするチーム。装置の製造は私にしかできないので、私と、サポートをしてもらいたいのでルシアちゃんは製造チームです。フィールド調査は範囲が広いですし、危険性も高いのでなるべくそちらに戦力を割きたいですね」

その言葉に、ラピスが仲間達をちらりと確認し、地図に視線を落とす。

世界樹は本当に大きかった。どのくらいの範囲を調べるのかわからないが、幻獣・魔獣に対応しながらでは歩くだけでも一苦労だろう。

「ということは、他のメンバーが調査か。だが……これほどの範囲を調べるには人手が足らんな」

「そもそも、大地に流れる力を計測するってどうやる感じ？　なんとなく力が強いところくらいはわかるかもだけど、正確な情報が必要なんでしょ？　私やティーには難しそうなんだけど？」

「いや……我々精霊人《ノウブル》でも難しい。我々には魔力《マナ》は見えるがマナ・マテリアルが見えるわけではないからな」

「そこまで厳密な数値は必要じゃありませんが——うーん……どの辺りに太い地脈が存在するのかく

らいは必要ですね」

「魔物はどうする？　です。さすがにここまでマナ・マテリアルの濃い場所だと現れる魔物の力も半端ないぞ、です」

完全に置物になっている僕の前で侃々諤々《かんかんがくがく》の論争を始めるシトリー達。

早速課題が見つかったようだが、先程までのやや閉塞したような空気は薄れていた。

議論を重ねれば解決策も見つかるだろう。仲間が優秀だと本当に助かる。

まぁその区分けだと僕は……製造チームかな。戦闘力もないし、マナ・マテリアルの流れを見る眼を持っているわけでもないし、そもそも割と方向音痴だ。ここまで調査に適性のないハンター、なかなかいないだろう。製造チームでできる事も応援くらいだろうけど。

と、そこでちょっとトイレに行きたくなって立ち上がる。

話し合いの最中に申し訳ないが、どうせ議論に参加していないし、僕はいなくてもいいだろう。

「ごめん、ちょっと出てくるよ。すぐ戻ってくるから」

早足で部屋を出て、トイレに向かう。

トイレは玄関のすぐ近くだ。すでにユグドラに来てから何度もこの屋敷にはお邪魔している。

大木の上に作られたセレンの屋敷は帝都の貴族の邸宅のように広くはない。鼻歌を歌いながらトイレにたどり着き、扉に手をかけようとしたその時、不意に玄関の扉が勢いよく開いた。

「待たせたようだね、《千変万化《せんぺんばんか》》」

大きな音に思わず固まり、ゆっくりそちらに視線を向ける。

そこにあったのは、見覚えのある、そして二度と見たくなかった顔ぶれだった。

人数は三人。先頭に立ったのは、野性味溢れる格好をした女だ。

背に負った漆黒の槍。鋭い双眸《そうぼう》に唇に塗られた黒いルージュ。

一週間前、突然【源神殿】に出現して幻影《ファントム》の一軍と戦ったと思ったらいつの間にか消えていた賊――アドラーは双眸を細めにやりと笑みを浮かべると、手鏡のような物を持ち上げ、声高く叫んだ。

「ふふ……喜びな、あんたに私の師匠をやらせてやるよ！」


トレジャーハンターという職業に「絶対」はない。

ラピス達《星の聖雷《スターライト》》が故郷の森を出てハンターとなってから随分経った。

ハンターの仕事は未知との遭遇の連続だ。低レベル宝物殿ならば力によるごり押しも可能だが、レベルが高くなってくると幻影《ファントム》の力もギミックも一筋縄ではいかないものになってくる。

高レベルハンターに最も必要とされる力――対応力。どうにもならない事態に陥った時、そのハンターの真価が問われるのだ。

そういう意味で、今回ユグドラにやってきた者達は間違いなく一流だ。帝都で若手最強ハンターパーティの一つとして知られる《嘆きの亡霊《ストレンジ・グリーフ》》は当然だが、ラピス達《星の聖雷《スターライト》》もニンゲンの世界で数々の依頼をこなしてきたという自負がある。

だが今、古くからユグドラに伝わるという地図を前に、全員が難しい表情を作っていた。

地図は世界樹を中心に、ユグドラ含む近辺を記したものだ。大雑把な地図のようだが、それだけでも世界樹の大きさと必要な調査範囲の広大さがわかる。

シトリーの出した作戦は単純だが、越えなければならないハードルがいくつかあった。

跋扈する強大な幻獣・魔獣や、こちらを警戒しているであろう幻影《ファントム》の存在も問題だが、真っ先に解決せねばならないのは――。

「ふん…………厄介な問題だな。地脈を見極めるのは我々でも難しい」

「セレンさんは一人しかいませんしね……」

シトリーがセレンをちらりと見ると、困ったように眉を寄せて言う。

最初の問題。それは、地脈の様子を見極められるメンバーが足りない事だ。

そのメンバーは世界樹周辺に生息している幻獣・魔獣の襲撃を切り抜けるだけの実力を持ち、地脈とそこに流れるマナ・マテリアルの多寡を判断できる能力を持たねばならない。

前者はともかくとして、後者のスキルを持っているのは、この中ではユグドラの皇族として特殊な目を持つセレンだけだ。

精霊人《ノウブル》も魔力《マナ》を見通す眼は持っているが、対象がマナ・マテリアルとなると話は違ってくる。

マナ・マテリアルは魔力《マナ》の源と言われているが、魔力《マナ》そのものではない。時間をかければ魔力《マナ》の多寡からでも地脈を割り出すことはできるかもしれないが、強力な魔獣が蔓延《はびこ》る森で悠長に見定めている時間はないだろう。

いくら人数がいても、見極める力を持つ者がいなければ結局セレンが森中を駆けずり回りその眼で地脈を確認していく羽目になる。余り現実的な話ではなかった。

そもそもシトリーはどうやってその問題を解決するつもりでその策を提案したのだろうか？

ラピスの疑問を見透かしたかのように、シトリーが言った。

「実は……ユグドラにそういう情報があったら、と思ったのですが……マナ・マテリアルに関する技術はユグドラの方が上みたいですし、神樹廻道の術式を作るのにも必要な情報のはずです」

シトリーの視線を受け、セレンがため息をつく。

「五百年前のものならば……あるのです。ですが、世界樹の周辺は地脈が密集している関係で力の流れがよく変わるので」

「力の流れが変わる…………それでは長く調査に時間をかけるわけにもいきませんね」

「んー…………私が背負って走ろっか？」

「!?　め、めちゃくちゃ言うな、です！　そもそもリィズが全力で走ったらセレンがばらばらになるだろ、です！」

「世界樹周辺はとても危険。さすがの《絶影《ぜつえい》》でも人を背負って走るのは現実的ではない」

とんでもない案を出してきたリィズにクリュスがつっこみ、エリザが窘《たしな》める。

ラピス達もユグドラに向かうにあたり準備はしてきたつもりだが、さすがにこんな事になるとは想像していなかった。

そしてもちろん、錬金術師《アルケミスト》として名高いシトリーもここまでは想定していなかったのだろう。

シトリーが深々とため息をつき、しぶしぶ言う。

「周辺の地脈全てを調べるのは難しそうですね。後はセレンさん一人でどの程度の精度で調査できるか？──調査の精度が高ければ高い程、適切な場所に装置を設置できるんですが」

「………そう言えば、装置の設置場所が適切じゃなかったらどうなるんだ、です」

「……まぁ色々考えられますが──最悪の可能性としては、世界樹に蓄積するマナ・マテリアルの速度が加速する、とか？」

思いもよらぬ回答に仲間達が目を見開く。

神の顕現を止めようとして早めてしまっては本末転倒だ。

少しでも調査の精度をあげるべく、皆が次々に意見を出していく。

「空から確認するとかどうでしょう？　カーくん──マスターの空飛ぶ絨毯《フライング・カーペット》もありますし」

「うーむ……」

「難しいだろうな。周囲は森だ、木々が邪魔で上空からでは大地が見えん。それに、空から確認すれば目立つだろう。地上からの攻撃の格好の的だ」

「……いっそ、森を全て焼きますか？」

「!?　ルシアさん、じょ、冗談だよな、です」

「も、森を焼くなんてなんて事を………」

作戦も何もない提案に、セレンが野蛮な者でも見るような目をルシアに向ける。他にもクリュス含む仲間達からの視線を受け、自分がどれほど非常識な事を言ったのか気づいたのか、ルシアは恥じ入るように頬を染めた。

もしかしたらルシアはラピスが考える程、理性的ではないのかもしれない。

シトリーがふぅと小さく息を吐き、言う。

「そもそも、森を焼くなどすれば宝物殿の幻影《ファントム》が私達の動向に気づき何らかのアクションを取ってくるかもしれません…………余り賢いとは言えませんね」

「…………くっ」

様々な意見が出るが、ラピスから見ても決め手にかけた。

そしてこれはまだ作戦の最初なのだ。明らかに困難な作戦だった。

今はセレン一人でどうやって地脈調査をするのかに焦点を当てて話し合っているが、そもそも【源神殿】の周囲を歩くだけでも相当危険である。盗賊《シーフ》だけならば歩けるかもしれないが、人数が増えれば隠密《おんみつ》行動も難しい。護衛にどれだけの戦力を費やす必要があるのかもわからない。

これは知恵や策などでどうにかなるような問題ではない。根本的な問題だ。

そこで、ティノがきょろきょろと周囲を見回しながら手を挙げた。

「あのお……マスターが来てから改めて相談する、などどうでしょう？」

「ティーちゃん……それは今言っちゃダメ！　それに、クライさんの思考を追うことも一つの勉強になるんだから！」

「クライちゃんばっかり頼ってたら頭が鈍るだろ!!」

「!?　ご、ごめんなさい、お姉さま……」

シトリーとリィズの叱責にティノが身を縮める。

こういう状況でこそ真価を発揮する男は、ちょっと出てくると言って部屋を出たまま、まだ戻って来ていなかった。シトリーに説明を任せてからはずっと黙ったままだったし、相変わらず何を考えているのかわからない。だが、そもそも、この作戦も《千変万化》が一枚噛んでいるのは間違いない。ならばこの問題についても把握しているはずだ。

一番《千変万化》の事を知っているであろう、妹のルシアが眉を顰めて言う。

「…………確かに、今回リーダーはいつもより沢山の宝具を持ってきていますし、この状況をなんとかする方法もあるかもしれませんね」

「……ヨワニンゲンは妙な宝具をたくさん持ってるからな、です。皇帝の護衛の時も宝具を見せびらかしてきたし」

「宝具程度でこの状況を打開できるとは思えんが……ふん。宝具コレクター、か……複数の宝具を組み合わせればどうにかできるのか？」

確かに、常人でもマナ・マテリアルを視認できるようにする宝具か、遠距離から自由に地脈の様子を確認できるような、都合のいい宝具でもあればこの状況もなんとかなるかもしれない。

ラピスが知る限り、そんな宝具は存在しないが――。

と、そこまで考えたところで、ちょうど《千変万化》が戻ってきた。

相変わらずの覇気のない不思議な佇まい。皆の視線が一斉にそちらに向き、《千変万化》がぴくりと眉を動かす。

シトリーが手を合わせて尋ねる。

「お帰りなさい、クライさん。用事はなんだったんですか？」

シトリーの問いに《千変万化》は深々とため息をつくと、肩を竦めて言った。

「んー……トイレ。ついでに弟子？　も連れてきた」

「!?　え？　弟子？？」


何の話をしているんだ？　このニンゲンは。

目を見開き言葉の意味を考えるラピスの前で、《千変万化》の背後から予想外の姿が現れる。

「おうおう、失礼するよ。面白い事をやっているらしいじゃないか」

「!?　はぁ!?　クライちゃん、どういう事お!?」

リィズが甲高い声をあげる。

《千変万化》の後ろから堂々と入ってきたのは、ユグドラにやってくるまでの道中、散々交戦した《千鬼夜行《ナイト・パレード》》の姿だった。

先頭に立つは巨大な古代種の百足《ムカデ》を操り、「魔王」を名乗ったリーダー、アドラー・ディズラード。

その後ろにリィズに気絶させられた男と、白いローブを着た魔導師《マギ》に似た格好をした少女が続く。

道中は他にも大勢の幻獣・魔獣を連れていたはずだが、今は人間しかいない。

魔物抜きでも相応の力を感じるが、今ならばラピス達でも捕縛できるだろう。彼らの強みは従える軍勢にあり、ラピス達は自身で戦うハンターなのだから。

だが、その事は《千鬼夜行《ナイト・パレード》》のメンバーも理解しているはずだった。

《星の聖雷《スターライト》》の仲間達が立ち上がり油断なく構えを取る。一触即発の空気に、セレンは一度大きく深呼吸をすると《千変万化》を見つめて言った。

「……説明を、お願いできますか」

「あぁ。彼らはここに来る道中に散々襲ってきた賊――《千鬼夜行《ナイト・パレード》》の皆さんだ。なんかわからないけど、弟子にして欲しいって言われちゃってさあ。まぁまぁ強いから、役に立つと思う」

「くっくっく……まぁまぁ、強い？　まぁまぁ？　言ってくれるじゃないか」

アドラーが声を殺して笑う。だが、その目は笑っていない。

なんかわからないのはラピス達の方だった。まだ《千変万化》が部屋を出ていって二十分しか経っていない。どうしてたった二十分で《千鬼夜行《ナイト・パレード》》の面々を弟子にして連れてこられるのか？

「!?　兄さん!?　弟子にして欲しいって言われて弟子にしちゃったんですか!?」

「だって…………玄関でばったり出会って弟子にして欲しいって食って掛かられたら弟子にするしかないでしょ？　…………怖いし」

「よ、よくわかりません、ますたぁ……」

度量が広いとかそういうレベルではない。《千鬼夜行《ナイト・パレード》》は賊なのだ。いつ裏切るかわからない賊を弟子にするなど考えるまでもなく危険である。

しかも怖い？　怖い、だと？　レベル8で、あれほどの幻影《ファントム》の軍勢を無傷で屠《ほふ》って見せたハンターが、怖い？

アドラーはにやりと獰猛《どうもう》な笑みを浮かべると、敵に囲まれているとは思えない悠々とした動きでテーブルの前に立つ。よく通る声には確かに、ある種のカリスマがあった。

「聞いたよ、これから、神の幻影《ファントム》に挑むんだって？　その作戦、私らも一枚噛ませて貰う」

「…………目的はなんですか？」

シトリーがまっとうな疑問をぶつける。

意味がわからない。神の幻影《ファントム》の強さは幻影《ファントム》と戦う者ならば誰もが知っているはずだ。それに立ち向かう事の無謀さも。

《千変万化》はレベル８だが、神を正面から撃破するには荷が重いだろう。確かにラピス達が戦ったアドラーが率いる軍勢は数、質共に恐るべき存在だったが、それでも恐らくまだ足りない。

だが、アドラーの表情に恐れはなかった。

それは無謀故か、あるいは何か勝ち目でもあるのか――シトリーの問いに、アドラーは唇をぺろりと舐めて言う。

「神の幻影《ファントム》は私が貰うよ…………と言いたいところだが、今回は《千変万化》に譲ろうじゃないか。私らはその戦いの様子を見せて貰うだけでいい」

「…………ヨワニンゲン、お前変なやつにばっかり関わるな、です」

「関わるんじゃなくて向こうからくるんだよ…………てか、変なやつって他にいたっけ？」

「ケチャがいただろ、です」

「あはー……クラヒさんもいますよ、クライさん」

「……ぐうの音《ね》も出ないよ。まあでも、協力してくれるって言うんだから断る理由はないだろ」

「…………」

室内に沈黙が満ちる。今、皆の想いは恐らく、『いやいや、断る理由あるだろ』で一致していた。

相手は極めて危険な賊なのだ。そもそもどんな交渉をすれば一度徹底的に攻撃し撃退した賊を仲間に引き入れる事ができるのかわからないが――。

セレンを助けられて以来、《千変万化》に負い目を感じているらしいアストルが感情を押し殺したような声で言う。

「だ、だが、確かに…………この者達が率いていた軍勢がいれば、戦力の問題は解決できる、か？」

「ふん……あいにくだが、軍勢はほぼ全滅だよ。ユデン――星喰百足《ほしくいむかで》も回復には時間がかかる。補充するにしてもあれほどの軍勢をもう一度作るのは骨が折れるだろうね」

「!? そ、そうか…………」

何があったのかはわからないが、ここまでの道中で激しい戦いでもしたのだろうか？

賊の戦力が減っているというのは朗報と呼ぶべきなのだろうか……いや、そもそも魔物の軍勢のいないアドラー達に何ができるんだ？

場の空気に、アドラーの後ろについてきた白い少女の表情が引きつっている。

どうやらおかしいのはリーダーだけらしい。

アドラーは冷え切った場の空気を無視しテーブルの地図に視線を落とすと、興味深げに頷いた。

「なるほど……この中心にあるのが世界樹――ウーノが言っていた、『神樹廻道』に流れ込んでいた力の源か。まさか伝説にお目にかかれる日が来るとはねえ――」

……しかしこのニンゲン……一体どうやってここまで辿り着いたんだ？

神樹廻道という単語自体、精霊人《ノウブル》以外には知れ渡っていないはずだ。そして、知っていても導《しるべ》がなければ道には入れないはずで――いや、そうか。

神樹廻道に入る前に起こったトラブルを思い出す。《千変万化》が誰かに渡してしまった導の事を。

ユグドラに、わざと呼び込んだ？　だが、何のために？

理解し難い状況に眉を顰めるラピスの前で、アドラーは手鏡のような物を取り出すと、高らかに叫んだ。

「どれどれ、見せてもらおうじゃないか。『現人鏡《あらひとかがみ》』――世界樹の最奥にいる、神の姿を映し出せ！」

「!?」

アドラーの掲げた、いかにも古びた鏡が輝きを放つ。鏡面に靄《もや》が流れ、続いて像を映し出す。

それは、これまで数々の宝具と触れ合ってきた僕でも聞いたことがない代物だった。

「これは、思いつかないですよ…………クライさん」

シトリーがボソリと呟く。だが、僕は完全にアドラーの持っていた鏡に目を奪われていた。

鏡が映し出していたのは漆黒の祭壇だった。見ていると心がざわつくような、奇妙な彫刻が全面に施された邪悪な祭壇。周囲には無数の仮面を被った幻影《ファントム》が控え、祭壇の上には黒い靄のようなものが渦巻いている。

ラピスが息を呑み、鏡を凝視して言う。

「これは…………まさか。世界樹──【源神殿】の最奥、か？」

「『現人鏡』は、持ち主の求めるものを映し出す」

アドラーが事も無げに言う。

使用者の求めるものを映し出す鏡。

何らかの制限はあるのだろうが、その性能が真実ならば値段のつけられない品である。商人も騎士団もハンターも、あらゆる人がそれを求め血みどろの争いを始めるに違いない。

有用性としては、街をも呑み込む貯蔵量を誇る宝箱型時空鞄《マジック・バッグ》、みみっくんに匹敵するだろう。昨今強力な宝具との出会いは英雄の資質とも言われる。魔物を服従させるだけでも恐ろしい能力なのに、そんな強力な宝具まで持っているなんて──。

アドラーの弟子入りは半ば強制的なものだった。仲間がいない状況で、《嘆きの亡霊《ストレンジ・グリーフ》》から逃げ切る程恐ろしい賊に脅されたら受けざるを得なかっただけなのだが、まさか魔物の軍勢以外にもこんな隠し玉があったとは……。

「ウーノ、どうだい？」

アドラーが後ろに立っていた仲間の少女に声をかける。

弟子にして欲しいと言われた時に、メンバーの自己紹介は受けていた。

ウーノ。聖霊《せいれい》使いのウーノ・シルバ。高度な変装で僕から導を掠め取っていった少女は、目を限界まで見開き、魅入られたように鏡に視線を向けていた。仄暗い、不思議な輝きの瞳だ。

その小さな唇から震える声が漏れる。

「凄まじいマナ・マテリアルが――力の奔流が、見えます。恐ろしい――こんなに強力な、マナ・マテリアルの収束、見たこと、ありませんッ」

「!!　ニンゲン……マナ・マテリアルが見えるのか？」

「ウーノの目は特別製なんだ」

「遠視にマナ・マテリアルを見る眼……足りなかったものが…………揃いましたね」

シトリーがぽつりと呟く。よくわからないがアドラー達を受け入れたのは正解だったようだな。

まぁ神殿型宝物殿に挑むのだから、メンバーは多ければ多い程いい。それが賊なのは問題だが
…………まぁ、後から考えよう。

そこで、アドラーの後ろに立っていた最後の一人を見る。僕と同じくらいの年齢の黒髪の青年だ。

身長も僕と変わらないが、目つきは鋭く肉体も引き締まっている。

《千鬼夜行《ナイト・パレード》》の一人。将軍、クイント・ゲント。初戦時にリィズが倒したという剣士《ソードマン》だろう。

僕は小さく咳払いをすると、無言を貫くクイントに話しかけた。

「で、君は何ができるの？」

「う…………うるせえ」

あ、はい。ごめんなさい。

こちらを睨みつけ僕を押しのけアドラーの隣に立つクイント。どうやら彼は何もできないようだ。

責めたりはしないよ……僕も同じだからね。だが、同じと言っても、リィズの見立てではクイントはそれなりの実力を持つ剣士《ソードマン》らしい。僕とは違う。

【源神殿】であの幻影《ファントム》の群れと戦ってこうして生き延びている事からも実力は明らかだろう。ルークがいれば大喜びで斬りつけたはずだ…………いなくてよかったね。

今後の戦いでの活躍に期待しよう。

ところで、そこに立たれると鏡が見えないんだけど……とても言える空気じゃないな。

まぁ僕が覗いても何もわからないだろうしいいか。自嘲の笑みを浮かべ小さくため息をつく。

下を向いたちょうどその時、アドラーが小さくうめき声をあげた。


「ッ!?　こ、これは――!?」


――それは、よそ見をしていた僕にもはっきりわかる変化だった。

皆の表情が変わる。得体の知れないプレッシャーが室内を侵す。鏡の周りに集まり覗いていたラピス達が警戒するように後退る。そして、ぴしりと小さな音がした。

鏡から放たれていた光が消える。凍りついていた空気が元に戻る。

ウーノがふらつき、跪《ひざまず》く。アドラーが乱暴に鏡をテーブルに置く。

アドラーの顔は青ざめていた。大きく開いた瞳孔。声をあげてからたった数秒しか経っていないのに、全身が冷や汗でぐっしょり湿っている。

何が起こったのだろうか？

さっぱり状況がわからずただ目を瞬かせる僕に、アドラーが微かに震える声で言った。

「まいったね…………目が合った。見られちまった。まさか現人鏡の遠視に気づくとは…………いや、違うね。甘かった。どうやったのかは知らないが、人間にも――そこの男にもできたんだ。神とやらにできないわけがない、か」

テーブルの上に置いてある鏡には大きな罅《ひび》が入っていた。先程までは古びてはいても傷はなかったのだが、いつの間に――。

「ッ…………あれが、我らの敵、か。敵意は……なかった、が――ふん」

「か、完全な、顕現の、前に、意識が、あるなんて――」

いつも余裕を崩さないラピスも、汗で前髪が張り付いている。セレンなどただでさえ倒れそうだったのに、今にも死にそうな表情だ。

そこでようやく、なんとなくだが状況を把握する。

神に見られた、か。高レベルの宝物殿を多数攻略し、これまで幾度となく命の危機を切り抜けてきたリィズ達の表情もこれまでになく険しい。どうやら鏡を見ていなかったのは僕だけのようだ。

見なくて済んだのは僥倖《ぎょうこう》なのだろうが、なんだかとても置いていかれた気分だ。

皆が言葉を失っていた。しばらく待つが誰も口を開く様子はない。

仕方ないので小さく咳払いをして口火を切る。

「なんというか……なかなか凄かったたねえ」

「よ、よわにんげん、オマエあれを見てその感想なのか!?　です。いつもと全く表情が変わっていないぞ、です！」

「え……？」

口ぶりこそいつもとそこまで変わらないが、クリュスもまた明らかに憔悴《しょうすい》していた。呼吸も乱れているし、心なしか頬も痩《こ》けて見える。【迷い宿】に行った時と似た反応だ。

ルシアが絞り出すような声をあげる。

「精神汚染系の攻撃に……似ています。この程度で済んだのは僥倖でしょう。もしも受けたのが常人だったら……正気ではいられなかったかも」

「…………ちょっと、私が想像していた以上ですね。完全に、認識されました。もう遅いですが、その鏡で神を見るのは、やめた方がいいですね…………どうします？　クライさん」

大きく深呼吸して自分を落ち着けようとしているシトリー。

彼女は有能だが、その戦闘能力は《嘆きの亡霊《ストレンジ・グリーフ》》の中では低い方だ。だからこそ、状況を見極める能力に長《た》けている。《嘆きの亡霊《ストレンジ・グリーフ》》のブレインは伊達《だて》ではない。

視線がこちらに集中する。改めて観察すると、全員が全員似たような状態だ。

アンセムだけは鎧のせいでわからないが、宝具越しに見られた（？）だけで、高レベルハンター達がここまで影響を受けるとは――なんか本当に、僕だけちゃんと鏡見てなくてごめん。そうだよね……普通、視線外したりしないよね……。

罅の入った鏡に触れ、持ち上げる。亀裂の奔《はし》る鏡面は僕のぱっとしない顔を静かに映していた。

宝具はマナ・マテリアルから成る過去の再現であり、この世界の物質ではない。頑丈で壊れる事もほぼないが、仮に力を失う程に破壊された場合は跡形もなく消える事になる。

初めて聞く宝具だが、この現人鏡とやらもそれは変わらないはずだ。罅が入る程度で済んだのは不幸中の幸いだろう。

一体どこで手に入れたのだろうか。何時代の宝具なのだろうか。宝具コレクターとして、未知の宝具には興味がある。是非とも後で色々話を聞かせて欲しいものだ。

大きく頷き、笑みを浮かべ、シトリー、シトリーを見る。

「よし、まだ使える。シトリー、作戦の続きは？」

僕の言葉に、シトリーが一瞬目を見開き、伏し目がちに答える。

「……そうですね。もしかしたら……今回は私よりも、クライさんが指揮をとった方がいいかもしれません。私の推測が正しければ、あの神の幻影《ファントム》は、既にかなりの力を取り戻しています。少なくとも、意識が……知性がある。私では力不足かも――」

錬金術師《アルケミスト》として大成してからはそこまで見なくなっていた弱いシトリーの表情に、目を丸くする。

あんなに自信満々に試したい事があると言っていたのに、鏡越しに見た神とやらはそれを凌駕《りょうが》するインパクトがあったのだろうか？

だが、僕に指揮をとらせるなど自殺行為も甚《はなは》だしい。

シトリーの作戦で力不足になるかもしれない相手が僕の指揮でどうにかなるかい。

シトリーにはなんとかして指揮をとってもらわねば。

しばらく考えてみるが、うまい説得の仕方は思い浮かばない。

とりあえずシトリーを元気づけるように言う。

「……まぁ何かあったら僕が責任取って土下座してあげるから試しにやってみなよ。自慢じゃないけど僕の土下座は神にも効く」

その辺りは【迷い宿】で実証済みだ。恐らく、今回の相手も、祈りを捧げられる事はあっても土下座された事はないだろう。

もちろんできればそういう状況になる前に逃げたいけど、最悪の状況になったら躊躇《ためら》いなく土下座するよ僕は。

僕が指揮をとるなんて論外だという気持ちが通じたのだろうか？　シトリーは僕の言葉に一瞬目を見開いたが、大きく深呼吸をするとぱちんと両手で自分の頬を叩いて気合を入れた。

「…………わかりました。クライさんに、土下座させるわけにはいきませんね。それに、ここまで揃えていただいた以上、できないなんて言っちゃダメですよね」

「うんうん、そうだね。何かあったら手伝うから頑張って。どうにもならなそうだったら早めに言ってもらえると嬉しい」

アークを呼びに行くのにも時間がいるだろうしね。

口元に浮かぶ緊張したような笑み。明るい、しかし少し無理をしているような声。

だが、シトリーはこれまで様々な修羅場《しゅらば》をくぐり抜けてきた紛れもない一流のハンターだ。

彼女ならばやってくれるだろう。

椅子に座り直すと、シトリーは小さく咳払いをして作戦の説明を再開した。

「こほん。ともかく、アドラーさんのおかげで地脈調査も目処《めど》が立ちそうですね。あの神はこちらを視認しました。危険度は増しましたが、現人鏡を使えば現地に出向かず地脈を調査する事も可能でしょう。マナ・マテリアルを視認できるというウーノさんがいれば、セレンさんの負担も減らせます。調査班が調査している間に私は装置を用意し、詳細な作戦を立てます。ユグドラの持つマナ・マテリアル関連の知識があれば作戦の成功率はより高くなるはずです」

「…………たかが賊の分際でやべえ宝具持ちやがって。全部終わったらクライちゃんに渡せよ」

苛立ちを全く隠さないリィズの声。一度は敵対した相手と行動を共にするのが嫌なのだろう。

トレジャーハンターは五感の全てを使って敵や罠を察知するが、視覚からの情報が大きい事は変わらない。現人鏡は状況によってはそれ一つで戦況をひっくり返す強力な宝具と言えるだろう。

僕も数百点の宝具を持っているが、同じ宝具どころか似た機能の宝具すら持っていない。ルシアの魔法でだって再現はできないはずだ。賊に持たせておくには余りにも危険な宝具だ。

アドラーはリィズの言葉に眉を顰めると、不快そうな表情で言った。

「宝具…………宝具、か。現人鏡をただの宝具なんかだと思ってもらっては困る。あんたらのリーダーが連れているあの宝箱と同様に、ね」

「え……？　ああ、みみっくんの事か……まぁ、確かに現人鏡はみみっくんに匹敵しているかもしれないな」

どうやらみみっくんも見られていたらしい。常識外の力を持つみみっくんはなるべく隠したかったが、遠視なんてされちゃどうしようもない。

そうだとも。現人鏡もみみっくんも、ただの宝具じゃない。


…………かなりやばい宝具だ。


そもそも、鏡型宝具ってけっこうやばめの能力を持っている物が多いんだけど――。

そこで、僕の言葉に何を思ったのか、アドラーは僕をじろりと睨みつけると、険しい声で言う。

「誤解されたら面倒だから、先に言っておこう。《千変万化》、今回はあんたに従うよ。こちらがお願いした立場だからねえ……だが、わかっているとは思うが、私達の間に上下関係は存在しない。確かにあんたはなかなかやる。初めて見つけた同格の同類だ。だが、あんたのみみっくん？　は強力だが、私の現人鏡も劣っちゃいない」

「あ……はい」

どうしたのだろうか、いきなり。別にアドラー達を下に見た記憶はないんだが……。

そしてこの人、弟子の意味を少し履き違えてはいないだろうか？　師匠に対する態度じゃなくな

い？　そして同類って何？　さすがの僕も賊に同類とか言われると少しショックなんだけど……つい
でに弟子になって何を望んでいるのかもわからない。
近くでその手腕を見せてくれとか言っていたけど、土下座でも見せればいいのかな？
一度は敵対したハンター達に囲まれても変わらず喧嘩腰のリーダーに、ウーノが慌てて窘めるよう
な声で言う。
「まぁまぁ、アドラー様。今回は穏便にいきましょー、クライさんは私達より少しだけ先を行ってい
るみたいですし……」
うんうん、わかるよ。パーティに癖の強い人がいると苦労するね。
アドラーは小さく肩を竦めると、真剣な顔で言った。
「……まぁ、いいだろう。話を戻すよ——私の現人鏡を計画に組み込むのは、いい。この鏡は生きて
るから、罅だってすぐに治るさ。だけど、一つ問題がある」
問題点？　それに、生きている、だって？
未知の宝具の情報に思わず身を乗り出す僕に、アドラーが秘密を囁《ささや》くような声で続ける。
「この現人鏡は強力だが——万能じゃない。この鏡に命令できるのは私達やそこの《千変万化》のよ
うに力を持つ者だけだし、鏡が映し出せるのは、『ターゲット』だけだ」
「ターゲット？　どういう事ですか？」
「この鏡で指定できるのは——映し出せるのは、ある程度限定されたものだって事さ。人や宝物殿の
最奥にいる神の姿は映せるが、地図の一地点を映すような事はできない。鏡を使って調査を行うにし

ても、誰か一人、鏡のターゲットに指定する対象が必要だ」

シトリーの疑問にすらすらと答えるアドラー。

宝具の性能の把握は最優先事項とはいえ、よく調べられている。迂闊《うかつ》に鑑定士に依頼できるような能力じゃないし、自分で確認したのだろう。なんだかちょっとシンパシーを感じるな。

と、そこまで考えたところで、僕は気づいた。

現人鏡は強力な宝具だ。ユグドラにまでついてきた以上、恐らく僕達は彼女からずっと観察されていたのだろう。

その上で僕を同類呼びするという事は――もしかして、アドラーって宝具使いでは？

魔物を操る能力も宝具によるものだったりするのだろうか？　そういえば、その手の宝具の噂を聞いたことがある。自分で魔物を躾《しつ》けたというより断然説得力のある話だ。

それに、そう考えると先ほどアドラーが僕に文句を言った理由もわかる。僕が彼女の自慢の一品とみみっくんを比べるような言い方が気に障ったのだろう。

僕も帝都ではそれなりに名の知られた宝具コレクターだ。宝具についてならば僕がアドラーに教えられる事もあるかもしれない。凄く困るけど……。

僕は賊に宝具の情報を教えるために宝具について学んだわけじゃないんだけどなあ？

リィズが舌打ちをしてアドラーを睨む。

「それじゃ、意味ねえじゃん。結局実際に行かなきゃいけないなんて――クライちゃん、こいつ本当に弟子にする必要あるの？」

「いや、別に現人鏡を目当てに弟子にしたわけではないからね…………」

「……まぁ、セレンさんを現地に連れて行くよりは安心かと。敵がこちらを認識した以上、何が起こるかわかりませんから。足手まと…………戦闘に慣れていない人を連れて行くのは危険です」

高レベル宝物殿の幻影《ファントム》の知性は馬鹿にならない。すでに相手は地脈の力を利用した高度な障壁を張っているが、それ以上の手を打ってくる可能性も十分ありうる。

相手は神の幻影《ファントム》なのだから警戒してもし足りないという事はない。

「装置製造や作戦の立案は私が中心となってやるから、調査はお姉ちゃん主導でお願い。アドラーさん達は調査班確定として、チーム分けしましょう。こっちはそんなに人数いらないと思うけど……」

「チッ……仕方ねえ。こんなきつい修行できる機会、なかなかないし。盗賊《シーフ》のうちの誰かが調査に出てそれを鏡のターゲットにすれば――」

「待ちなよ」

骨の髄まで盗賊《シーフ》なリィズが声を上げかけたその時、アドラーが待ったをかけた。

眉を顰め、こちらを見て言う。

「私達は《千変万化》の手腕を見るために弟子入りしたんだ。別行動を拒否するつもりはないが――《千変万化》、あんたはまず、どう動くつもりだい？　まさか何もしないって事はないだろう？」

君、僕の話聞いてた？　僕はシトリーに任せるって言ったんだよ！

現人鏡で僕達を監視していたはずなのにどうしてまだ僕にそんな期待できるのか理解に苦しむ。

僕の言葉を代弁するようにシトリーが言う。

「アドラーさん、クライさんは私に任せると言って――そもそも、まだ準備段階です。クライさんが出るのはいつも絶体絶命の状況に陥ってからです。まだ早いです」

え？　絶体絶命の状況になったら出なくちゃならないの？　アークは？

というか、いつも好きで絶体絶命の状況になってるわけじゃないんだが……。

「【源神殿】の幻影《ファントム》を前に絶体絶命の状況になったら遅いと思いますが――……あれはちょっと、私達が率いている魔物達と比べても格が違いますー」

「こっちは情報を明かした。あんただけが力を隠すのはフェアじゃないよ」

やばいハンターパーティとやばい賊が集まっても尚やばい相手なのかあれは。やばいやばい。

しかしどうしたものか。そもそも、力を見せてくれなんて僕は一度も言っていないのだが。

腕を組み、考える。まぁ正直、手段は沢山あると思う。

順当なのはリィズの言う通り、リィズ達、盗賊《シーフ》部隊の誰かを派遣してそれを現人鏡で映し出す事だが、他にもルシアに使役する精霊《エレメント》を送ってもらうという手もあるし、アンセムに目立たないよう小さくなって走って貰うという方法もある。なんだったら僕は数百年前の情報を元にダメ元で装置を設置してしまおうとか平然と言える男だ。

だが、普段ならばのらりくらりと期待を回避するところだが――そうだな。

アドラーが宝具使いなのならば、こちらも宝具を使うべきだろう。

深々とため息をつくと、僕はハードボイルドな笑みを浮かべて言った。

「仕方ないな。アドラーに僕の力を見せてあげよう」

「!!」

アドラーの弟子入りは正直僕にとって余り好ましくない事柄だ。賊を弟子にするなんてハンターとしても人としても言語道断だし、できるだけ迅速に見切りをつけてもらう必要がある。

幸いな事に、僕は今回、沢山の宝具を持ってきている。高評価を得るのならばともかく、低評価を得るなんて簡単だ。こういう状況で使える宝具の中で一番しょぼいものを出せばいい。

宝具使いとして格下に見られるのは少しばかりプライドが傷つくが、そんなものどうでもよくなるくらいアドラー達は危険すぎる。

何の宝具を披露するか、すでに胸の内は決まっていた。

腰にぶら下げていたその宝具をぱちりと外し、テーブルの上に置く。

「まぁ、今回はこんなところかな」

「え？」

ウーノが目を丸くして、小さく声をあげる。

僕が選んだのは手持ちの宝具の中でも最古参の一つ、『狗の鎖《ドッグズ・チェーン》』だった。

鎖がもぞりと動き、その名の如く狗《いぬ》の姿を取る。鈍《にび》色に輝く鎖に、先端についた分銅。最初に手に入れた時に受けた感動は今も覚えている。

もともとはカーくんやみみっくん並に言うことを聞かなかった狗の鎖《ドッグズ・チェーン》も、ルシアの厳しい躾けによって忠実な下僕になっていた。指を鳴らすと、狗の鎖《ドッグズ・チェーン》が後ろ足で立ってポーズを取る。格好いいと言いたいところだが大した大きさではないのでどちらかと言うと少し可愛い。

本来、狗の鎖《ドッグズ・チェーン》は敵を捕縛するだけの宝具だ。それに指を鳴らしただけでポーズを取らせる。『生きる鎖《リビング・チェーン》』の宝具は有名だし、決して珍しくもないが、この宝具をここまで使いこなしている者はほとんどいないだろう。余り強くない宝具だし。

アドラーが呆然としたように一歩後退る。

この一瞬で僕が今やったことの高等さを理解したのだろう。そしてもちろん、同類ならばここまでこの宝具を使いこなすのにどれほどの時間をかけたのかも、理解できるに違いない。

本来の目的でこの宝具を使うのならばここまでできる必要はない。この域に至るまでどれほど無駄な時間をこの宝具に費やしたのか、全く覚えていない。

無駄とは娯楽だ。つまるところ、宝具は僕にとってただの娯楽なのだった。

まさかこんなにしょぼい宝具が出てくるとは思わなかったのか、アドラー達だけではなく、《星の聖雷《スターライト》》やセレンまでもが固まっている。

だが、背に腹は代えられないのだ。

それに考えようによっては最小限のリスクで最大の成果を得られると言えるかもしれない。

狗の鎖《ドッグズ・チェーン》使う必要まったくないけど。

僕はこほんと一度咳払いすると、自信満々で提案した。

「こいつを地脈沿いに走らせて、それを現人鏡で確認して地脈の状況を見定める。どう？」

作戦会議を終え、《千変万化》が意気揚々と出ていく。

扉が閉まる。アドラーは数分間沈黙したまま考えていたが、テーブルの上に置き去りにされた鎖をもう一度見て、口を開いた。

「…………狗の鎖《ドッグズ・チェーン》…………？　……………………何故だ？」

室内にはまだ《千変万化》以外のメンバーは残っている。だが、アドラーの問いかけには誰も答えなかった。作戦の立案を行ったシトリーを見るが、目を逸らされてしまう。

テーブルの上に置かれた鎖はまるで生き物のように動き、狗の形を作っていたが、アドラーが従えている魔物とは違う。

宝具だ。アドラーでも知っているくらい有名な鎖型宝具――『生きる鎖《リビング・チェーン》』の一種。

狗の鎖《ドッグズ・チェーン》。

起動するとまるで生命を吹き込まれたかのように動き出し、対象を捕縛する鎖の宝具である。

狗の鎖《ドッグズ・チェーン》がアドラーの方に頭（？）を向け、おすわりする。

その仕草は確かに狗に似ていて少し可愛らしい。

だが、生命を吹き込まれたかのようになどと言っても、それは決して命ではなかった。

《千変万化》が智謀に秀でたハンターだという事は知っている。だが、数分間考えてはみたが、ここであの男が狗の鎖《ドッグズ・チェーン》を使おうとする意味が全くわからなかった。

宝具というのは基本的に融通が利かないものだ。『生きる鎖』もまた、生きているかのように振舞うが細かい指示はできないはず……確かに『生きる鎖』をターゲットに遠視を行えばアクシデントが発生した時にもこちらの戦力は減らないが、それはつまり『生きる鎖』は戦力と呼ぶには心もとないという事を示している。

そもそも狗の鎖《ドッグズ・チェーン》の本来の機能は対象の捕縛である。それを偵察に使うなど、役割を果たせるかもまず怪しいものだ。

少なくとも、アドラーが《千変万化》の立場なら『生きる鎖』を使うなんて選択は取らないだろう。ただでさえ相手は現人鏡の遠視を看破するような恐るべき相手だ。

現人鏡が映し出した宝物殿の最奥。漆黒の祭壇の上に立ち込めていた黒い霧。

アドラー達が見入る中、唐突に浮かび上がった巨大な瞳は、確かにアドラー達を捉えていた。偶然などという言葉では片付けられない程に、はっきりと。

超越者。

ただその戦闘能力で恐れられた星喰百足とは異なる、邪悪な神の片鱗がそこにはあった。

アドラーが《千変万化》に求めたのはその力を見せる事――言わば、手札の開示だ。

導手《どうしゅ》にとって魔物とは武器であると同時になるべく隠し通すべき手札だ。本来ならば開示するべきではなかったが、アドラーは《千変万化》に協力するために現人鏡という魔物を示し、その力について詳細を話した。ならば、《千変万化》もアドラーに合わせてその力を見せるべきだった。従えているはずの、強大な魔物を。

想定外だ。確かに、現人鏡の力があれば調査などどうとでもなる。このタイミングであの男の力は必ずしも必須ではない。だが、まさかこの状況で手札を隠すような卑怯な真似をするとは。

少しずつ戸惑いが消え苛立ちが湧いてくる。そこで、アドラー同様、《千変万化》の決定に腑に落ちない表情をしていたウーノが目を瞬かせ、自信なさげに言った。

「アドラー様、もしかしたら…………宝具を使う必要が、あったのかもしれません。言うまでもなく《千変万化》には他にも多くの選択肢がありました。その中から『生きる鎖《リビング・チェーン》』が選ばれた」

「宝具を使う必要ってなんだよ？」

「そりゃ……私にもわかりませんが……幻影《ファントム》と宝具は同じマナ・マテリアルから構成されています。もしかしたらあの神にとって宝具は敵と判断されないのかもしれないですよー」

「そんな話聞いたことないぜ？　根拠でもあるのか？」

クイントの言葉に、ウーノが嫌そうな表情を作る。

「…………いえ。ですが、そうでも考えないと、狗の鎖《ドッグズ・チェーン》を使う意味が全くわからないですよー」

確かにウーノの言葉には一理あった。アドラーは《千変万化》に導手としてのさらなる力を求め弟子入りを要求した。それを知っているはずの《千変万化》が次の一手に、導手の能力とは関係ない宝具を選んだのならば相応の理由があって然るべきだ。もしかしたらの話だが、宝具を使うのが幻影《ファントム》を調伏《ちょうぶく》するための手順の一つである可能性もある。

あの男はこの部屋にいる全員を凍りつかせた神の眼を見てもただ一人、態度を変えなかった。それはかの神に打ち勝つ手法を《千変万化》が持ち合わせている事を意味している。

視線を感じ、顔をあげる。アドラー達を見ていたのは、共に同じ部屋で《千変万化》の言葉を聞いていた仲間達だった。

悪名高い《嘆きの亡霊《ストレンジ・グリーフ》》に、見目麗しい精霊人《ノウブル》のパーティ。

一度交戦してその実力は知っている。いや――そうでなくとも、一流のハンターというのはその立ち振る舞いから察せられるものだ。

どちらにせよ、今更《千変万化》の弟子をやめるつもりはない。

仮にも元敵の目の前だ。情けない姿は見せられない。唇を舐め、目を細めて言う。

「ふん……面白くなってきたね。あんたらのリーダーの腕前、見極めさせてもらうよ……」

「貴方達は……クライさんの事を何も…………わかっていません」

「……なんだって？」

シトリーの声に込められた感情に、アドラーは思わず目を見張った。

興奮と畏《おそ》れ。そして――強い意志。

その目はリーダーの行動を全く疑っていなかった。

いや、疑念は混じっているが、その根底には《千変万化》への信頼があった。

シトリーが両手を合わせ、笑みを浮かべて言う。

「クライさんの行動に間違いはない。だから、私達はアドラーさん達の事も、受け入れます。クライさんの考えを想像するのは常人には不可能です。今は、やるべき事をしましょう」

「…………まだ、お前達は、ますたぁの恐ろしさを知らない……」

「ッ!?」

最後尾にいた黒髪をリボンで結った少女が人差し指をつきつけ、まるで脅すように言ってくる。

だが、その表情はこの場にいる誰よりも死にそうだった。


宝物殿は未知の世界だ。その攻略難易度は基本的にマナ・マテリアル濃度に比例して上がる事が知られているが、一定以上のレベルになると入念な準備や調査なしで挑むのは難しくなってくる。

宝物殿の攻略は時にパズルにも例えられる。超高レベルの宝物殿には決まった手順を踏まなければ攻略できないものもある。トレジャーハンターは少しずつ攻略する宝物殿のレベルを上げていく事で、そういった戦闘外のスキルも磨いていくのだ。

そして、とりあえずぶん殴ればいいと思っている者の多い《嘆きの亡霊《ストレンジ・グリーフ》》のメンバーの中では、シトリー・スマートがその手のスキルに長けていた。

【源神殿】は例外的な宝物殿だが、きっと今回の経験は次以降の冒険でも役に立つ事だろう。

今回のシトリーの作戦ではメンバーは二手に分かれる。

即ち、地脈の調査や【源神殿】の状況調査を担当するリィズグループと、【源神殿】を弱らせるために必要な道具の製造・設置を担当するシトリーグループだ。

僕が参加するのは当然危険が少なそうなシトリーグループである。リィズの方もとりあえず狗の鎖《ドッグズ・チェーン》を使うので危険性は低そうだが、《千鬼夜行《ナイト・パレード》》の人達と同じ空間にいたくない。

ユグドラの入り口付近にはリィズ達、調査チームが集まっていた。

リィズ、ティノ、エリザの盗賊《シーフ》グループに、アドラー達《千鬼夜行《ナイト・パレード》》。そして、気難しい《星の聖雷《スターライト》》と、とても仲良くやっていけそうにないメンバー達だ。

なんだかとても……いたたまれないッ！

「これでよし、と…………後はよろしく頼んだよ。じゃー僕はシトリー達の方を手伝うから――」

「ちょ、待っ――クライちゃーん!?」

狗の鎖《ドッグズ・チェーン》を発動して調査するよう命令すると、制止を振り切ってシトリーグループの方に向かう。

シトリーは魔術の実験のために作られたという屋外作業場でルシアやセレン、アンセムと共に作戦準備を行っていた。やっぱりどう考えてもこっちのグループに参加した方がいいよね……。

すぐ近くには病院の役割も併せ持った魔術研究所も存在しており、ユグドラの魔導技術の粋が集められているという。

「魔術の触媒として保管されていた宝石です。上質の物は既に使ってしまいましたが――」

「いえ、十分です！　精霊人《ノウブル》の持つ宝石は力が強いと聞いていましたが――ルシアちゃん、見て！」

セレンから手渡された色とりどりの宝石を見て、シトリーが歓声をあげる。

指名されたルシアは冷めた目で宝石を確認し、ため息をついた。

「ただの宝石じゃありませんからね。精霊石《エレメント》は精霊の力が蓄積し生成される精霊石は魔術触媒に最適ですから」

「やぁ、ルシア、シトリー。準備は順調？」

世界の命運を決める大変な作業中だ。せめて努めて明るい声をかけながら作業場に入る。リィズ達の方は《千鬼夜行《ナイト・パレード》》のせいで空気がぴりぴりしていたが、こちらはいつも通りだ。

世界樹に繋がっている地脈は流れ込む膨大なマナ・マテリアルを証明するかのように太く、必要となるシトリー考案の装置もかなり大きなものになると聞いていた。

これから作るという話だったが、見たところ材料のようなものは見当たらない。

シトリーは相変わらず花開くような笑顔で僕を迎え入れてくれる。

「クライさん、おはようございます！　お姉ちゃん達の方は大丈夫でした？」

「うん、まあ……ぴりぴりしていたけどうまくやると思うよ」

見知らぬパーティや仲の悪いパーティ同士で任務を行う時に気をつけねばならない行為に、現地行動中の裏切りというものがある。

戦闘中に背後から撃たれたり、魔物を押し付けられたりといった話はこの業界ではありがちだ。ましてや今回は組んでいる相手が賊だから信用も何もない。

だが、今回は偵察役を狗の鎖《ドッグズ・チェーン》に任せるので、そういった問題も発生しない。最初に狗の鎖《ドッグズ・チェーン》の派遣を決めた時にそこまで考慮していたわけではないが、今回の僕はもしかして、冴えてる？

「それにしたってシルバーに偵察を任せるだなんて、いつもいつもおかしな事を……あの子、そこまで賢くありませんよ？」

狗の鎖《ドッグズ・チェーン》を躾けた張本人であるルシアがちょっと不服そうに眉を寄せて言う。

ちなみにシルバーというのはルシアが狗の鎖《ドッグズ・チェーン》につけた名前だ。銀色だかららしい。単純……。

「あはは……もちろん知っているよ。でもきっと大丈夫さ。ルシアが仕込んでくれたんだから」

「……その私が、うまくいく自信がないんですが」

『生きる鎖《リビング・チェーン》』シリーズは有名だが、芸を仕込める事を知る者は多くない。

ルシアが手塩にかけて躾けてくれたシルバーは狗の鎖《ドッグズ・チェーン》の中でもかなり賢い方だ。世界樹の周りをぐるりと回るくらいはできるはず――身体も小さくて目立たないしそこそこの速度で走れるので、今回の任務に必要な性能は最低限持っていると言えるだろう。

朝、立ち寄った時にアドラー達がこちらに向けてきていた疑いの眼差しを思い返しても、僕の思惑は成功したように思える。

こうして彼らの期待を裏切り続ければ、遠くない内に彼らは自ら破門を申し出てくるはずだ。

「そんな事より、まずはこっちだよ。装置は作れそう？」

「はい！　唯一のネックだった触媒も想定通り、手に入りました。これほど質のいい石なら大きな装置も作れます。全てクライさんのおかげです！」

「いや、僕は何もやって――まあいいや。装置の製造ってどうやるの？　僕に手伝える事とかある？　大した事はできないけど」

シトリーの過剰評価はいつもの事だ。軽く流して、一応確認する。

僕には知識もスキルも経験もないが、雑用くらいはできるだろう。

僕の問いに対し、シトリーは昨日見せた少し不安げな表情が嘘のような笑顔で元気よく言う。

「はい。大丈夫です！　何も問題が起きないうちは私がやってみるのでクライさんは見ていてください！　いつまでも頼ってばかりじゃないんですよ？」

「……ほどほどにね？」

何か問題が起こった時に僕に押しつけるつもりなんだろうか……。

現実逃避でただただ笑みを浮かべる僕に、シトリーが説明してくれる。

「装置の製造は繊細な作業です。ですが幸い、この装置はアカシャゴーレムなどと違って、材料さえあれば魔導師《マギ》数人で作れるように設計されています。製造の容易さも重要な要素ですから。どこの宝物殿でも簡単に調整できるようにというのがコンセプトなんです！　ようやく試せます！」

「……に……兄さん、シトの事ちゃんと見張っててくださいね？」

ルシアが動揺の余り兄さん呼びになっていた。

確かに、概要を聞く限りかなり危険な装置だ。僕はシトリーが違法な事なんてやらないと信じているが、錬金術師《アルケミスト》は割と倫理感が希薄な事が多いみたいだからなあ……。

…………まぁ、今は有事なのでよしという事にしよう。通報する人もいないし……。

ルシアの言葉に、シトリーが目を丸くして不思議そうに言う。

「何言ってるの？　……作るのはルシアちゃんだから」

「……は、はぁ？　なんで私が――というか、どうやって――」

「だって私じゃ魔力量が足りないし……安心して？　装置を作るための術式は私が知っているし、大きさなどのパラメーターの変更は私でもできるから、問題はないはずです」

「…………」

ルシアがとても嫌そうにシトリーを見るが、シトリーの笑顔は崩れない。

二人とも本当に仲がいいなぁ……セレンが完全に蚊帳《かや》の外になっている。

「材料は私が持ってきた物を除けば、魔術の触媒として使用する宝石と──硝子《ガラス》だけです。宝石はセレンさんから頂いた物で十分足りるはずなので、後は装置の本体を成す大量の硝子さえあれば──」

大量の硝子…………硝子、か。と、そこで僕は気づいた。

ユグドラに硝子なんて……ある？

帝都ならば簡単に手に入ったのだろうが、僕が知る限りユグドラの窓に硝子は使われていない。

僕の思考を読んだかのように、セレンが眉を顰め、困ったような表情で言う。

「硝子……硝子、ですか。残念ながら……ユグドラで、硝子はほとんど使用されていません。少量ならありますが──」

やっぱり、そう都合よくはいかないか。どれくらい必要かにもよるが、残念ながら今回いつも以上に色々持ってきた僕も硝子は持ってきていない。

だが、シトリーはその台詞を聞いて、何故か僕を見て我が意を得たりとばかりに言った。

「大丈夫、硝子には当てがあります。ね？　クライさん」

…………え？

轟々と燃え盛る焚き火が、シトリーの横顔を照らしていた。命の気配のない無人の街。その中心に奔る大通りの真ん中に立ち、シトリーが大声を張り上げ指示を出す。

「割ってもいいので、量を集めてください！」

「きるきる……」

「うむ……」

どたどたと足音を立て、キルキル君とアンセムが駆ける。目標はそこかしこに立ち並ぶ建物だ。

硝子を手に入れるために僕達がやってきたのは、みみっくんの体内に存在する街だった。

みみっくんの体内に存在するこの街は広大だ。そして、いつの時代に呑み込まれたものなのか不明なのだが、この街の建物の窓には窓硝子がはめ込まれている。

なるほどなぁ……。

僕は感心していいやら呆れていいやら、微妙な気分で作業を見ていた。

全ての建物の窓硝子を回収すれば、必要量とやらはすぐに集まるだろう。

だけど、ちょっと容赦なさすぎじゃない？　けっこう風情《ふぜい》のある街なのに……。

「ふふふ……実は、最初に立ち入った時から、目をつけていたんです！　何かに使えるんじゃないかと！　だから、マナ・マテリアル撹拌装置が必要になってすぐにピンときました！　どうですか？」

「うんうん、そうだね」

そんな前からこの街の建物を解体する事を考えていたのか……僕も何度か来たけど、この街をそういう形で有効活用しようなんて考えもしなかったよ。いつか更地にされそうだなぁ。

一応リィズが今度探検したいって言っていたんだけど……止めるのは無理だな。

ちなみに、砕く前にみみっくんに硝子を出してと言ってみたがさすがに無理だった。どこまでがみみっくんの機能の内なのかさっぱりわからない。

硝子の回収には時間がかからなかった。きるきる君もアンセムも体力は無尽蔵だ。あらかた割り終えると、外に出て、みみっくんに割った硝子を出してもらう。

作業場に出現した砕けた硝子の山は陽光を受けきらきら輝いていて、少し変わった宝石のようだ。

山を見て満足げに頷くシトリーに、テンション低めにため息をつくルシア。

杖でとんとんと地面を叩くと、ルシアがシトリーに尋ねる。

「……で、ここから私は何をすればいいの？　製造は私がするって言ってたけど──」

「設計図が──装置を作るための術式があるのです。錬金術ってのは万人のための技術ですからね……幾つかのパラメーターを変える事で性能やサイズを自由に調整できるようになっています」

「…………………どこで研究したのか知らないけど、とんでもない装置ね」

親友に向けるものではない、ドン引きしたような表情をするルシア。僕ももうちょっと事の重大さを理解できる頭脳があったら同じような表情をしていたかもしれない。

魔術も錬金術も、この世の真理は難しすぎる。そして僕の身近には危険なものが多すぎる。

シトリーはおもむろにチョークを取り出すと、唇をぺろりと一度舐め、地面に絵を描き始めた。

得体の知れない幾何学的な模様。大きな円を中心に、内部に無数の見た事がない複雑怪奇な図が、淀みのない手付きで描き込まれる。

意味不明な行動を始めた幼馴染に目を丸くする僕を他所《よそ》に、ルシアがぴくりと眉を動かした。

「これは…………魔法陣？　魔導師《マギ》なら作れるって、まさか——」

「我々は、材料を元に魔術で装置を加工するための魔法陣を考案しました。書は処分され、既に式は私の頭の中にしかありませんが——」

大規模な魔法を発動する際は往々にして複雑な準備が必要とされる。

『マリンの慟哭《どうこく》』の浄化を試みた時の光霊《こうれい》教会も強固な結界を張るために魔法陣を使っていたが、魔法陣とは簡単に言うと、魔術の設計図のようなものらしい。

僕は余りその手の知識に明るくないが、万人が複雑な魔術を確実に発動できるようにするために生み出されたものだと聞いたことがある。

シトリーの描いた魔法陣——描かれた複雑な模様は全く意味不明だった。文字のようなものも見えるが、一文字たりとも理解できない。

こんな図を元に魔術を構築できるなんて魔導師《マギ》って凄いなあ。

うんうん頷いていると、シトリーがぱぁっと笑顔になって言う。

「!!　わかりますか、クライさん!?　この魔法陣に組み込まれた画期的な魔術式が！」

「うんうん、そうだね。とても画期的だ」

正直、笑えてしまうくらいよくわからないけど、シトリーがここまで自信満々な表情をして画期的じゃなかったことはない。

笑顔に引っ張られてとりあえず同意していると、ルシアが恐る恐るといった様子で声をあげる。

「シト……？　…………この魔法陣、発動に五人は必要ですよね？　だってほら…………この術式、ベースに五つの異なる魔術が――」

「そう！　そうなの！　五人の魔導師《マギ》で発動する魔法陣なの！　材料の加工に五つの属性の魔法を同時に流し込む必要があって……五人の、しかも息のあった魔導師《マギ》を揃えるのが大変なのはわかっていたんだけど、どうしてもそれ以上減らせなくて――」

複数の魔導師《マギ》が協力して一つの高位の術を発動する。儀式魔法と呼ばれる魔導師《マギ》の奥義の一つだ。なるほど画期的な効果を得るには普通の術式では足りなかったらしい。

これは凄く凄そうだ。

そういえばルシアの魔術をこうして戦場以外でじっくり見るのは久しぶりかもしれない。

「じゃあさっそく見せてもらおうかなー」

「お願いします！　ルシアちゃん！」

僕とシトリーの要求にルシアがびくりと身を震わせて言う。

「!?　あ、あのー……私の話、聞いてました？　私は、この魔法陣の発動に、五人は必要だって言ったんですよ？」

「え？　……でもルシアの魔力《マナ》は五人分以上あるでしょ？」

こと、魔術に関してルシアは天才である。《星の聖雷《スターライト》》や《魔杖《ヒドゥン・カース》》からの勧誘はもちろん、研究機関や学術機関からのスカウトも途切れたことがない。

圧倒的な魔力量に繊細な術式構築。貪欲に知識を吸収しあらゆる魔術を修めたばかりか、自ら幾つもの新しい術を開発した。まさしく才媛という言葉は彼女のためにある。

僕の言葉にルシアは額に皺を寄せて凄い表情で言う。

「わかっていると思いますが、魔力量は関係ありません。異なる術を二つ同時に使うというのは強《し》いて言うなら左右の手で同時に別の文字を書くようなもので――」

「…………でも君、両利きじゃん」

ルシアは昔から何かと器用な子だった。不器用なのは、遠縁からアンドリヒ家に引き取られてきたという生い立ち故に何かと我慢しがちという、その性格だけだ。もう家族だというのに。

「えぇ？　確かに両利きですよ、兄さん！　二つまでならなんとかなるかもしれませんが、残念ながら、私には手は五本もありませんッ!!」

「…………そう言われてみればそうだねえ」

そう言われるとぐうの音も出ない。僕も手が五本もある妹を持った覚えはない。

「うーん…………」

二つならなんとかなるという時点でルシアは魔導師《マギ》として卓越しているのだろう。

そもそも、ここにはセレンもいるし、《星の聖雷《スターライト》》のメンバー達もいるのだ。シトリーは何故かルシアを所望しているようだが、ルシア一人に任せる必要なんて全くない。

むしろルシアが担当する必要がない可能性すらあるのでは？　《星の聖雷《スターライト》》のメンバーだけでやったほうが連携も取りやすいだろうし。

眉を顰めハードボイルドな表情でそんな事を考えていると、ルシアが耐えかねたように叫んだ。

「あー、あー、あー、もうッ！　わかりましたッ！　やればいいんでしょ、やれば！」

「へ？　いいの？」

「………なんとかしますよ。兄さんの無茶振りには、慣れてますから」

無茶なんてしなくていいのに……向上心の塊かな？

心配でつい目で追ってしまうが、その時にはルシアはもう集中に入っていた。

難しい表情で術式を見下ろし、ぶつぶつ独り言を言い始めるルシア。こうなってしまうと彼女はしばらく動かない。

シトリーがその様子に何故か満足げな表情で言う。

「魔術を五重起動なんてできるようになったら、いよいよルシアちゃんも人外じみてきますねえ」

他人の妹を人外にしないでください。というか五つの魔術を同時に起動できたら人外なのか……。

冷静に考えるとルシアに無茶振りしているのは僕ではなくシトリーなのでは？　仲が良い分、からかうのもうまいし、シトリーの新開発したアイテムにルシアが振り回されるのはよく見る光景だ。

そこで、それまで黙って話を聞いていたセレンが小さく咳払いをして、シトリーに確認する。

「ニンゲン、私にも何か手伝える事はありますか？　これでも、魔術には自信があります」

「いえ………装置の製造には精霊人《ノウブル》が苦手とする火の魔術が必要ですし、そもそもこれはルシアちゃんの試練なので——そうだ、一応、過去に調べたという近辺の地脈の情報を頂けますか？」

「そ、そうですか……わかりました」

情報だけくれと言われ傷ついたような表情をするセレン。どうやら皆やることがあるのに自分だけ仕事がないのが気になるらしい。僕なんて全然気になっていないのに、真面目な事だ。

このまま放置しておくと思いつめそうなので、一応フォローを入れる。

「肩の力を抜いて。こういう時に仲間を信じてどんと構えるのもリーダーの仕事だよ」

「な、なるほど…………そういうものですか」

「何かあったら何かあったって言ってくるから……世界の破滅が迫って焦るのはわかるけど、神を前にしたらたかが一人の人間に――精霊人《ノウブル》にできる事なんて、大したことないんだよ」

「…………まぁ、私の場合は、宝物殿に挑む仲間を信じてどんと構えた結果、ユグドラの戦士達は誰も戻ってこなかったんですが――」

……悲愴なエピソードを出してくるじゃないか。

《星の聖雷《スターライト》》然り、精霊人《ノウブル》には勇敢な人が多いみたいだな。

うつむき黙り込んでしまうセレン。

どうも彼女は悲観的すぎるな。美人は美人だが、こうしていつも悲しげな表情をしているのを見ているとこちらまで悲しくなってきてしまう。

大体、セレンがそんな表情をしてもユグドラの仲間達は戻ってこない。それどころか、そんなにいつも消沈していたら病気になってしまいそうだ。

ハンターもまた、日常的に命の危険にさらされる仕事である。死者が出ることも少なくない。

故に、ハンターは仲間の死を長く引きずらない。悲しみを引きずっていたら自分まで死にかねないからだ。代わりに、僕達は仲間の魂を継ぎ、胸を張って未来に歩いていくのである。

だが、そんな事を僕から説かれてもセレンにはなんの慰めにもならないだろう。

と、そこで、僕は前々から考えていた事を思い出した。

「そうだ、セレンみたいな人にぴったりな良い宝具があるんだ！　貸してあげるよ」

「え？　宝具、ですか……？」

「『快適な休暇《パーフェクト・バケーション》』って言うんだけど……」

「快適な……休暇？」

快適な休暇《パーフェクト・バケーション》。それは、僕のお気に入りのシャツ型宝具だ。

有する力は着た者を強制的に快適にしてしまう事。

気温や湿度、振動、マナ・マテリアルや魔物の殺意などの外的要因はもちろん、悲しみや怒りなどの使用者本人に起因する要素まで、あらゆる『不快』から使用者を守り快適で上書きしてしまうその宝具は、ハント中は当然として、休憩するのにピッタリな宝具だった。

まさしく、今のセレンに必要な物だ。まぁ代わりに僕は快適ではなくなってしまうが、戦闘に参加するつもりも何かやる予定もないわけで、問題ないだろう。ルークの解呪のために【源神殿】に向かった時にも着ていたのだが、どうやら名前を知らなかったみたいだな。

余談だが、快適な休暇《パーフェクト・バケーション》はリィズ達に何度勧めても使ってくれなかった宝具でもある。

効果は強力なのだが、どうやら皆あのビジュアルが気に入らないらしい。そりゃちょっと派手だけど、いいじゃん……けっこうおしゃれだと思うよ？

「セレンにぴったりだと思う。ほら、さっそく貸してあげるから……シトリー、装置の方は任せたよ」

何を隠そう、他の人に是非、その力を体験して貰いたいと思っていたところだ。

どうせ僕には仕事はないし、セレンにもない。ならばユグドラの皇女であるセレンの体調を少しでも良好にする事こそが僕が今すべき事に違いない！

「は、はい…………それでは、そちらはお任せします……」

シトリーが先程とは異なり、少しテンション低めに言う。

何をお任せされたのだろうか？ …………ま、いっか。早速セレンに宝具を試してもらおう。

もしかしたら宝具仲間が増えるかもしれない。

戸惑うセレンの背中を押すと、僕は意気揚々とその場を後にした。

陽光もほとんど差さない鬱蒼《うっそう》と茂る森。太古から存在するというその大樹海は住み着く精霊人《ノウブル》ですらその全容を知らず、特異な魔獣や幻獣、精霊が特殊な生態系を作っているという。

【源神殿】攻略作戦フェイズ1。事前準備。

アドラー達は地脈の様子を確認するため、現人鏡に映し出された静かに流れる草木を眺めていた。

いや、正確に言うのならば見ているのは草木ではない。見えないだけだ。

大地に流れる膨大な力を十分に受けた草木は見上げるほどに成長していて、現人鏡のターゲットにしている小柄な狗の鎖《ドッグズ・チェーン》は完全に背の高い草の中に隠れていた。

風景の移動速度から駆けているのは間違いないはずだが、傍目からは藪ががさがさと動いているようにしか見えない。

狗の鎖《ドッグズ・チェーン》を偵察に出してから数十分。今のところ、大きな問題は発生していなかった。

その特別な目で鏡を眺めていたウーノが感心したように言う。

「うまく走るものですねー。まさか『生きる鎖《リビング・チェーン》』にこんな隠れた機能があるなんて――」

「……使い道が思い浮かばねーけどな。似たようなサイズでもっと賢い魔物なんて幾らでもいる」

「まったくだね」

クイントの言葉に同意する。

確かに、アドラーが想像していたよりもうまくいっている。だが、それは現段階では問題が発生していないというただそれだけの事だ。

指示を聞いてくれる『生きる鎖』は確かに面白いが、面白いだけだ。もっと素早く、賢く、力強い魔物なんて幾らでもいるし、そもそも今こうして役に立っているのだって、アドラー達の現人鏡あってのものであり、わざわざこの状況で宝具を使う理由にはなっていない。

「御託はいいんだよッ！　クライちゃんが楽な道を行くわけねえだろ。文句つけてる暇があったら、てめえの仕事をしっかりしろ！」

アドラー達の様子を監視するかのように後ろに立っていたリィズが、舌打ちをして怒鳴りつけるように言う。その鋭い目つきからはアドラー達を警戒しているのが如実に伝わってきた。

然《さ》もありなん。アドラー達は別に《千変万化》の味方ではない。ただ、メリットがあるから従っているだけの事。馴れ馴れしくされていたらそれこそ拍子抜けだ。

同じように、警戒を隠していない精霊人《ノウブル》のパーティの一人が確認してくる。

「それで……地脈はちゃんと見えるのか、です？」

「そこは問題ありませんよー。もっとも…………まだ宝物殿まで距離があるこの場所でも、尋常ではないマナ・マテリアルの濃度です。強弱を見分けるのは、かなり難しいかもしれませんがー」

世界樹の周りには地脈が密集している。今回アドラー達が見つけなければならないのはその中でも特にマナ・マテリアルが蓄積している地点――世界樹に集まる地脈が合流し、一本の大きな地脈となるその点だ。ユグドラのトップ――ウーノと同じく特別な目を持つセレン皇女の話では、そこには見てはっきりわかるくらい強い力が集まっているらしい。

鏡を食い入るように見つめていた黒髪の少女――ティノという名らしい少女が恐る恐る呟く。

「しかし、全く動物がいませんね…………こんなにマナ・マテリアルの濃い森なのに……」

「ふん……マナ・マテリアルが濃い故、かもしれんぞ。強力な、知性のある幻獣程、警戒心は強いものだ。生態系の頂点が既に変わっている事くらい理解できるだろう」

ラピスが肩を竦めてみせる。確かに、明らかに森は普通の状況ではなかった。

これが本職の盗賊《シーフ》やアドラー達が調伏した魔物だったら今の森に違和感を抱いただろうが、狗の鎖《ドッグズ・チェーン》はそれに気づく事なく、前に進んでいた。

恐怖は危機感を呼び起こす。

それを感じないというのはメリットでもあり、大きなデメリットでもある。

「……前回、森を探索した時は、もう少し生物がいた。でも今は――死骸すらない」

ぼんやりと鏡を眺めていたエリザがぽつりと言う。

尋常ならざる何かが起きているのは間違いなかった。

「たとえ知性のある幻獣が逃げたとしても――ここまで静かなのは不自然だ。どちらかというと、『追われた』可能性が高いだろうね」

さすがは最難関と言われる神殿型宝物殿。これまでアドラーが持っていた常識の枠から外れた事が次から次へと起こる。

神殿の入り口で相対した《千変万化》が率いていた幻影《ファントム》の軍勢の事を思い出す。

思い返せばもしかしたら、あれは一種の試験のようなものだったのかもしれない。同じ導手としてアドラーが協力者たりうる実力を持っているか見極めるための試験。

そして、恐らく、アドラーは相打ちという形で、ぎりぎり合格した。そうでなければ、弟子入りをあっさり認められるはずがない。

どちらにせよ、今のアドラーは軍勢を失っている。

この現象を成した幻影《ファントム》と接敵するのは避けたいところだ。少なくとも、ユデンが回復し新たな軍勢を構成するまでは――。

と、その時、エリザが訝《いぶか》しげな声をあげた。

「……この子、予定のルートからずれてる」

「!?」

再度、鏡を確認する。

狗の鎖《ドッグズ・チェーン》は迷いもなくまっすぐ進んでいるように見える。

もともと森は似たような光景も多く、迷いやすいものだ。鏡に映し出された光景という事もあって全く気づかなかったが、高レベルの盗賊《シーフ》が言うのだから、その言葉は真実なのだろう。

《千変万化》は狗の鎖《ドッグズ・チェーン》へ指示を出す時、地図上の線をなぞって調査ルートを提示していた。そんな簡単な命令で大丈夫か疑問だったのだが、どうやら余り大丈夫ではなかったようだ。

このまま大きくルートを外れてしまえば調査の意味がない。

本職の盗賊《シーフ》を調査に派遣していればありえなかった光景だ。

本当にどうして狗の鎖《ドッグズ・チェーン》なんて使ったのだろうか？

眉を顰め考え込んでいると、ふとティノが強張《こわば》った表情で言った。

「お姉さま…………その……私の勘違いだったらいいんですが、この子…………宝物殿の方に向かっているような…………」

「はぁ…………ティー、あんた今まで何見てたの？　もう一度言うけど、クライちゃんが楽な道を選ぶはずがないでしょ！」

震える声を上げるティノに、《絶影》は呆れたように肩を竦めてみせる。

狗の鎖《ドッグズ・チェーン》は未だ道を間違えたことに気づく気配はなかった。このまま放置していれば面倒な事になるだろう。

現人鏡にできるのは監視だけだ。対象に命令を伝えるような能力はない。リィズを見て言う。

「《千変万化》を呼びなよ。こういう状況を想定していないわけがないだろう？」

アドラー達導手は、魔物を操る際に様々な手段を用いる。例えばクイントならば指笛で詳細な指示を出せるし、それができないアドラーはそもそも知能の低い魔物を遠くには送らない。

狗の鎖《ドッグズ・チェーン》の能力について、アドラーは余り詳しくない。偵察ができるとも知らなかったし、遠方から命令できる可能性もあるだろう。いや、あんな簡単な指示だけで調査に派遣したのだから、何かしらの考えがあって然るべきだ。

だが、アドラーの言葉に対するリィズ達の反応は予想外のものだった。

三人の盗賊《シーフ》はなんとも言えない表情で顔を見合わせ、ため息をつく。

一体どういう事だろうか？　目を丸くするアドラーに、昨日去り際に脅しのような言葉を残していったティノが小さく咳払いをして言う。

「もちろん想定済みに決まってる。貴方達は神算鬼謀を甘く見すぎている。そもそも、マスターは、狗の鎖《ドッグズ・チェーン》が迷うことすらも想定済み。だから呼ぶ必要はない」

「…………は？」

迷うことすら想定済み？　どういう事だ？

ウーノもアドラーと同じ感想だったのか、半信半疑の表情で言う。

「…………迷うことすら想定済みって…………あえて迷わせる意味なんてありますかー？　別の道を調査させたいならそういう命令を出せばいいじゃないですかー」

「……マスターの考えは、判断は、凡人には思考の及ばない遥かな高みにある。つまりマスターは神」

意味のわからない事を言うティノ。だが、その浮かべていた表情に、アドラーは息を呑んだ。

まるで絶体絶命の事態に陥ったかのような、深刻な表情。それは断じて、味方について話しているような表情ではなかった。まるで手に負えない怪物について話しているかのような――。

魔物を操る導手には優れた指揮能力が必要とされる。アドラーは《千変万化》が神算鬼謀とされているのも導手としての指揮能力からくるものだと思い込んでいたが、この表情からするともしかしたらその考えは少し甘かったのかもしれない。

どちらにせよ、様子を見たほうが良さそうだ。

「そこまで言うなら……面白いものが見れそうだねえ」

「…………きっと、面白くはないぞ、です……」

クリュスと呼ばれていた精霊人《ノウブル》の少女が密かな畏れを込めた声でぼそりと呟く。確か《星の聖雷《スターライト》》も《千変万化》と同じクランのメンバーだったはずだ。

敵から畏れられているのならばわかるが、味方からここまで畏怖されているとは――。

と、そこで、鏡の中を黙って見つめていたエリザの表情が変わった。

目を見開き、短く叫ぶ。

「なにか来る…………ッ!」

皆が鏡に集中する。ほぼ同時に茂みの揺れが止まった。狗の鎖《ドッグズ・チェーン》が足を止めたのだ。

宝具である狗の鎖《ドッグズ・チェーン》には感情のようなものはないはずだ。ならば、どうして足を止めたのか。

足音はしない。しかし、不穏な風が吹く。

鏡の中の出来事なのに、皆が呼吸を止めていた。得体の知れない強いプレッシャー。


――そして、皆が注視する中、木陰からそれが現れた。


最初に見えたのは、木漏れ日を吸い込む漆黒の仮面だった。

デザインは【源神殿】で戦った幻影《ファントム》達が被っていた物と同様だったが、色が違う。

それは、人間型の幻影《ファントム》だった。丈の短い漆黒のローブに、すらっと伸びた華奢な手足。アドラー達を苦しめたあの騎士の幻影《ファントム》と違い格好は魔導師《マギ》のもので、その所作もどこか洗練されており暴力的な雰囲気はないが、鏡越しでも伝わってくるそのプレッシャーは尋常なものではない。

醜悪な黒の仮面を被った闇の魔導師《マギ》。明らかに雑魚《ざこ》ではなかった。

恐らくはユデンを真っ二つにした騎士の幻影《ファントム》と同格の相手だ。仮面の色は違うが、間違いない。

心底思う。あの時、この幻影《ファントム》と当たらなくてよかった、と。

導手の力の本質は数による圧倒だ。一騎当千の騎士も強かったが、一騎当千の魔導師《マギ》はアドラー達にとって天敵と言える。一つの広範囲の攻撃魔法で軍が全滅する可能性すらあり得る。下手をしたらアドラー達、導手まで全滅するだろう。

――欲しい。

不意にアドラーの中に強い欲求が湧いた。

神の幻影《ファントム》にも興味があるが、アドラー軍には魔導師《マギ》がほとんどいない。そもそも魔術を使える魔物というのは貴重なのだ。

この幻影《ファントム》を支配できれば《千鬼夜行《ナイト・パレード》》はさらなる高みに至れる。

強い情動に歪みかける表情をなんとか平静に保つ。

まだ幻影《ファントム》が目の前に現れただけだ。

幻影《ファントム》を支配するにあたり、どのような工程を必要とするのかもわかっていない。

もしかして、《千変万化》は狗の鎖《ドッグズ・チェーン》を使って幻影《ファントム》を探らせようとしたのだろうか？

今回の目的とは少しずれているが、そう考えれば狗の鎖《ドッグズ・チェーン》を偵察に出した理由も納得できる。

強力な魔物は導手にとっても貴重だ。徒《いたずら》に消耗させる必要はないし、そもそも生き物だったらこの幻影《ファントム》の気配を感じとった時点でそちらに近づこうなど考えないだろう。宝具ならば破壊されても買い直せば済むし、強力な幻影《ファントム》を前に臆するという事もない。

今までは考えもしなかった選択肢だ。アドラーも似たような機能の宝具を探してみるべきか……そんな事を考えたその時、幻影《ファントム》の真上から黒いものがゆっくりと落ちてきた。

薄墨色の球体。一瞬巨大な風船かと思ったが違う。

これは…………何だ？

見た事がない物体だ。だが、その周辺の空気は不自然に歪み、見ていると胸がざわついてくる。

ふと隣を見ると、ウーノが目を限界まで見開いていた。

その特別な目にはアドラーとは違う何かが見えているのだろうか？

ラピスがふらふらと鏡に近づくと、テーブルに勢いよく手をつき、震える声をあげた。

「ば……馬鹿な…………これは、精霊《エレメント》だ。しかも、最上位の精霊――ユグドラの守護精霊――ミレスと同格のッ！」

精霊。力の塊。生ける自然。あらゆる秘境を旅してきたアドラー達でもほとんど見たことのない最強の存在の一つ。中でも最上位の精霊は各地で信仰され、神に匹敵する力を持つと言われている。

その言葉が本当だったら、まずい事態だった。最上位精霊とは、アドラーの軍勢が万全の状態でも勝てるかどうかわからない相手なのだ。

得体の知れない精霊はまるで幻影《ファントム》を守るかのようにふわふわとその周囲を浮かんでいた。

「エ、精霊《エレメント》が幻影《ファントム》に味方することとなんて、聞いたことないぞ、ですッ！」

「…………チッ。さすがに、これは何か対策を取らないと――」

「無理。近づく前にやられる」

さすがに相性が悪いのはわかるのか、リィズが舌打ちをし、エリザが窘めるような口調で言う。

魔導師《マギ》の幻影《ファントム》だけでも手に負えないのに、高位の精霊がついているとなると相手が悪すぎる。

幻影《ファントム》が背の高い草むらの中、ゆっくりと歩を進める。ただそれだけで、周囲の植物がみるみる色を失い、枯れ落ちていく。まるで――植物から生命力でも奪っているかのように。

何かをしている様子はない。幻影《ファントム》の力なのか、あるいは精霊の力なのか。

ただ一つ確実に言える事があるとするのならば――その存在はただそこにいるだけで、周囲の命を害していた。

恐ろしい力だ。特に、群れを率いる《千鬼夜行《ナイト・パレード》》と相性が悪い。

突発的に遭遇していたら負けていたかもしれない。

ウーノがなにか言いたげな表情でアドラーを見る。アドラーは一度頷き、皆を見回した。

確かにこの幻影《ファントム》の力は強大だが、事前に知っていればこそ打てる手というものもある。

「厄介な能力のようだね……だが、空間を切り裂き移動できるウーノのリッパーなら、確実に背後から先手を取れる。一撃で始末すればどれほどの力を持っていても関係ない」

「今は、鋏《はさみ》が消耗しているので、もう一度使えるようになるまでは少し時間がかかりますがー」

ウーノの聖霊――リッパーの能力は奇襲に最適だ。

自在に空間を切り裂く鋏。疑似的な瞬間移動を可能とするその能力はこれまで《千鬼夜行《ナイト・パレード》》を幾度となく救ってきた切り札であり、その力は、逃走時は当然として、攻撃の際にも有効に働く。

魔導師《マギ》の弱点は本体の貧弱さだ。たとえ相手が幻影《ファントム》でもその前提は変わらないはずだ。

クイントを一撃で昏倒させるほどの攻撃力を誇るリィズに背後から無防備なところを攻撃されればひとたまりもないだろう。植物を枯らす現象も高レベルハンターを一瞬で倒せる程ではない。

アドラーの案に、エリザが目を見開く。

「…………貴方達、空間転移までできるの？」

「リッパーの力は特別なのですよー」

「…………チッ。賊の力を借りるなんてムカつくけど、仕方ないか。仕事はきっちりやらないとね」

「そうです、お姉さま。世界の危機ですから――」

どうやらリィズでも目的のためならば嫌いな相手とも共闘するくらいの度量はあるらしい。裏切られる心配もないだろう。この女は裏切るくらいならば正々堂々攻撃してくるはずだ。出し惜しみするつもりはない。これほどの幻影《ファントム》が何体もいるとは考えたくはないが、これからも強力な幻影《ファントム》達と幾度となく交戦するだろう。協力しあわねば生き残れない。《嘆きの亡霊《ストレンジ・グリーフ》》と《千鬼夜行《ナイト・パレード》》は一蓮托生《いちれんたくしょう》だ。

「ウーノ、どのくらいあれば鋏が使えるようになる？」

「そうですねー……三日もあれば一度使えるくらいには回復するはずですー……」

三日、か。最近酷使しすぎたな。

ティノが眉を顰め、ウーノに確認する。

「……ところで、その鋏って一度で、何人送れるの？」

「え？　どちらかというと、人数じゃなくて、道の大きさですー。どれだけ空間を大きく切り裂くかですねー」

「…………お、お姉さま、こいつら、セレンさんよりスペック高いかもしれません……」

「こら、ティノ、不敬だぞッ！　……ふん。言いたくなる気持ちもわからなくはないが、な」

少し待つことになるが、今回の作戦は調査で終わりではない。場所を見定めたら装置を設置しなくてはならないのだ。この幻影《ファントム》を無視して作戦を続行するわけにもいかない。

初っ端から問題に当たってしまったが、逆に考えれば今その存在を知る事ができてよかった。

幸い、幻影《ファントム》は索敵能力は高くないらしく、草むらの中に潜んだ狗の鎖《ドッグズ・チェーン》には気づいていないようだ。

幻影《ファントム》はその莫大な力に対して、足取りが余りにも不確かだった。

ふらふら左右に体を揺らしながら、狗の鎖《ドッグズ・チェーン》の数メートル隣を歩いていく。

もしかしたら巡回ルートがあるのだろうか？　少し迷ったが、現人鏡の映し出すターゲットを狗の鎖《ドッグズ・チェーン》から目の前の幻影《ファントム》に変える。

これでこの幻影《ファントム》が何を目的として、どこに向かっているのかもわかるはずだ。

何かを探しているのか、あるいは宝物殿周辺の警備でもしているのか。少しでも情報が欲しい。

姿勢を正し幻影《ファントム》の動きを注視していると、その時、不意に草むらが大きく動いた。

「!?　な、なにぃ!?」

背の高い草むらの中から飛び出したのは——狗の鎖《ドッグズ・チェーン》だった。

鈍く輝く細長い鎖。狗の鎖《ドッグズ・チェーン》は木漏れ日を反射しながら、流れるような動きで勇猛果敢（？）に幻影《ファントム》に向かって体当たりを仕掛ける。

「!?　え？　ええ？？」

ティノがか細い悲鳴のような声をあげ、リィズやクリュスもぎょっとしたように目を見開く。

狗の鎖《ドッグズ・チェーン》はぶつかると同時に、狗の形を形作っていた身体を解き一本の鎖に戻ると、幻影《ファントム》の身体にぐるぐると巻き付いた。

幻影《ファントム》が背後からの強襲にびくりと身を震わせ、鎖を振り払おうとするが、その程度では解けない。

それは、にわかには信じがたい光景だった。

「まさか、幻影《ファントム》の拘束が狙いだったのか？　いや、だが——」

意味のわからない展開に、アドラーは動揺を抑えきれなかった。

確かに対象を拘束するのは鎖型宝具の最もポピュラーな機能だ。狗の鎖《ドッグズ・チェーン》は宝具なので強大な幻影《ファントム》相手に躊躇いなく飛びかかるというのも納得できない話ではない。

だが、《千変万化》が狗の鎖《ドッグズ・チェーン》に出した指示は偵察だけだったし、そもそも普通、このレベルの宝物殿の幻影《ファントム》は狗の鎖《ドッグズ・チェーン》程度では拘束できないはずだ。

幾つもの要素が重ならなければ発生し得ない光景。

まさか、ここまで《千変万化》の計算通りなのだろうか？

だが、まだだ。問題はまだある。

魔導師《マギ》は確かに純粋な身体能力は低いかもしれないが、それは彼らの弱さを意味しない。

全身を拘束したところで——魔導師《マギ》の力は微塵《みじん》も損なわれていない。

アドラーの考えを裏付けるように、幻影《ファントム》の体がぼんやりと光り輝き、巻き付いていた鎖が解け、弾き飛ばされる。

全身から魔力《マナ》を一気に放ち攻撃を弾き飛ばす簡単な結界魔法だ。それなりに腕に覚えのある魔導師《マギ》ならば誰でも使えるような術である。

狗の鎖《ドッグズ・チェーン》は空中で形を戻すと、そのまま草むらに着地し姿が見えなくなる。

「どうするつもりだ？」

姿は見えなくなったが先程とは状況が違う。索敵能力が低くてもいることさえわかっていれば、その場所を探知する方法などいくらでもあるだろう。

幻影《ファントム》は狗の鎖《ドッグズ・チェーン》が着地した方向を向くと、静かにその右腕を伸ばす。

ただそれだけで、まるで波紋でも広がるかのように草むらが枯れ落ちた。

その速度は先程までの比ではなかった。侵食はそのまま止まることなく広がり、青々と茂っていた大樹が一気にその色を失い、軽い音を立て崩れ落ちる。

そこに残ったのは先程と何ら変わらない幻影《ファントム》と、隠れる場所のなくなった狗の鎖《ドッグズ・チェーン》だけだ。

有効範囲は十メートル程だろうか？　あるいは本気を出せばもっと広範囲にまで攻撃できるのかもしれない。

さすが宝具なだけあって、魔法の影響は受けていないようだが、既に勝ちの目は見えなかった。

そもそも狗の鎖《ドッグズ・チェーン》には攻撃手段がない。狗の鎖《ドッグズ・チェーン》はあくまで相手を拘束するための宝具なのだ。

だが、どうにもならない状況に見えるが、《千変万化》が意図して幻影《ファントム》と狗の鎖《ドッグズ・チェーン》をぶつけたのだとしたらこのような状況になる事もわかっていたはず――。

ごくりと唾を飲み込み、状況の推移を見守る。

無言で目の前に立つ幻影《ファントム》の魔導師《マギ》に、狗の鎖《ドッグズ・チェーン》が大きく身を震わせる。

そして――大きくぴょんと跳び上がると、反転し軽やかな動きで駆け出した。

「…………は？」

狗の鎖《ドッグズ・チェーン》が幻影《ファントム》の力の範囲を脱出し、まだ残っていた草むらに消える。

思わず目を瞬かせるが、現実は変わらない。

何らかの作戦だろうか？　一瞬そんな思考が脳裏を過《よぎ》るが、狗の鎖《ドッグズ・チェーン》が戻ってくる気配はない。

「逃…………げた？」

どういうことだ？　逃げるのならば幻影《ファントム》の前に飛び出し正体を晒す必要はなかったはずだ。

あの状況で相手を攻撃した以上、狗の鎖《ドッグズ・チェーン》はそういう命令を受けていたと考えるべき。レベル10宝物殿の幻影《ファントム》相手に狗の鎖《ドッグズ・チェーン》がまともに戦えるわけがないのだから、けしかけた理由が他にあると考えるべきだ。

《千変万化》の思考を読み解こうとするが、全く理解できない。さすがにこの行動が巡り巡って幻影《ファントム》の調伏に繋がるとも思えないし――。

混乱していると、沈黙していたティノが絞り出すような声で言った。

「ま…………ますたー…………まさ、か…………そういう、試練、ですか？」

……試…………練？

余り聞き慣れない、こんな状況に聞くようなものではない言葉に、ティノを見る。

血の気の引いた、今にも死にそうなティノの顔。

もう一度、現人鏡が映し出す光景を見る。ちょうど、映し出していた幻影《ファントム》が歩き出すところだった。

大きくふらつきながらも、狗の鎖《ドッグズ・チェーン》が逃げていった方に向かって――。

「…………足が、逃げたがってる…………私は、ここから動いていないのに……」

「ヨワニンゲン……あいつ……普通ここまでやるか!?　ですッ!!」

エリザがうんざりしたような声をあげ、クリュスが頭をかきむしる。

その様子に、ようやくアドラーはティノの発言の意味を理解した。

高揚とも悪寒とも取れるぞくぞくするような感覚が背筋を駆け上がる。

リィズは確かに《千変万化》は楽な道を選ばないとは言っていたが——。

「まさか……おびき寄せて、迎撃するつもりなのか!?　あの精霊《エレメント》を引き連れた幻影《ファントム》を!?」

それは、間違いなくレベル8に相応《ふさわ》しい自信に満ちた恐ろしい策だった。


上位の神官から下された命令——外敵の排除を果たすため、鬱蒼と茂る森の中を歩く。

その幻影《ファントム》に強い意志はなかった。突然攻撃を仕掛けてきた鎖を追い、深い森の中を歩く。

一体いつ発生したのか、わからない。傍らに存在する精霊といつから行動を共にしているのかも。

それの役割は、外敵の排除だ。長く宝物殿の警備に回されてきた。外に出されるのは初めてだ。

喜びはなかった。襲われた事への怒りも。それにあるのは——虚無と、その奥底にこびりついた昏《くら》い感情。そして、ほんの申し訳程度の神への信仰心のみ。

恐らくそれは、それが力を持つにも拘らず真っ先に神殿内部の警備から外された理由だ。神殿は神への信仰心を最も重視しているから——。

戦うのは初めてだ。だが、不安はなかった。戦い方は知っていた。

傍らの精霊がどれほど偉大な力を持っているのかも。

森の中は不思議と懐かしかった。不思議な鎖はとっくに幻影《ファントム》の視界から消えていたが、何故か迷いなく追跡できる。呼吸でもするかのように、さも当然のように。

いや――知っているのだ。この道を、それは知っていた。一歩歩くたびに、知らないはずの森の光景がフラッシュバックするように意識に浮かぶ。

仄暗い焦燥感がそれの脳裏に燻《くすぶ》っていた。それが外敵を排除しろという天命に由来しているのかはわからない。だが――早く進まなくては。


調査チーム全員で作戦の指揮を担当しているシトリーに報告に行く。

幻影《ファントム》がユグドラに向かって来ている。

その報告を聞いても、シトリーの反応はアドラーが予想していたよりもずっと小さかった。

発端が自分達のリーダーが放った狗の鎖《ドッグズ・チェーン》だということもしっかり伝えているのに、まるで全てが予定調和であるかのように平然としている。

現人鏡は森の中を歩く漆黒の仮面を被った異質な魔導師《マギ》の姿を映し出し続けていた。

足こそそこまで速くはないが、進む方向に迷いはない。何らかの手段で狗の鎖《ドッグズ・チェーン》の痕跡を辿っているのだろう。ユグドラにたどり着くのは時間の問題だ。

見れば見るほど気味の悪い幻影《ファントム》だった。

もともと人間に似ている幻影《ファントム》は強力な傾向があるが、それだけではない。クイントの切り札だったサイクロプス、ゾークを殺しユデンを両断した騎士の幻影《ファントム》も強かったが、この幻影《ファントム》はまたあの幻影《ファントム》とも何かが違う。

鏡に映った幻影《ファントム》の姿を見て、シトリーが思案げな表情を作り、頷く。

「なるほど…………今回はそういう作戦でしたか。予想外ですね…………いや、いつも通りと言えばいつも通りとも言えますが」

「シトリー……オマエ、ヨワニンゲンの策に慣れすぎだろ、です」

「まぁ、今回はしっかりクライちゃんが口を出してるしねぇ……」

ため息をつき、肩を竦めるリィズ。

どうやら、《嘆きの亡霊《ストレンジ・グリーフ》》にとって、今回のような事は珍しくないらしい。

山と積まれた硝子に、宝石。並べられた錬金術師《アルケミスト》特有の実験器具に囲まれながら、ルシアが幻影《ファントム》の姿を見てしかめっ面を作る。

「こっちもまだ目処が立っていないっていうのに、まったく……しかも最悪です。この幻影《ファントム》が連れている精霊《エレメント》――ただの精霊じゃありません。幻影《ファントム》本体も含めると、死力を尽くしてどうにかなるか……まぁ、いつも通りと言われてみればいつも通りですが」

「うーむ……」

ハンターも導手も、長く生き残るには相手との力量差を正確に判断する能力が不可欠だ。

今回の相手はレベル10宝物殿の幻影《ファントム》と最上位の精霊だ、多少腕に覚えがある程度では勝負にもならない。撤退の可能性も考えていたが、少なくともルシアは戦う気満々のようだ。

ルシアの言葉を、腕を組み聞いていたラピスが鼻を鳴らす。

「ふん…………容易《たやす》い相手ではない、が、ユグドラを捨てて逃げるわけにもいかん」

「…………ところで、ヨワニンゲンはどこに行ったんだ、です？」

「クライさんなら……この場を私達に任せて、セレンさんとどこかに行きました。いつも通り、クライさんにはクライさんのやるべきことがあるんです……多分」

その言葉に、げんなりしたような表情を作るクリュス。

先程からいつも通りという単語が頻出しているが、いつもどんなハントをしているんだ……。

シトリーはしばらく幻影《ファントム》の動きを観察していたが、小さく咳払いをすると周りを見回して言った。

「私達だけで迎撃しましょう。相手は単騎で、ここにやってくるまで少し時間があります。見たところ、クライさんの手を煩《わずら》わせる程でもない……と思います…………多分」

「…………まぁ、迎撃しないわけにもいかないが……何か策でもあるのかい？」

ゾークを殺したあの騎士の幻影《ファントム》と同格の相手だとすれば正面からぶつかるのは余りにも危険だ。だが、魔導師《マギ》は近接戦闘を得意とする騎士と違い、相手をする上でのセオリーというものが存在しない。

魔導師《マギ》は万能だ。強力な結界を纏《まと》い自在に空を飛び、自然を操る。魔導師《マギ》と一口に言っても個人差が大きく、今回のように何の術を得意とするのか情報もない状況では有効な手は打てない。

唯一、周囲の草木を枯らす力の存在だけは明らかになっているが、それも初めて見る術だ。既に弱点を探すような時間は残されていない。警戒されている今、リッパーを使った奇襲も難しいだろう。

アドラーの問いに、シトリーは不思議そうな表情をしたが、すぐに穏やかな笑みを浮かべた。

仮面の魔導師《マギ》がユグドラに到達する。狗の鎖《ドッグズ・チェーン》の走る速度と比べてその足は随分遅かったのだが、何らかの方法で追跡したのだろう。

アドラー達がいる作業場はユグドラの中心部に存在している。入り口からはまだ距離があるのだが、アドラーは流れ込んでくる淀んだ空気を感じていた。

膨大なマナ・マテリアルを蓄えた幻影《ファントム》や強大な力を誇る魔獣は相応の空気を纏う。今回の幻影《ファントム》は身体の大きさこそ小柄だったが、その身から感じる力は竜をも凌駕していた。

これまで体験した事のないプレッシャー。現人鏡の中、幻影《ファントム》の足元からは細い煙が上がり、ユグドラ入り口付近に生えていた草木が枯れていく。

その横には大きな黒い精霊が揺蕩《たゆた》うように浮かんでいる。幻影《ファントム》はしばらくその場で何かを待つように立ち止まっていたが、やがてゆっくりと足を踏み入れた。

数千年の歴史を誇るユグドラには、外敵を遠ざけるために強力な結界が張ってある。周辺に生息する強力な幻獣・魔獣をも遠ざける結界だ。その足がユグドラと外の境界を跨ぎ、地面に触れる。

そして――何も起こらなかった。

固唾《かたず》を呑んで鏡を見ていた精霊人《ノウブル》の一人、アストルが目を見開く。

「ユグドラの結界が……発動していない？」

「あ……ありえない、です。ここの結界は相当強力ですー、私達だってリッパーがいなければ入れませんでした……無理やり突破するならともかく、すり抜けるなんて――」

同じく鏡を見ていたウーノが前のめりになり、鏡を凝視する。

既にあの幻影《ファントム》の注意は追いかけていた狗の鎖《ドッグズ・チェーン》からユグドラ自体に移っているようだ。幻影《ファントム》は何の痛《つう》痒《よう》も見せることなく、ふらふらと誰もいないユグドラの街を歩いていた。

街を攻撃したりはしていないが、その枯らす能力は健在だ。ユグドラの住居は木で作られている。大きさが大きさなのですぐに枯れ落ちる事はないだろうが、余り悠長にしている時間はないだろう。

だが、共に鏡を覗くシトリーに焦りはなかった。一度鼻を鳴らすと、どこか妖艶な笑みを浮かべる。

「結界が効かない事くらい、想定済みです。だって結界に阻まれたら――つまらないでしょ？　クライさんはそんなつまらない事、しません」

どこか自信の感じられる声。

街を歩いていた幻影《ファントム》が広場に差し掛かる。

そして、その中央まで歩みを進めたその時、四方から光の柱が立ち上がった。

ゼブルディア有数の守護騎士《パラディン》。《不動不変《ふどうふへん》》のアンセム・スマートの結界魔法。

突然の光に一瞬硬直する幻影《ファントム》。その隣に浮いていた漆黒の精霊《エレメント》に、不意に飛来した長い棒が突き刺さる。

風船のようだった精霊の身体はその一撃を受け、破裂したように四散した。

結界の外から、棒を投げつけたのはリィズだった。盗賊《シーフ》にとって短剣の投擲《とうてき》技術は基本スキルだ。今回投げたのは短剣ではなくシトリーが用意した『対魔金属鋼《アンチマナメタル》』とかいう金属で作られた棒だが、投擲した棒は正確に精霊の核を穿《うが》っていた。

魔力《マナ》の伝達をほぼ完全に遮断する希少金属。説明された時には話半分に聞いていたが、まさかそんな金属がこの世界に存在するとは――。

もっとも、精霊は死んだわけではないらしい。ただ、その力を散らしただけだ。

だが、十分だった。一瞬でもその動きを止めることができれば、残ったのはただの魔導師《マギ》の幻影《ファントム》一体だけだ。

鏡の中。計画通りの場所に攻撃を命中させたにも拘らず、リィズがどこか不満げに言う。

『もー、私は接近戦がいいのにぃ！』

『お姉さま！　ちょっと後ろに！』

ティノがリィズを引っ張り後ろに下がる。

そして――鏡の映像が白に染まった。

発生した轟音が空気を揺らし、振動と風が遠く離れたアドラー達のもとまで押し寄せてくる。

《万象自在《ばんしょうじざい》》のルシア・ロジェの攻撃魔法。

まるで空から隕石でも落ちたかのようだった。

明らかに以前、《千鬼夜行《ナイト・パレード》》が受けた攻撃魔法よりも威力が高い。

基本的に攻撃魔法は広域への攻撃より一点への攻撃の方が、威力が高くなる傾向がある。今回《不動不変》の張った結界は外の攻撃から中を守るためのものではない。

破壊を内側から外側に漏らさないためのものだ。

幻影《ファントム》が見せた枯らす力を、そしてルシア・ロジェの攻撃魔法のエネルギーを外に逃がさないための結界。それでも全ての衝撃は受け止められなかったようだが、この程度で済むのならばまだマシなのだろう。

「策なんて不要ですよ。策に頼れば地力が落ちます。私達はクライさんがそう判断しない限り、正々堂々正面から戦います。あれは――ルシアちゃんの相手です」

その無駄のない徹底的な奇襲に、クイントが頬を引きつらせて言う。

「ど、どこが正々堂々だよ」

「こんなのクライさんの策に比べれば策なんて呼べませんよ」

それは――一体あの男はどれほどの智謀を誇っているのだろうか？

土埃が収まる。そこにあったのは――大きなクレーターと、その中心に立つ幻影《ファントム》の魔導師《マギ》の姿だった。

幻影《ファントム》の真上にふと黒い点が生じ、みるみる大きくなり元の精霊の姿となる。

魔導師《マギ》の身体には罅が入っていたが、血の一滴も出ていない。その罅もすぐに消える。

隣で鏡を覗いていたウーノが目を大きく見開いた。

「これは……マナ・マテリアルが装甲のように体表を覆っていますー！」

「マナ・マテリアルの装甲……幻影《ファントム》特有のアプローチですね」

内側まで攻撃が到達していなかったのだろう。幻影《ファントム》は何の痛痒も見せていなかった。

完璧な奇襲を受け、この程度のダメージとは――やはりレベル10宝物殿の幻影《ファントム》となると一筋縄ではいかない。

あのレベルの威力の攻撃を耐えられる魔物は《千鬼夜行《ナイト・パレード》》にもいなかった。

ウーノが落ち着かない様子でシトリーを見る。

「ど、どうするんですかー？　ほとんど無傷みたいですがー！」

「そりゃ……倒れるまで攻撃するに決まってるでしょう。相手が持っているのは、クライさんのような絶対防御ではありません。攻撃が通らなかったわけではないんです。ルシアちゃんの魔法には――そう何度も耐えられませんん」

「……へッ!?」

「それに、ルシアちゃんもまだ本気じゃありませんよ。あれで倒せるとは思っていなかったはず。久々の格上の魔導師《マギ》を奇襲で仕留めたら勿体ないですからね」

不意に、冷たい風が吹いた。きらきらと空気が輝き、無数の矢が天空に顕現する。

強敵を前にしての躊躇いのない魔術行使。

空に浮かぶ無数の氷の矢は幻想的で、その冷たい殺意を示しているかのようだった。

アンセムの結界のすぐ外。ルシア・ロジェが持っていた長い杖を振り下ろす。

氷の矢が一斉に魔導師《マギ》に降り注ぐ。

逃げ場もない程の密度で放たれた氷の矢に対して幻影《ファントム》が取った行動は――迎撃だった。

「!?」

きらきらと輝く空気。

一瞬で幻影《ファントム》の周囲に構成された氷の矢がルシア・ロジェの放った氷の矢を迎撃する。

無数の矢と矢がぶつかり、氷が激しく砕け散る。押し寄せる冷たい空気と轟音に、アドラーは自然と身を震わせていた。

砕けた欠片が魔導師《マギ》の幻影《ファントム》の周りに舞い落ちる。

ルシアの矢は一本たりとも幻影《ファントム》に届いていない。その戦闘風景に戦慄する。

「相殺した!?　互角、だって!?」

障壁を張り相手の攻撃を防ぎ切るのならばともかく、矢の魔法を撃ち合って全ての攻撃を撃ち落とすなど、まさしく神業だ。

隣で様子を見ていたシトリーが感心したように言う。

「いや……互角ではありませんね。まさかルシアちゃんと同じ魔法を使ってルシアちゃんに打ち勝つなんて――」

ルシアの放った矢の魔法が終わる。だが、幻影《ファントム》の術は終わっていない。

『くっ……!?』

そのまま放たれた数発の氷の矢が結界の外に立っていたルシアに飛来し、アンセムの張った結界に阻まれ消える。

どうやら打ち勝つといっても、そこまで大きな差はないらしい。

ルシアは一瞬、呆然としていたが、すぐに表情を戻した。

不機嫌そうな表情を作り、杖を握りしめる。

『なるほど…………面白い。威力、精度、詠唱速度、シンプルに強い。いつもと比べれば余りにも単純ですがそういう事なら――久々に全力で撃ち合いましょう』

『待て、ルシア』

杖を振り下ろそうとしたその時、ルシアの後ろから声がかけられた。

護衛のためにアドラー達のもとに残ったアストルを除いた《星の聖雷《スターライト》》のメンバー達だ。

ずらりとルシアの左右につくと、そのリーダーであるラピスが腕を組んで言う。

『戦いの邪魔をするつもりはないが――ふん。今は、あれに構っている時間はない。加勢させてもらうぞ』

『…………どうぞ、好きにしてください』

ルシアが杖を地面に突き立てる。長い黒髪がふわりと浮き上がった。

その目の前の空気が渦巻き、数メートルもある巨大な槍が構築される。

量で制圧できなかったから今度は質で勝負する。単純明快な答えだ。そして今回は一人ではない。

顕現した鋭利な氷の槍を確認すると同時に、《星の聖雷《スターライト》》のメンバー達が術を行使する。

『ルシア、貴様に合わせてやろう』

魔術に適性のある精霊人《ノウブル》が五人。精霊人《ノウブル》達の前に一瞬で様々な色に輝く矢が顕現した。

魔法の矢を撃つ術は基本的な攻撃魔法の一つであり、術者の力が大きく反映される術でもある。

本数に威力。発射速度に、命中精度。広範囲の敵を倒すのには向いていないが、急所に当てれば問題なく魔物も倒せるし、相手の動きを牽制するのにも使える。

小回りの利きやすさなどの利便性はもちろん、高位の魔術師の魔法の矢《マジック・アロー》は威力だけならば上級攻撃魔法に匹敵するのだ。

しかも、今回は複数人の魔導師《マギ》が同時に術を使った事で魔法の矢にも多様性が生じる。

水の矢。風の矢に、雷に、土。炎の矢がないのは精霊人《ノウブル》が火を苦手としているからだろう。

そして、それら無数の魔法が合図もなく一斉に放たれた。

ルシアの巨大な槍が砲撃のような音と共に放たれ、精霊人《ノウブル》達の矢が弧を描き高速で幻影《ファントム》を襲う。

幻想的な光景に秘められた『技術』に、ウーノがため息をつく。

「すごいですねー………精霊人《ノウブル》の魔術の腕は有名ですが――あんな大人数で術を使っているのに、互いの術に干渉しないよう、巧みに避けていますね……」

ルシア・ロジェはもちろんだが、他の精霊人《ノウブル》達も間違いなく一流の術者だった。

本来、複数人の魔導師《マギ》が一斉に一人のターゲットに攻撃魔法を使うのは効率が悪い。互いの魔術同士がぶつかりあったら威力が大きく削ぎ落とされるからだ。だが、彼女達の矢は相殺を避け威力を保つために、直線ではなく弧を描き対象に迫っている。

矢の種類を変えているのにも理由がある。複数種の魔法で攻撃されると防ぎづらいのだ。そして、どのように防ぐかによって相手の得意な術を見極める事もできる。

稀に見る複数人の強力な魔導師《マギ》によるコンビネーション。

幻影《ファントム》の動向を――自分の魔法を凌駕してみせた魔導師《マギ》の次の手を観察するルシア。

復活した精霊《エレメント》は動かない。迫る魔法を見て、幻影《ファントム》が再び手を持ち上げる。


『ッ!?』


ルシアが目を大きく見開き、息を呑む。強い風が吹き、幻影《ファントム》の髪が大きく揺れる。

そして――その目の前に、巨大な氷の槍が生み出された。

いや――生み出されたのはそれだけではない。

幻影《ファントム》の周囲に、続けざまに魔法の矢が生み出されていく。《星の聖雷《スターライト》》のメンバーが生み出したものと同じ種類の魔法の矢。

「……複数の魔法を同時発動なんて、ありえない…………いや、かつての文明はここまで魔導技術が進んでいたのか――」

魔導師《マギ》ではないアドラーでも知っている。複数種類の攻撃魔法を同時に展開するのは至難の業だ。それもあれほどの数となると、恐らく現代の魔導師《マギ》で再現できる者はいないだろう。

《星の聖雷《スターライト》》のメンバー達も現代の魔導師《マギ》を超越した技術に呆然としているのが見える。

矢と矢がぶつかり合い、相殺されて花火にも似た光が瞬く。

ルシアの放った氷の槍と幻影《ファントム》の生み出した氷の槍が真っ向からぶつかり合い、双方の槍が四散する。

威力はほぼ互角だろうか、だがこちらはルシア含めた六人の魔導師《マギ》で攻撃しているのだ。

再び静寂が戻る。様子を見ているのか、他に理由でもあるのか、幻影《ファントム》も、そして精霊も、攻撃を仕掛けてくる様子はない。

「……魔術では完全に向こうが上のようだね。だが、勝敗を分かつのは純粋な実力だけじゃあない。まだ物理的な攻撃を交えれば勝機はある。守護騎士《パラディン》の守りの術は対魔導師《マギ》向けだ」

まだ勝機はある。こちらの手札はルシアや《星の聖雷《スターライト》》だけではない。

そこが、あの幻影《ファントム》の隙だ。

勝敗を決めるのは、リィズ・スマートの神速にあの幻影《ファントム》が対応できるかどうか、だろう。

「あれが本気を出す前に片を付けるべきだ。私なら、そうするね」

リィズ・スマートの速度はこれまでアドラー達が出会ってきたどの盗賊《シーフ》よりも上だ。

クイントを一撃で昏倒させられるハンターが果たしてこの世界に何人いるか。

あの速度は初見殺しに近い。あの幻影《ファントム》が術を唱えるその一瞬の隙をつき、相手がリィズを警戒する前に殺す。対魔金属鋼《アンチマナメタル》を使えば精霊だってどうにかなるだろう。

そんな事を考えていると、シトリーが目を瞬かせ、納得したようにうんうん頷いた。

「あー…………そういう事でしたか」

「え？」

ウーノがシトリーを見る。鏡の中のルシアがなんとも言えない不服そうな表情に変わっていた。

目の前にいる幻影《ファントム》から目を完全に離し、自らの手のひらを見て言う。

『…………………なるほど……必要なのは並列起動じゃなくて、待機、か。射出まで待機時間を設けた術を順次構築する。確かにこれなら、疑似的にではあっても、異なる術を同時発動できる……後少し時間があれば……私一人でも絶対に、気づいたのに……』

拗《す》ねたような声。ルシアが顔をあげ、幻影《ファントム》を見る。

それと同時に、その周囲に魔法の矢が生み出された。だが、今回は氷の矢だけではない。

水の、炎の、氷の、土の、風の、あらゆる属性を持つあらゆる色の矢が順番に出現する。

顕現までの速度こそ遅いが、それは先程の幻影《ファントム》がやった事の再現だった。

空中に浮かぶ矢に囲まれ、《万象自在》が杖を目の前に突き立て、手を放す。

『力比べは終わりです。射出まで十秒。それだけあれば多少大きな魔法も使える。防御してください』

「？？　なんで敵にわざわざそんな警告を――」

ウーノの疑問に、シトリーが呆れたように言う。

「…………敵に言ってるわけないでしょ。あれは、ラピスさん達に言ってるんですよ」

「え？」

周囲に浮かんでいた矢がほぼタイムラグなく射出される。

迫りくる無数の矢。幻影《ファントム》が手を持ち上げたその時、ルシアが高らかに呪文を唱えた。

『過重重力波動世界《オーバー・グラビティフレーム》!!』

「ッ!?」

空気が軋《きし》む。ルシアを囲むようにして立っていた《星の聖雷《スターライト》》のメンバー達が目を見開き、苦痛の声をあげ跪く。

幻影《ファントム》の身体がまるで真上から押しつぶされたかのように地面に崩れる。

そして、その無防備な背にルシアが放った矢が着弾した。

水と炎の矢が互いに干渉し爆発、水蒸気となり視界を塞ぐ。

ウーノが呆れたような、感心したような声をあげる。

「うわ…………あれ、重力魔法ですかー？　珍しい……でも、まさか味方まで巻き込むなんて――」

「ルシアちゃん、クライさんに頼まれて重力魔法の研究していたから――大丈夫、死にはしません。そもそも味方に攻撃が当たることを気にして魔法なんて使えませんよ」

シトリーのそっけない言葉。最初に遭遇した時、突然攻撃を仕掛けてきた際にもとんでもないパーティだと思ったが、どうやらその印象は間違っていなかったらしい。

術のタイミングは完璧だった。重力魔法で相手の抵抗を潰すことにより、ルシアの放った攻撃魔法は相殺される事なく、確実に幻影《ファントム》に着弾した。

並の幻影《ファントム》ならば確実に吹き飛ぶレベルの攻撃だ。だが、ルシアの険しい表情は変わらない。

巻き込んだ仲間も無視し、一人じっと水蒸気を睨みつけるルシア。

ふと、立ち込めていた白い霧に一点、黒が交じる。

黒はみるみる全体に広がり、地面に水滴となって落ちた。視界が戻る。

『ようやく……本気ですか』

倒れ伏す幻影《ファントム》に、それを守るかのように前に出た精霊《エレメント》。

幻影《ファントム》の全身には先程よりもずっと大きな罅が入っていた。

だが、そこからは血の一滴も出ておらず、罅もみるみるうちに修復されていく。

どうやらあれだけではぶち込んでも足りなかったらしい。

ウーノが息を飲む。

「私には、見えます。かなり、弱ってます。でも――」

既に、幻影《ファントム》に拘泥《こうでい》している場合ではなくなっていた。

黒い雫《しずく》が滴り落ちる。どろどろに溶けた黒い球体のような身体に、ぽっかりと開いた二つの目がじっとルシアを見ていた。

一体何の精霊なのだろうか、地面に落ちた黒い雫は瘴気《しょうき》を振りまき地面を黒く侵食している。つぶらな瞳は一見可愛らしいが、その精霊が魔導師《マギ》の幻影《ファントム》をも凌駕する怪物である事は間違いない。

ルシアの言葉通り、どうやらここからが本番らしい。

それまで終始冷静だったルシアの頬に冷や汗が流れ落ちる。

ルシアは羽織っていたローブの中から水の入った瓶を取り出すと、蓋を開けた。中の液体が宙を舞い、細い帯となってルシアを守るように囲む。

水の精霊だ。精霊の使役は魔導師《マギ》の術の中でも奥義とされている。まだ隠し玉を持っていたのか。

それは驚嘆すべき点だったが、それを含めてもまだルシアの方が分が悪いだろう。

ルシアの手首につけられた腕輪が強い光を放つ。宝具の杖だ。


――そして、戦いが始まった。


それは先程の魔術戦が児戯《じぎ》に見えるかのような恐ろしい魔法の応酬だった。

世界が数秒で温度を失い、凍りつく。無数の氷の剣が幻影《ファントム》に、精霊に放たれる。躱《かわ》され地面に突き刺さった剣は巨大な氷柱《つらら》となり、幻影《ファントム》を呑み込んだ。

いつの間にか空からぱらぱらと雪が降っていた。地面は白一色に変わっている。冷気は戦場だけでなく、アドラーのいる場所まで伝わってきていた。

もはや遊びはなかった。先程のように複数種類の魔法を使う事もなく世界が白銀に染まっていく。

「氷の魔導師《マギ》ッ…………」

「ルシアちゃん、テルムさんの宝具を貫いましたからねえ……もともと水系統の術が得意でしたし、最近その手の魔術に凝ってるみたいです」

凝っているなどというレベルではなかった。才能ある魔導師《マギ》が氷の魔術一本に絞って鍛え上げてもこうはなるまい。

先程までの単体攻撃とは違った、世界それ自体を変える強大な魔力《マナ》。

『るる、るしあさん、マジか、です!?』

『……距離を取る。巻き込まれるぞ』

全てを凍てつかせる氷の世界。

その魔法は先程の重力魔法以上に、味方の事を一切考慮していなかった。ハンターならば普通は使わない類の術だ。

重力魔法から解放された《星の聖雷《スターライト》》のメンバー達が慌てて距離を取る。一体、その細身で華奢な身体のどこに世界を変える程の力が秘められているというのか？

と、そこで、アドラーは気づいた。

ルシア・ロジェの頭に狐の耳が生えていた。尻尾も飛び出している。

「人間じゃない――魔物だったのか!?」

もしかしてあれがあの男の従える魔物の一体なのか!?

気配は人間だったが、今操っている力は明らかに人間のものではない。

「ルシアちゃんが一番、クライさんから手をかけられていますからね……負けず嫌いですよ。いや、負けるわけにはいかない、と言うべきでしょうか」

無数の氷柱が、ブリザードが、敵を襲う。

四方八方から降り注ぐ逃走不可能の攻撃に幻影《ファントム》が初めて後退る。

そして、再び空中に漆黒が染み出した。

暗黒のパワーを使った魔法は他にも存在する。だが、それは明らかにその類の攻撃ではなかった。

それは物理的なものではなかった。破壊のエネルギーでもなかった。

だが、氷柱が黒に呑み込まれ、ブリザードが漆黒に侵食される。ルシアが追加の魔法を放つが、僅《わず》かに押し込む事しかできない。

過去文明の魔法だろうか？　ウーノが青ざめ、鏡から一歩離れる。

「魔力《マナ》が――食われてます。あれは……攻撃ではありません。言わば、穴です。全てを呑み込み終わらせる、そういう力ッ!!」

天から降り注ぐ氷の剣。地面から吐き出され放たれる巨大な氷柱に、全てを凍てつかせる冷気。その全てが、精霊《エレメント》の前に吸い込まれる。

代わりに放たれた漆黒の矢に対し、ルシアは分厚い氷の壁を生み出し防ごうとするが、魔力《マナ》により強化された氷の壁は突き刺さった矢に侵食され、ボロボロと崩れ落ちた。

かろうじてだが、防御はできる。攻撃も、全く通じないわけではない。

だが、消耗度合いが違った。

本来ならば小さな矢の魔法で分厚い壁を崩されるなどありえない事なのだ。

「…………神の力、か。勝負は決まったね」

ルシアも強力だが、あの精霊はそれに輪をかけて強力――異質だ。

恐らくあの力はあらゆる結界を喰らう槍であり、あらゆる攻撃魔法を呑み込む盾だ。

攻略手段は防御される前に奇襲で倒す事だけだろう。そして、それは既に封じられた。

ルシアの攻撃魔法は幻影《ファントム》には届かない。先程まで動いていなかった精霊は完全に臨戦態勢になっている。あるいは、ルシアを敵として認めたのかもしれない。

まだ魔力《マナ》には余裕があるらしい。ルシアが一息で巨大な氷の龍を作りぶつける。

だが、抵抗も時間の問題だった。あの幻影《ファントム》の魔力《マナ》がルシアより先になくなるのに賭けるという手もあるが、明らかにルシアの方が消耗が激しい。

絶体絶命の状況。戦況の推移を観察していたシトリーが困ったような表情で言う。

「うーん…………さすがにちょっと不利、かな。ルシアちゃんは勝ち目がなくても戦おうとするけど――ミレスを使うしかないですね。最上位の精霊には最上位の精霊です」

「ミレス……？」

不意に出てきた名前に、記憶を掘り起こす。

「そう言えば、セレンも言っていたね……ユグドラの守護精霊、とか」

「神に近い力を持つ精霊です。事情があって避難させているんですが、少しなら使えるはず――問題は、ミレスがみみっくんの中にいるって事とそれを使えるセレンさんがいないって事ですが……」

「…………確認してみよう。現人鏡よ、セレンを映し出せッ！」

セレンは《千変万化》と共に出ていったと言ったか――まったく、タイミングが悪すぎる。

どうして《千変万化》の手腕を見てやろうと思ったのにアドラーの方が動いているのだろうか？

鏡の像が切り替わる。そして、映し出された映像を見て、アドラーは一瞬状況を忘れた。

そこに映し出されていたのは、派手な柄のシャツを着たセレンの姿だった。

以前、《千変万化》も着ていた青を基調とした花柄の派手なシャツだ。何ということだろうか、困ったような表情をした《千変万化》に背負われ、ユグドラの中を歩いている。

それだけでも尋常ではない何かが起こっているのはわかるが、一番アドラーを驚かせたのは、セレンの表情だ。

昨日見た凛とした表情とは正反対の、瞼《まぶた》を半分閉じた、いかにも眠たげな表情。

完全に《千変万化》に身を委ね、たまに欠伸《あくび》までしている。

アドラーが観察した限り、セレンは責任感の強いタイプの精霊人《ノウブル》だったはずだ。

だが、今のセレンからは昨日までの面影がまるでない。

『困るよ…………あの音、聞いただろ？　快適なのはいいけどしっかりして貰わないと』

『もういいんですよ。どうせ世界は滅ぶんだから、こんなにいい気分なのは初めてです。邪魔しないでください』

やる気が全く感じられない声に、《千変万化》が呆れたようにため息をつく。

『快適過ぎてダメになる人もいるらしいというのは聞いてたけど、一気に負担がなくなると責任感が強い人はこうなるんだな…………ほら、あっちから音がしたから行くよ』

「こ、この男……こんな状態で何をするつもりだ？」

その足は、今まさに激戦を繰り広げるルシア達の方に向かっていた。

セレンがやったのは、ただクライから手渡された派手な柄のシャツを着る事だけだった。

それはまるで奇跡のような効果だった。

視界が開けたような感覚。世界が変わったかのようだった。

まるで重い鎧でも脱ぎ捨てたかのように全身が軽くなった。いや、正確に言うのならば、軽くなったわけではない。

恐らくこれは――これまで感じていた重圧が全てなくなったのだ。

そのシャツは《千変万化》曰《いわ》く、装備者を快適にするという、ただそれだけの宝具らしい。

『快適な休暇《パーフェクト・バケーション》』。

だが、セレンにとってその変化は余りにも鮮烈だった。

常に脳の片隅にあった現状に対する悩みも、現状をどうにかするためにほとんど寝ずに対応した事で蓄積していたストレスも、何もかもが溶けてなくなり、そこでようやくセレンは最近の自分がどれほど気を張っていたのか自覚した。

快楽と表現するに相応しい心地よさの次に押し寄せてきたのは強い眠気だ。

宝具が提供してくれるのは快適さであり、疲労そのものを消す効果はないという事だろう。

普段のセレンならばそれらの衝動を押し殺し、活動していただろう。世界の危機を前に休んでいる暇などないと考えていたはずだ。

だが、今のセレンの考えは変わっていた。

プレッシャーがなくなれば心境も変わる。極度の緊張で回っていなかった頭も冷静に回り始める。

ぼーっとしていると、ノックの音がして扉が開く。

部屋に入ってきたクライは椅子にだらりと座り込むセレンを見て瞠目《どうもく》した。

「お、随分快適そうだね。別人みたいだ……僕が初めて着た時はそこまで変わらなかったけどなあ」

「渡された時は何かと思いましたが……貴方が私にこの宝具を渡した理由がわかりました」

元々はニンゲンが着ていた宝具だ。セレンもそれを借りるのに多少の葛藤くらいはあったが、指示に従って正解だった。

張り詰めた状態では脳も正常に働かない。精神は肉体にも影響を及ぼす。きっと、この抗《あらが》いがたい眠気は肉体が眠りを欲していた証《あかし》だ。

動きたくない。ただこの安らぎの中に身を委ねたい。そんな感覚にセレンは小さく息を吐いた。

「この宝具を着ていると……全ての事が些事に思えます…………世界樹の暴走も」

「うんうん、そうだね…………え？」

クライがおかしなものでも見るような目でセレンを見る。

セレンは宝具の力を借り、全ての柵《しがらみ》から解き放たれた事で悟りに至った。

何もかもが億劫だ。それでも自分の舌を叱咤《しった》して《千変万化》に言う。

「世界樹の暴走は必定、自然の流れ、自然と共に生きて死ぬ事を信条とする我々精霊人《ノウブル》がそれを止めようなど、おこがましい話だったのです。そもそも、恐怖など感じる必要はなかったのです。全力を尽くしてどうにもならなかった以上、我々は滅びの運命に身を委ねるべきだった。後百年、世界に感謝し安らかに過ごすことだけが私達に残された道ではないでしょうか」

そもそも、世界の法則を前に精霊人《ノウブル》ができることはなかった。たとえ今止める事ができても、次はどうなるのかわからない。やるだけ無駄だ。

ユグドラの守護精霊、ミレスはマナ・マテリアルに侵され、暴走してセレンに牙を剥いた。

それもまた、神の意志だったのかもしれない。

セレンの言葉を聞き、クライは目を瞬かせ首を傾げる。

「いくらなんでも意見変えすぎじゃ……いや、まあ百年後の話ではあるけど——ちょっと待った。それなら石化したルークはどうするのさ？」

「…………」

「なんか言って？」

完全に忘れていた。もちろん、セレンもルークの石化解除には全力を尽くしたが、それは世界樹の暴走解決の過程に過ぎない。

そもそもルークの石像も宝物殿の奥にいってしまったし、どうにもならない。【源神殿】に挑み、戻ってきた者はユグドラにも一人もいないのだ。

冷たい空気を大きく吸い込み、慰めるように言う。

「…………まぁ、長い人生そういう事もありますよ」

「……人間の寿命は精霊人《ノウブル》程長くないけど」

「なんだか今、すごく眠いんです。後で考えましょう」

「…………宝具に欠陥がある可能性が出てきたな。僕はなんともなかったんだけど、まさかこんな弱点があるとは――もう脱いでくれる？」

この宝具を、快適さを…………捨てる？

その言葉に、セレンは半開きだった瞼を開き、まじまじとクライを見た。

もともと宝具はクライから受け取ったものだ。いつか返さねばならないが、まだ着たばかりだ。

「…………脱がせられるものなら脱がせてみなさい…………ただし、私に触れたら呪われますよ」

まだ蓄積したストレスの影響は消えていない。この目の前のニンゲンがセレンの体調を慮《おもんぱか》って宝具を貸したのならば、目的を達していないはずだ。

頭の中でそんな言い訳をしながら椅子にしがみつくセレンに、クライは困ったように眉根を寄せていたが、何か思いついたように懐から板を取り出した。

かしゃかしゃと不思議な音がする。

「？　なんの音ですか？」

「いや…………後でラピス達に見せようと思って」

何を言っているのだろうか……少し気になったが、もう考えるのも億劫だ。

今はただこの心地よさに身を委ねたい。

情けない姿を見せてしまっている事は自覚している。だが、もう精霊人《ノウブル》の誇りなどどうでもいい。

こんなにも――快適なのだから。

椅子に全身を預け、ただ視線だけを向けるセレンに、クライがぽりぽりと頬を掻いて言う。

「そういえば最初にシトリーの家に招待された時の僕もこんな感じになってたなあ……まさか快適な休暇《パーフェクト・バケーション》に弱点があるとは……」

いや……この宝具は完璧だ。確かに今のセレンの様子は堕落したように見えても仕方ないかもしれないが、それは今までがおかしかったのであって、これが正常なのだ。

暑くもなく寒くもない。一切の苦痛はなく、ここしばらくセレンの精神を悩ませるものの全てがシャットアウトされている。いや、シャットアウトというよりは――感じるが、快適さには何ら影響を与えないというべきだろうか。

今ならばあの宝物殿内部でも快適に過ごせるに違いない。

と、その時、ふと遠くから激しい音が聞こえた。細かな揺れが部屋を襲う。

音の遠さ的にユグドラの中か……どうやら、何かが起こったらしい。

セレンの精霊人《ノウブル》特有の優れた感覚器は強力な魔術が使われた気配を察知している。

ユグドラの結界が発動した様子はなかったが、敵襲だろうか？

マナ・マテリアルが蓄積してからユグドラの外の森は魔境と化していたが、内部まで入り込まれるのは初めてだった。

ユグドラの結界は神樹廻道と同様、地脈からの力を利用して張ったものであり、あらゆる外敵を寄せ付けない。それが突破されたとなれば、一大事だ。

おまけに、力ずくで破られた風でもなかった。まさか結界をセレンに知られることなくすり抜けるとは——神クラスの力があっても困難だろう。

現時点での襲撃は予想外だったのか、クライもきょろきょろと頻《しき》りに周囲を窺っている。

「どうやら……異常事態が起きたようですね。まさかユグドラの結界が突破されるなんて。何が起こったのか皆目見当もつかないです。空間転移ですかね……」

原因がわかったところでどうしようもない事だ。

セレンがこれまでユグドラを維持できたのは沢山の仲間の助けがあっての事、所詮ユグドラの皇女などと言ってもセレンは神算鬼謀でもなんでもない、一人の精霊人《ノウブル》でしかないのだから。

「それってやばいんじゃ…………でも随分余裕そうだね？」

「……今更じたばたしても仕方ないですからね。この服を着る前なら大騒ぎしていたでしょうが……」

ストレスから解き放たれたセレンに怖いものなどない。この快適さを失う事すら怖くないのだ。

しがみついていた椅子からずり落ちそのまま床に転がりながら考えていると、クライがため息をついて聞いてきた。

「まったく……まさかこんなにひどい状態になるなんて。で、どうするの？」

「？　どうする、とはなんですか？」

「どうするとはなんですかって…………何か起こったんでしょ？　確認しないと」

確かに…………確かに、この目の前のニンゲンの言う通りだ。

セレンはユグドラの皇女、セレンの双肩にはユグドラの未来がかかっている。

この型破りな言動でさんざんセレン達を振り回してきたニンゲンに言われるのは癪《しゃく》だが――。

セレンは眠気に耐えながらとろんとした目つきでクライを見ていたが、

「…………はぁ…………そうですね。私に何かできるとは思えませんが…………そうだ、ニンゲン。貴方がなんとかしなさい。ユグドラの全権を貴方に授けましょう。ユグドラの民の命令権も周囲の土地や術式も全て預けます。これはユグドラの長い歴史でも前代未聞ですよ」

「!?？？」

いいアイディアだ。セレンはユグドラの皇女として精霊人《ノウブル》屈指の能力を持っているが、経験が足りていない。そして、クライは脆弱なニンゲンだがこれまでその脆弱な身で数々の修羅場を潜ってきたという経験がある。

同じ精霊人《ノウブル》である《星の聖雷《スターライト》》の信頼も厚いようだし、既に協力する事は決めているのだ。全ての権限を押し付けて――与えてしまっても何も変わらないだろう。

こうしている間も、揺れは断続的に発生していた。相当激しい戦いが繰り広げられているのだろうか、強い魔力《マナ》の乱れが伝わってくる。これは高位の魔導師《マギ》同士が戦っている証だ。

魔力《マナ》の気配からして一人はクライの仲間――ルシアだろう。もう一つの気配は――覚えがあるようなないような、不思議な感じだ。こちらが敵だろうか？

一つわかっている事があるとするのならば、魔導師《マギ》同士の戦いはそう長くは続かないという事だ。

「早く行かないと手遅れになりますよ…………まぁ、滅びるのが早いか遅いかの違いだけですが」

「そんな事言われても…………僕にできることなんてないし。仕方ないな…………」

何をするつもりだろうか？

ふわふわするような心地よさに身を委ねながら観察するセレンの目の前で、クライはみみっくんの中から一振りの剣を取り出した。

宝剣と呼ぶに相応しい美しい剣だ。鞘から引き抜いたその剣身は驚くべきことに透明で、その武器が普通の武器でない事を主張していた。

「私を脅すつもりですか？　無駄です。全然怖くありません」

「いや……精霊人《ノウブル》は人よりも軽いけど運ぶのは結構大変でね…………まったく、なんで僕がこんな事を…………危機感がないってのはこの事か」

クライは剣を鞘に収め腰にくくりつけると、セレンの身体の下に手を差し込み軽々と担ぎ上げた。


「快適過ぎてダメになる人もいるらしいというのは聞いてたけど、一気に負担がなくなると責任感が強い人はこうなるんだな…………ほら、あっちから音がしたから行くよ」

なんか最近、精霊人《ノウブル》を背負う事多いなあ。

心の中で愚痴《ぐち》りながら音の方に向かって歩く。快適な休暇《パーフェクト・バケーション》の力に当てられてしまったセレンは背負われても何も文句を言わなかった。

精霊人《ノウブル》は人間と比べて軽い。軽いが、それでも大きさは人間大なのだから相応の重さはある。貧弱な僕がセレンを軽々背負って運べるのも、重量操作の力を持つ剣型宝具――『静寂の星《サイレント・エアー》』のおかげだ。

セレンの身体は華奢だ。肌は少しひんやりとしていて、背負って歩いていると垂れ下がった髪が頬をくすぐってくる。

羽のように軽い身体を背負っていると、なんだかおかしな気分だった。押し付けられた胸元から穏やかな鼓動が伝わってくる。

そもそもこうして人を背負って戦場に連れていくなど本来僕の仕事ではない。

セレンが背負われながら、小さく耳元でため息をついて言う。

「…………ニンゲン、貴方はどうしてそんなに戦いたいのですか？　精霊人《ノウブル》の皇女たる私がもういいと言っているのに」

誰が戦いたいって？

思わず鼻で笑ってしまう。このユグドラに来てから僕が戦いたかったタイミングなんて一秒も存在しない。来る前もだけど。

こうしてセレンを背負って戦場に行くのも、仕方なくだ。僕にはセレンに快適な休暇《パーフェクト・バケーション》を着せてしまったという罪がある。僕は宝具を使っても何も変わらなかったのに、まさか普段真面目な人が使うとこんなにダメになるとは、完全に予想外だった。

今のセレンを見たらラピス達になんと言われるか、考えただけでお腹が痛くなりそうだ。

だが、まだ勝ちの目はある。快適な休暇《パーフェクト・バケーション》はただ装備した者を快適にするだけであって、本人の人格を変えるような宝具ではないのだ。

きっと、敵を前にすればセレンも元に戻るはずだ。戻ると思う。戻ったらいいなあ。

僕はセレンの余りに的外れな問いかけにハードボイルドな笑みを浮かべて答えた。

「なんで戦うのかって？　そりゃもちろん僕が、ハンターだからさ。理由なんてそれだけで十分だ」

ちなみに、言うまでもない事だが、僕は敵を前にしても何もできない。口だけだ。

今の僕は快適ですらない、ただの一人の無能である。

戦いの音は今も尚響き続けていた。何が起こっているのかわからないが、敵が侵入してきてリィズ達が黙っているわけがないので戦い続けているのだろう。

「それに、さっき何もできないって言っていたけど、セレンにもできることはあるよ」

「…………」

何しろ、魔導師《マギ》としての資質の高さで知られる精霊人《ノウブル》の、おまけに皇女だ。

ヨワノウブルのラピス達でもゼブルディアで名を轟《とどろ》かしているのだから、ツヨノウブルがどれほど強いのか想像もつかない。

まあルークの呪いは解けなかったみたいだけど……。

君は僕と違って有能なんだから頑張れ。皆頑張っているのだから、セレンにも是非その力を見せて欲しいものだ。

黙ってしまったセレンを背負い、ただ音のする方向に進む。しばらく歩いていくと、僕の五感でも戦闘の余波を感じられるようになってきた。

凍えそうになる冷たい風。びりびりとした振動。

僕の鈍い感覚では魔力《マナ》は感じられないが…………これはさては、激戦だな？

そして、僕は戦場のだいぶ前で立ち止まった。

先程から少し寒かった理由がわかる。

遠くで雪がはらはらと降り積もっていた。自然現象ではない。

雲が渦巻き、風が吹いている。その一帯だけ、まるで真冬のようだ。

うっすらと積もった雪の中、降り注ぐ吹雪の中で巨大な氷の龍と漆黒の龍がぶつかり合っていた。

氷の龍はルシアの魔法だろう。漆黒の龍は敵の攻撃だろうか？　相変わらず近接職同士の戦いとはまた違った、派手な戦いだ。

大きく旋回して襲いかかる氷の龍に漆黒の龍が絡みつき、みるみる黒に侵食される。

それを真上から発生した光の柱が貫き、爆発した。

氷の龍の破片が雨となって僕のところまで降り注ぐ。どうやら、余り優勢ではなさそうだ。

と、そこで、背負っていたセレンが小さな声をあげた。

「あ……あれは…………もしかして、フィニスの枯渇《こかつ》の力？　どうして、フィニスが――」

「知ってるの？」

もしかしてユグドラの周辺に生息している幻獣か何かだろうか？

名前を知っているのならば弱点も知っているはずだ。ルシアにそれを伝える事ができれば、確実に活路を開いてくれるはず――。

期待を込めて確認する僕に、セレンはゆっくりとしたトーンで言った。

「……はい。知っているというか、あれはユグドラの守護精霊の一柱――生命の終わりを司《つかさど》る『終焉《しゅうえん》のフィニス』の権能です。同志と一緒に宝物殿に挑んでそれっきりだったのですが……」

予想外の言葉に目を見開く。

また偉い重要そうな事をのんびりと言うものだ。守護精霊というと、セレンが呑み込まれていたミレスと同格という事か。

ミレスの時も《嘆きの亡霊《ストレンジ・グリーフ》》総員で攻撃しても倒すことができなかった。

「……弱点とかあるの？」

「ありません。フィニスは最高クラスの精霊《エレメント》です。ニンゲンは当然ですが、私達精霊人《ノウブル》でも正面から戦えばまず勝ち目はないでしょう。残念ですね」

残念ですねじゃない、残念ですねじゃ。僕の妹はそんな相手と絶賛戦闘中なのだ。

快適な休暇《パーフェクト・バケーション》はやっぱり没収だな。

「……なんとかできたりする？」

「…………………………はぁ。試してみます。ミレスのように正気を失っていそうなので、多分無理ですが」

随分長い沈黙だったな。

ともかく、試してくれるらしいのでセレンを背中から下ろす。セレンはふらつきながらも自分の足で立つと、大きくため息をついて戦いが行われている方を見た。

そこで、ふとセレンの表情が目に入り、思わず瞠目する。

セレンの表情からは、朝方あった凛々しさが完全に消え去っていた。

目鼻立ちは一緒だというのに、表情の違いでこんなにも印象が変わるものなのか。

背負う前も大概だったが、ここまで運ぶまでの間にまた一段と締まりがなくなっている。きっとセレンをよく知るユグドラの民が今の彼女を見たら相当ショックを受けるだろう。

まさか快適になっただけでこんな風になるなんて……なんかごめんなさい。

セレンはしばらく目を閉じて力を溜めると、ゆっくり瞼を開いた。

宝具を使う前と変わらない透明感のある瞳で、桜色の唇を開く。


「フィニス、正気に戻りなさい」


こんなに離れているのに叫びすらしないなんてどうなってるんだ！

「もっと大きな声出しなよ。聞こえてないでしょ？」

「……注文が多いですね、どうせ無駄なのに………………仕方ない、少し距離を詰めます」

「ちゃんと聞こえる距離まで移動するんだよ」

この精霊人《ノウブル》、いくらなんでもやる気がなさすぎる。反動大きすぎじゃないだろうか？

背中を押すと、セレンは何度目になるかわからないため息をつき、ゆっくりと歩き始めた。

僕のように結界指《セーフ・リング》を持っているわけでもないだろうに、龍と龍とがぶつかり合うあの戦場に躊躇いなく向かっていく。その足取りはひどく億劫そうで、勇気や覚悟のようなものが見られない。ただ見ているだけの僕の方がハラハラしてしまう。

下らないやり取りをしている間に戦いは更に激しさを増していた。

飛び交う氷の魔法に、目も眩《くら》むような光と音。振動。もはや誰が何発、何の魔法を使っているのかわからないが、明らかに一対一の戦いで飛び交う数ではない。

だが、僕にできる事はもうない。

「う……ここ、冷えるなあ……」

大きく欠伸をすると、僕はその場に座り込み、せめてセレンの応援をすることにした。

終焉のフィニス。

それは、長きに亘《わた》りユグドラを守ってきた守護精霊の一柱。

力の中心である世界樹で発生したその精霊《エレメント》は終わりを司り、ユグドラを守る守護精霊の中でも特に高い戦闘能力を誇っていた。

ユグドラの戦士がフィニスと共に【源神殿】に挑み、行方知れずになったのはもう何年も前の事だ。

フィニスの持つ力は『枯渇』。幻影《ファントム》、魔物問わずあらゆる生命を奪い取り終わらせるその力はユグドラの民の中でも忌み嫌う者が多かった。

魔導師《マギ》は本来、精霊《エレメント》の力を借りてより強力な術を使うが、フィニスの場合は例外だ。

ユグドラには終焉のフィニスを使役できる者はいない。相性が余り良くないのだ。だからこそ、ユグドラはフィニスの供として最も優秀な魔導師《マギ》を送り込んだ。

使役する事は難しくても、共に戦う事はできるから――。

術者なしでも十分な攻撃力を発揮する最強の守護精霊。

すでに生存は諦めていたはずだった。最上位の精霊とは生命を超越した神に限りなく近い存在だ。そう簡単に消滅しないはずだが、何年も帰還しなかった以上、現実を受け入れるしかない。

だが、遠くで暴れる漆黒の龍は間違いなくフィニスの力によるものだった。姿かたちは少し変わっているが、長く共に戦った友の事を間違えるわけがない。

そして、フィニスが相手ならばユグドラの結界が発動しなかった事も納得できた。

ユグドラの結界は仲間に対して発動するように作られていないのだから。

もしもセレンが快適でなかったら、目の前に立ち塞がるかつての仲間に呆然としていたはずだ。

だが、今のセレンには現実を受け入れるだけの余裕があった。

ミレスだって理性を失い、セレンを呑み込んだのだ。

フィニスがユグドラに牙を剥いてもおかしくはない。

クライに言った通り、セレンはフィニスを止められる気が全くしていなかった。

そもそも力ずくで止めるのは不可能なのだが、セレンの言葉を聞き入れる程度の理性があるならそもそもフィニスは暴れていない。

かの精霊の力は森にとっても危険であり、その事を精霊本人も理解しているのだから。

歩みを進めながら小さくため息をつく。

「…………はぁ。恐ろしい腕前ですね……ルシア・ロジェは。それに、相手も」

セレンの眼は特別な力を持っている。

脈々と受け継がれてきた精霊人《ノウブル》の皇族の血筋。マナ・マテリアル吸収能力が低い代わりに魔導師《マギ》として特に高い適性を持つユグドラの皇族の眼は世界に渦巻くあらゆる力を見通せる。力の流れやその色を見ればその魔導師《マギ》がどれ程の実力を持ち、これから何の術を使用しようとしているのか全てがわかるのだ。

ルシアの力の流れはさながら大河のように力強く安定していた。詠唱速度も威力も申し分なく、ユグドラの魔導師《マギ》でも彼女程の実力者は多くないだろう。マナ・マテリアルによる強化の他にも、相当な研鑽《けんさん》を積んでいるはずだ。世界を凍りつかせる魔力《マナ》はもはや人外の域に達している。

だが、それに対峙している相手も只者ではなかった。

フィニスの事ではない。それと共にやってきた術者の方だ。

並の魔導師《マギ》ではなかった。

感情を一切感じさせない冷たく巨大な力。

知性ある生き物が行使する以上、魔術は術式行使時のコンディションや感情の影響を受ける。セレンはそれらを力の乱れから見通す事ができるが、ルシアの相手が行使する魔術にはそれがない。

ルシアの魔力《マナ》が大河なら、相手の魔力《マナ》はさながら鋼のようだ。

恐らく、【源神殿】からやってきた魔導師《マギ》の幻影《ファントム》だろう。

極めつけに最悪なのは、その幻影《ファントム》の魔導師《マギ》がフィニスの力を操っているという点だった。

ユグドラの誰もが使役できなかった終焉のフィニスの力。

あの漆黒の龍はフィニス一人で生み出したものではない。

枯渇の力で組まれた龍はルシアの放つ攻撃魔法を呑み込み、《星の聖雷《スターライト》》の支援を容易く消滅させている。魔力《マナ》をも枯渇させるあの力を受けることはできない。

さて、試してみるとは言いましたが……どうしましょうか。

フィニスさえどうにかすれば、魔導師《マギ》単体ならばどうにかなるだろう。

だが、フィニスに正面から勝つのはほぼ不可能だ。セレンが本気を出しても相手にはならないだろう。終焉のフィニスを突破するにはこちらも守護精霊を出す他ない。

ミレス——開闢《かいびゃく》のミレスならば、全力のフィニスを相手にしてもそれなりに戦えるはずだ。

だが——。

「…………ダメですね。ミレスを出す意味がありません」

脳裏に浮かんだ案を自ら却下する。精霊人《ノウブル》の皇族として守護精霊同士をぶつけるなど言語道断だし、そもそも、戦闘においてフィニスはミレスを超えている。

両者がぶつかればただでは済まない。滅びが必定ならばせめてミレスだけでも生きてほしかった。

結局できる事は、奇跡を信じて説得する事だけだ。十数メートルの距離まで詰めたので、壮絶な戦いを繰り広げているフィニス達に向けて改めて声をあげる。

「フィニス、正気を取り戻しなさい」

心を込めて言ってみるが、フィニスは止まる気配がなかった。言って止まるくらいなら戦わないだろうから、当然と言えば当然だ。

あのニンゲンはセレンにどうなんとかしろと言うのだろうか？　神算鬼謀ならばそこまでちゃんと教えてほしいものだ。

あれは自然の猛威だ。もともと、ユグドラの民は彼らをコントロールする術を持っていない。

彼らがユグドラを守ってくれていたのは、自発的に協力してくれていたからなのだ。

深々とため息をつき、地面に座り込んで膝を抱える。

自分でもおかしいという自覚はあるが、この期に及んでまだセレンは快適だった。

宝具を着た瞬間に全身を駆け巡った陶酔感はまだ消えていない。きっと今、鏡をみればセレンは穏やかな表情をしている事だろう。

耳を澄ませると、後ろからクライが「頑張れ頑張れ、セレン！」と、応援している声が聞こえた。

応援してくれるのは嬉しいが、本当にめちゃくちゃなニンゲンだ。

応援している暇があるならフィニスを止めてくれればいいのに…………そう。神樹廻道でミレスを正気に戻しセレンを救い出してくれた時のように――。

と、そこでセレンは気づいた。

「なんとかしろって、フィニスを攻撃して消耗させて正気に戻せって事ですか？」

確かに、正気に戻ったフィニスならばあの幻影《ファントム》の魔導師《マギ》の使役を撥《は》ね除《の》けられるかもしれない。

だが、絶対に無理だ。

今でもミレスを正気に戻したクライの手腕は奇跡のように思える。《星の聖雷《スターライト》》から原理は聞いたし納得もまあできなくはなかったが、条件が厳しすぎるのだ。

魔力《マナ》やマナ・マテリアルを視認できるセレンでも、後どれくらいフィニスを消耗させれば理性を取り戻すかなんてわからない。

どうしてあのニンゲンにそんな事が可能だったのか教えて欲しいくらいだ。

ルシアと幻影《ファントム》の戦いは激しさを増すばかりだった。

魔法の攻撃の応酬でユグドラの街並みはもうぼろぼろだ。ユグドラの住民達の大半はもう避難済みなので死傷者が出る心配はないが、修復には時間がかかるだろう。

「…………はぁ」

ため息が漏れる。もう隠居したい気分だった。

セレンはできることはやっていた。いつだって、できることはやっていたのだ。

と、その時、冷ややかな声が聞こえた。

「これで――終わらせます」

ルシア・ロジェの声。ほぼ同時に、嵐のように激しかった魔力《マナ》の気配が更に爆発的に膨れ上がる。

大きな術を使うつもりだ。

魔導師《マギ》同士の戦いは術の撃ち合いだ。小さな術を撃ち合い決着がつかなければ徐々に大きな術の撃ち合いに移行する。

場に静寂が戻る。猛吹雪がいつの間にか止まり、雲と雲の間から日が差し込む。

大きな術には溜めが生じる。これは大きな術と術の間――束の間の静寂だ。

幻影《ファントム》も攻撃の手を止めていた。次に最高の攻撃が来る事を理解しているのだ。

空気中の魔力《マナ》がうねり、奔流となって左右に分かれる。

強力な魔導師《マギ》は世界に満ちる魔力《マナ》さえ支配する。ルシアは宣言通り、次の術に全てを込めるつもりだ。これまでの攻撃の応酬で、半端な攻撃では絶対に守りを突破できないと理解したのだろうか？

勝負は次の一撃で決まるだろう。

目を細め、ルシアと幻影《ファントム》の戦力を確認する。

当然、天秤は幻影《ファントム》側に傾くと思っていたが、予想よりも差はないようだった。

あれだけ大きな術を連続で使っていたのに、ルシアには余力があった。フィニスを相手にしていた事を考慮すれば、破格の力だ。

ルシアから動物の耳と尻尾が生えていた。その尾から異常な魔力《マナ》を感じる。世界樹の近辺を縄張りにしている魔獣達をも遥かに超える強大な力だ。

濁流の如く流れ込む力を、ルシア・ロジェが体内で浄化し自らの魔力《マナ》に変換していた。

なるほど…………あれが切り札か。だが、どれほど大量の魔力《マナ》を持っていたとしても、ニンゲンが扱える術の威力には限りがあるはずだ。

フィニスの枯渇も一瞬で全ての力をゼロにするわけではないが、守護精霊の力を打ち破る程の魔法をルシアが使えるとは思えない。フィニスの力はセレンが一番よく知っていた。

もう一度、深々とため息をつき、双方の手札を確認する。

ルシア・ロジェはどうやら精霊《エレメント》の力を借りて、竜巻の魔法で迎え撃つつもりのようだ。

ルシアの手のひらに小さな竜巻が発生し、空気中の水分を吸ってどんどん大きくなっていく。

属性は今まで放っていたような氷ではなく、水。

恐らく、得意な魔法なのだろう。これまで放っていた攻撃魔法も決して洗練されていないわけではなかったが、今まさに放とうとしている術には淀みがなく、構築に一切の無駄がない。

竜巻を構成する渦の規模から流れる方向まで非常に緻密《ちみつ》に指定しているようだ。水の精霊の力を完全に使いこなしている。

一方で幻影《ファントム》はとにかく威力を重視しているようだった。

元々、フィニスの枯渇の力は広範囲を対象としており、ピンポイントで敵を狙うのには向いていないという弱点があった。だが、今のフィニスは魔導師《マギ》のサポートによりその弱点が消えている。

精霊はそれ単体でも十分な脅威だが、魔導師《マギ》が使役する事でさらなる力を発揮する。精霊が力を、魔導師《マギ》がコントロールを担当する事で膨大な力で精密な術を発動させる事ができるのだ。

フィニスが生み出したのは――剣だった。

墓標を想起させる、枯渇の力が込められた無数の十字の剣。

一見、黒龍よりも弱そうに見えるが、それは間違いだ。集められた力の密度が違う。

その攻撃魔法は間違いなくその幻影《ファントム》にとって最強の魔法だった。生き物など掠ったただけで全ての力が枯渇し死に絶えるだろう。

剣はルシアと《星の聖雷《スターライト》》のメンバー達を狙っていた。枯渇の力は生命を吸い取り、万象に終焉を与える。果たしてルシアは収束したその滅びの力にどれだけ対抗できるだろうか？


――そして、今、セレンにできる事はなんだろうか？


膨大な魔力《マナ》と魔力《マナ》、力と力が解き放たれる時を待っている。セレンは膝に頭を押し付け数秒瞼を閉じて覚悟を決めると、頭をあげ、今可能な限り大きな声で叫んだ。

「フィニス……正気に戻りなさい。それ以上の攻撃はユグドラの皇女が許しません」

出たのは自分でも意外なほど小さな声だった。きっと、緊張がすべて快適で上書きされてしまっているのだろうと、もう一人の自分が囁いていた。

脅威を実感できなければそれに対抗する意志が湧くことはない。

今のセレンは思考こそ冷静だが、行動を起こすだけの熱が失われていた。

恐らく、あのニンゲンも今のセレンには呆れ返っているだろう。

快適になり、冷静になった結果、全てを諦めている。ルシアへの助力は疎《おろ》か、こんなやる気のない声しかあげられないのだから。

いくら場が静まり返っていても、このような小さな声で止められる者がいるわけがない。

顔を伏せため息をついたところで、セレンはふと視線を感じた。

顔を上げる。距離を置いて対峙するルシアと宙に浮かぶフィニス。ルシアの目の前に発生した水流の竜巻はみるみるその大きさを増し、幻影《ファントム》の背後、空中にフィニスの力を圧縮して生み出された無数の十字の剣が発射される時を待っている。

この撃ち合いに相殺はない。数十秒後には間違いなく決着がついているであろう、そんな緊迫した状況で、セレンを見ている者――それは、ルシアでもフィニスでもなかった。

幻影《ファントム》だ。フィニスの下。仮面を被った幻影《ファントム》の魔導師《マギ》が、セレンをじっと見ていた。

強力な魔術を使うには緻密な魔力《マナ》操作――集中が不可欠だ。それはニンゲンも精霊人《ノウブル》も幻影《ファントム》も変わらない。

魔導師《マギ》の戦闘力はその時のコンディションに大きく影響される。故に、一流と呼ばれる魔導師《マギ》は常に万全の状況で術を操るため、精神統一を欠かさないのだ。

だが、先程までは一切の感情が窺えなかった幻影《ファントム》の魔力《マナ》には今、明らかな乱れが生じていた。

原因はわからない。仮面には目がなかったが、視線と視線が交わった気がした。そこには殺意はなかった。あったのは――驚愕だ。

――そして、それは、余りにも大きすぎる隙だった。

魔力《マナ》に多少の乱れが生じたところで術式は止まらない。

だが、発生した隙を見逃す程ルシア・ロジェは甘くなかった。

幾度となく繰り返したのであろう術式の構築。完璧なコントロールで、水の精霊《エレメント》の力を借りた魔法が解放される。

「ヘイルストーム・リバー!!」

力が解放される。

集められた水が一気にその質量を増し、流れる水が陽光を吸い込みキラキラ輝く。

余計な音はなかった。高速で回転する水で構成されたその竜巻はその規模とは裏腹に一切の無駄がなく、驚くほど静かに、幻影《ファントム》に迫る。

そこに、ヘイルストームという術の究極があった。

水の一滴一滴に込められた膨大な魔力《マナ》。その力の流れは不必要なまでに完璧に術者にコントロールされている。極度に練り上げられた術は安定し、あらゆる存在を寄せ付けない。

触れれば抵抗すら許されず水流に巻き込まれ、ずたずたに引き裂かれる事だろう。

迫りくるヘイルストームに対し、幻影《ファントム》の魔導師《マギ》が術を解き放つ。

動揺の中放たれた精彩を欠いた枯渇の剣はしかし、十分な速度を以て射出された。

最上位の守護精霊――フィニスの力は理性を失って尚、健在だ。枯渇の権能は万象を侵食し滅びを与える。周りの自然への影響が大きすぎる故にほとんど行使されなかった力が今、無数の剣という形を与えられ、輝く竜巻に突き刺さる。

動揺のためか、コントロールはかなり甘いが、迫りくる巨大な竜巻など外しようがない。

剣を受けた竜巻が黒に染まる。枯渇の権能は術を相手にしても有効だ。

どれほど強大で安定した術でも、その力を前に長く耐えられはしない。

受ける事すら許されない。フィニスを相手にするなど、どだい無理な話だったのだ。

小さくため息をついたその時、ルシアが杖を突きつけ、咆哮《ほうこう》した。


「わかってますッ！　受けられないならッ！　跳ね返せばいいんでしょおおおおおッ!!」


竜巻に突き刺さり侵食していた無数の剣。

その全てが竜巻の中、水の流れのままにその軌道を大きく捻じ曲げられ、反転する。

そして、そのままの勢いで、竜巻から排出された。

そこで、ようやくセレンは、ルシアの術が完璧にコントロールされていた理由を理解した。

そもそも、竜巻をぶつけて対象を破壊するだけならばそこまで完璧なコントロールは必要ない。むしろ、コントロールに割くリソースを破壊力に割り振った方がいい。

跳ね返すためだ。一瞬で跳ね返すために、コントロールしたのだ。時間をかければ枯渇の力は竜巻を消し去ってしまうから――。

精密にコントロールされた水流により追い出された剣が幻影《ファントム》の方に撃ち出される。

心臓が一度、強く打った。宝具の与えてくれる快適を上書きする程の衝撃。

水際立《みずぎわだ》った魔力《マナ》操作。幻影《ファントム》の放った剣の角度、速度、威力の全てを計算して放たれたそのヘイルストームはセレンの長い人生の中でも間違いなく五指に入る魔法だった。もはや芸術のようなものだ。

それでも、もしかしたら幻影《ファントム》の魔術が完璧だったら、水の流れに巻き込まれる事は避けられなくても、跳ね返される事は回避できたかもしれない。

だが、既にその枯渇の剣はコントロールを失っていた。十本以上放たれた漆黒の剣が、幻影《ファントム》の魔導師《マギ》を、そしてその後ろで浮かんでいたフィニスを、正確に刺し貫く。

音はなかった。その剣が齎《もたら》すのはただの破壊ではない。

頑強な肉体も、強力な障壁も意味をなさない。それが終焉のフィニスの力だ。

世界が震える。フィニスの悲鳴だろうか。その身体が一気に縮み、そのまま消失する。

剣を受けた幻影《ファントム》の身体に罅が入る。罅は剣が突き刺さるごとに広がり、そのまま顔を覆っていた仮面にまで至った。その身に秘めた力が一気に減少し、仮面が弾け飛ぶ。

勝った…………？　相手の動揺の隙をついたとはいえ、まさかニンゲンがフィニスとそれを使役するほどの魔導師《マギ》を倒すなんて――。

崩れ落ちる幻影《ファントム》に、遠巻きに戦場を見ていたリィズが口笛を吹く。

「ひゅー、ルシアちゃん、やるう！」

「はぁ、はぁ……………まだ、消えてませんッ！」

マナ・マテリアルから成る幻影《ファントム》は存在を保てない程のダメージを受ければ消失する。

この近辺はマナ・マテリアルが濃いため、消失まで時間がかかる事も多いが、それはとどめを刺したように見えても油断できないという事だ。

フィニスの方も姿は消したが、消滅していない可能性も十分ある。

「大丈夫だって、完璧だったから。なんなら私がトドメ、さしてあげるッ！」

リィズがくるりとその手のひらの中で対魔金属鋼《アンチマナメタル》の棒を回転させ駆け出すと、崩れ落ちた幻影《ファントム》の髪を掴み、片手で軽々と持ち上げる。

そして、その幻影《ファントム》の顔を見て目をパチパチと瞬かせた。

「あれ…………？　この幻影《ファントム》…………幻影《ファントム》じゃない？」


――そして、今度こそセレンは完全に快適さを忘れて凍りついた。


砕け散った仮面。あらわになったその顔。

透き通るような白い肌に、すっと通った鼻筋。精霊人《ノウブル》としては珍しい暗い色の髪。

気の強そうな容貌は忘れもしない、二百年前にフィニスと共に宝物殿に挑んだ仲間のものだった。

第二章　フェイズ2

ユグドラの中心部。マナ・マテリアル撹拌《かくはん》装置の製造を行っていた作業場に併設された魔術の研究所の一室で、セレンはぎゅっと拳を握りながらベッドに寝かせられた同胞を見ていた。

ベッドの隣では、ゼブルディア屈指の治癒魔法を持つというアンセムが、真剣な表情で幻影《ファントム》の中から現れた仲間を診断している。

幻影《ファントム》の中から人が現れるなど前代未聞だ。一度、世界樹の暴走と文明の破滅を経験したユグドラにもそんな記録は残っていない。

一秒が一分にも十分にも感じられた。ベッドに横たわる同胞の様子を見ていたアンセムが頷く。

「うむ…………衰弱しているが何も問題はない。気を失っているだけだ、直に目を覚ますだろう」

「よ…………よかった」

「外部から何らかの干渉を受けている様子もない。肉体も魂も間違いなく精霊人《ノウブル》のものだ」

魔術の研究所はユグドラでは最も安全な場所の一つだ。

大木をくり抜いて建てられた建物はそれ自体が一つの魔法であり、病院の役割を兼ねている。精霊人《ノウブル》の治癒力を飛躍的に高める効果もあり、仮に重傷を負っていても短時間で完治できるだろう。

アンセムの言葉に、気が抜けてその場に座り込む。

魔力《マナ》が切れたのか、いつの間にか先程まで全身を満たしていた陶酔感が消えていた。

だが、今更『快適な休暇《パーフェクト・バケーション》』をチャージする気にはなれない。

これは危険な宝具だ。宝具に身を委ねている間、快適さと引き換えにセレンからは何か大切なものが失われていた。

幻影《ファントム》の中から現れた同胞は行方不明になってから片時も忘れたことのない顔だった。

ユグドラでも屈指の大魔導師にして、守護精霊の一柱、フィニスと共にユグドラを救うために【源《げん》神殿《しんでん》】に挑んだ一人。

世界樹の暴走の予兆が最初に現れたのはおよそ三百年前。ここまで状況が悪化したのは最近になってからだが、これまで宝物殿に挑んだ者は何人もいた。

優れた者から、勇敢な者から、消えていった。今ベッドで眠りについているのは、暴走の予兆が現れたその最初期に挑んだユグドラの勇者の一人だ。

セレン程ではなくとも、皇族の血を引いた仲間でもある。

久方ぶりにその名を口に出す。

「まさか、生きているなんて……賢人。ルイン・セイントス・フレステル」

ルインは目を閉じ眠りに落ちたまま答えない。だが、心臓は確かに鼓動している。

宝物殿に挑んだ同胞は強者ばかりだ。皆が、死を覚悟の上で挑んでいった。その意志を誇る事さえあれ、戻ってこなかった事を悲しむ事は許されない。

それは、彼らの選んだ道を侮辱するに等しい行為だ。

故に、セレンは同胞の死に涙した事は一度もない。

だが、その懐かしい容貌を眺めていると胸がいっぱいになり息が詰まった。

つい数時間前までこんな奇跡、望みすらしていなかったのだ。

そこで、それまで黙って様子を見ていたシトリーがぱんと手を叩き、笑顔で尋ねてくる。

「…………では、そろそろ説明していただいてよろしいですか？　私達も『現人鏡《あらひとかがみ》』経由で戦場は見ていましたが、何が起こったのか正確に把握しておきたいので」

何が起こったのか、セレンも誰かに教えて欲しいくらいだった。

セレンがやったのはただクライ・アンドリヒ――《千変万化》に言われるがままに戦場に足を踏み入れ小さな声をあげただけだ。

魔術を使ったわけでもなければ、勇気を振り絞ったわけでもない。もちろん、あの幻影《ファントム》の中からルインが出てくる事など想像すらしていなかった。

「何も、わかりません。ですが、ルインはかつて宝物殿に挑んだユグドラの戦士の一人です。侵入してきた幻影《ファントム》を倒したところ、身体に罅《ひび》が入りその中から現れました。…………今思えば、ユグドラの結界をすり抜ける事ができたのは、幻影《ファントム》がただの幻影《ファントム》ではなかったから、だったのでしょう」

思い返せば、不自然な点はあった。ユグドラの結界はいかにレベル10宝物殿の幻影《ファントム》でも、そう簡単に抜けられるものではない。

侵入者がフィニスだったのを知った時、セレンはユグドラの結界が発動しなかった理由について察した。だが、冷静に考えると、侵入者は二人いたのだ。幻影《ファントム》がただの幻影《ファントム》だったら結界はそちらの侵入を阻んでいただろう。

両方とも、仲間だったからこそ、ユグドラの結界は侵入者を察知しなかったのだ。

「生きている、わけがなかった。ルインが行方不明になったのはもう二百年も前の事です。精霊人《ノウブル》の寿命は長いですが、精霊《エレメント》であるフィニスとは違って飲まず食わずでは生きられません」

「…………私達も、ルシアちゃんが相手の攻撃を跳ね返し幻影《ファントム》を倒す瞬間は現人鏡で覗いていました。あの状況で相手の攻撃を利用するという妙手を実行した命知らずで負けず嫌いのルシアちゃんにもドン引きですが、まさか倒した幻影《ファントム》の中から生き物が現れるなんて……さすがレベル10宝物殿……前代未聞ですね」

「…………」

ルシアが頬を僅《わず》かに染め、そっぽを向く。

そうだ。間違いなく前代未聞で――望外の幸運でもある。

まだ目は覚めていないが、ルインは分野によってはセレンをも上回る術師である。今後戦う上で強い味方になってくれるだろう。

そこで、それまで黙っていたエリザが落ち着いた声で言った。

「条件が変わった。重要なのは……まだ、いるかもしれないって事。幻影《ファントム》の姿を取っている、ユグドラの戦士が――」

「!!」

その言葉に意表を突かれ顔をあげる。

何故思い当たらなかったのだろうか？　その通りだ。

宝物殿に挑み帰還しなかったユグドラの戦士はルインだけではない。これまで宝物殿に挑んだ者の死体は一人も出てきていなかった。

つまりそれは、まだ宝物殿に捕らわれている同胞がいる可能性を示している。

優先順位は世界樹の暴走の解決が上だ。その事は理解している。だが、ユグドラの戦士は皆が一流の魔導師《マギ》だ。戦士の数が増えればシトリーの策に動員できる人数も増えるはずだ。

リィズが拳を手のひらに叩きつけ、野性味あふれる笑みを浮かべる。

「よっしゃ、面白くなってきたじゃん。何？　幻影《ファントム》をぶん殴って倒せば戻るわけ？　さっきは一番おいしいところをルシアちゃんに任せちゃったし、それってなんかゲームみたいで楽しそうじゃない？」

「お、お姉さま…………そんな——あのクラスの幻影《ファントム》を相手にゲームだなんて——いや、なんでもないです…………」

神をもおそれぬハンターらしい意見。どうやら相手が強敵でも全く気にならないらしい。

先程の戦いを見る限りそう簡単にうまくいくとは思えないが——頼りになると言うべきか、止めるべきか戸惑っていると、深刻そうな表情をしていたウーノが一度身を震わせて言った。

「…………恐らく、ただ倒すだけではダメですよ。私は……見ました。《万象自在》が跳ね返した力が、幻影《ファントム》に突き刺さり、その肉体を構成しているマナ・マテリアルを吸収した瞬間、その存在が変質するのを。これは私の予想ですが、あの幻影《ファントム》と中身は半ば融合しているんだと思います」

皆がその言葉を聞いていた。セレンも同じ場にいたが、あの時はそこまでは気づかなかった。

枯渇《こかつ》の権能の本質は吸収だ。草木の命を吸い取り、枯らす。魔力《マナ》を吸い取る事で魔術を消失させる。マナ・マテリアルを吸い取る事で幻影《ファントム》も殺せる。

その言葉には信憑性《しんぴょう》があった。確かにフィニスの力ならばそういった事も可能だろう。

「そして、きっと――そのフィニスの力はその幻影《ファントム》の部分だけを消し去る事ができる。実際に、我々が倒した幻影《ファントム》はそのまま消えましたー」

【源神殿】の幻影《ファントム》を倒したのはこれが初めてではない。

セレンの中に希望と絶望が入り乱れる。

その想定が事実だとしたら、仲間を助けるのは容易ではない。問題は二つ。

一つ目の問題は、全ての仲間を救おうとすると、幻影《ファントム》を倒せるメンバーが制限されてしまうという事。リィズやエリザなど物理攻撃主体のメンバーは下手に幻影《ファントム》を倒せなくなるし、仲間の救出に重きを置くなら宝物殿を弱化させる作戦自体を延期しなくてはならない。宝物殿を消し去った時、幻影《ファントム》に変えられた仲間がどうなるのか未知なのだから。

そして、もう一つの問題はもっと根本的な問題で、枯渇がフィニスだけが有するユニークな術であるという事だ。一種の禁忌とされていた事もあり、ユグドラにも類似の術は存在していない。

フィニスの力と間近で戦い、見事跳ね返してみせたルシアがしかめっ面で言う。

「あの術……私でも、見たこともも聞いたこともないものでした。再現には少し……時間がかかると思います」

「それに、そういう幻影《ファントム》がどこにいるのかも問題。幻影《ファントム》の大部分は宝物殿の中に潜んでいるはずだし、そもそも『中身』のある幻影《ファントム》はごく一部のはず。現状では……わからない事が多すぎる」

エリザがティノの頭に手を乗せ、小さくため息をつく。

どうしていいやら、硬直するセレンを見て、シトリーはぽんと手を打って言った。

「……とにかく、作戦は予定通り進めます。停滞している時間はありませんし、用意だけでもしておかないと何か起こった時に動けませんから。忘れてはいけません。優先順位は――世界樹の暴走を止める事が、第一です」

その眼差しは、言葉は、仲間達の命を諦める事になる可能性を示唆していた。

宝物殿は現在、結界で守られている。

おびき寄せるのか侵入するのか。最初に何を優先して動くべきなのか。

心臓が強く鼓動していた。状況は間違いなく良くなっているが、これまで失ったものが元に戻るかもしれない可能性に、喜びよりも緊張が勝る。

ようやく垣間見えた希望が、今後のセレン達の動き次第で消えてしまうかもしれないのだ。

シトリーに仲間の救助の優先を要求するわけにはいかなかった。

そんな事をすれば、誇り高きユグドラの皇女として、倒れていった仲間達に顔向けできない。

「シト、すぐに装置の製造に入るから。魔術の同時発動のコツは掴んだ……数が必要なんでしょう？」

「はーい。さっさとルークさんも追いかけないといけないですしね」

「じゃあ私達は地脈調査を続けよっか？『要領』はわかったんだし、もう宝具を使う必要もないでしょ。地脈を探っている間に怪しい幻影《ファントム》を見つけたら引きずって連れてくる事！　一番連れてこれなかったやつが罰ゲームで！」

てきぱきと《嘆きの亡霊《ストレンジ・グリーフ》》のメンバー達が動き始める。セレンにとって驚きの連続だった今回の出来事も《嘆きの亡霊《ストレンジ・グリーフ》》のメンバーにとっては立ち止まるには値しないらしい。

セレン一人だけだったら動きが止まっていただろう。共に戦える仲間がいるというのはこんなにありがたいものだったのか――。

これまではずっと守ってばかりだった。希望が見えた今こそが攻める時だ。

ルインの様子は気になるが、こうしてはいられない。

「では、私はフィニスの力の再現を試してみます。守護精霊について一番知っているのは私達ですから……文献も残っていたはずです」

元々、一部の魔術は精霊《エレメント》の御業《みわざ》を模倣したものだと言われている。これまで誰一人としてフィニスの力の再現を試みる者はいなかったが、試してみる価値はあるはずだ。

もしかしたら、枯渇の魔法が使えるようになれば宝物殿を守る結界も消し去れるかもしれない。

点と点が繋がった気がした。後は時間との勝負だ。

時間を与えればどんどん宝物殿が強化されていくし、仲間を救う余裕もなくなる。

気合を入れ直し立ち上がったちょうどその時、廊下の方で足音がした。

――ふらりと部屋に入ってきたのは、これまで誰も名を挙げなかった青年だった。

クライ・アンドリヒ。《千変万化》。間違いなくこの状況に至った発端となった男。

エリザは現状ではわからない事が多すぎると言ったが、わかっている事もある。

調査に狗の鎖《ドッグズ・チェーン》を送り出したのも、セレンに宝具を着せフィニスを止めろと送り出したのも、全てそのニンゲンが決めた事だった。

指示を受けた段階では全く意味不明だったが、思い返せば全ての指示がこの結果に繋がっている。

どうしてセレンに快適な休暇《パーフェクト・バケーション》を着せねばならなかったのかなどまだわかっていない事もあるが、それらにも何か意味があるのだろうか？

もしかしたら、セレンも含め、誰もその名を挙げなかったのは、この状況が全てその神算鬼謀《しんさんきぼう》により生み出されたものだと仮定すると、その手腕が余りにも化け物じみたものだという事になってしまうから、だったのかもしれない。

セレン達をぐるりと見回すと、クライが疲れたような声で言う。

「…………お疲れ様。どうやら全てうまくいったようだね。よかったよかった」

突然入ってきたリーダーに対する《嘆きの亡霊《ストレンジ・グリーフ》》のメンバーの反応は様々だった。

リィズとシトリーが笑みを浮かべ、ティノがびくりと震える。ルシアが眉を顰《ひそ》めて言う。

「兄さん……腕上がってませんか？　魔術の多重起動。あんなやり方しなくても、後少しだけ時間があれば、一人でも思いつきましたよ……」

「ヨワニンゲン、オマエ今までどこにいたんだ、です！　こっちは色々大変だったんだぞ、です！」

「ごめんごめん、野暮用でね……」

セレンを送り出してからしばらく声援を送ってきていたところまでは覚えているが、幻影《ファントム》の中からルインが現れ、ばたばたしていたのですっかりクライの事が頭から抜けていた。

クライの目がベッドで横たわるルインに向けられる。

ルインが行方不明になったのはクライが生まれる前だ。初めて会ったはずなのに、その表情に驚きはない。一体どこまで想定通りなのかその表情からは見えなかった。

一体その目には何が見えているのだろうか？　そして野暮用とはなんなのだろうか？

少しでもその真意を読み取ろうとじっとその顔を見ていると、クライが慌てたように言う。

「…………そ、そういえば、フィニスはどこに行ったの？」

「…………え？」

さも当然のようになされた質問に目を見開く。

フィニスはルシアから跳ね返された剣を受け消失したままだった。

精霊《エレメント》は生き物ではない。死からは遠い存在ではあるが、あの枯渇の力はその天敵たる力でもある。

枯渇の力により構成された剣はフィニス本人にとっても致命的だったのだろう。

幻影《ファントム》の中からルインが現れた事に気を取られてすっかり頭から抜けていたが――。

「フィニスは…………自身の力を受けて消滅して――ッ!?」

そこまで言いかけたその時、不意に精霊人《ノウブル》の瞳が強い力の流れを捉えた。

空気中に浮き出した染みがみるみる広がり、手のひら大の小さな人の形に変わった。

色は枯れた枝のような焦げ茶色。まるでただの影のように目も鼻も口もないその姿。

――終焉《しゅうえん》のフィニス。

力の総量は記憶にあるものより少ないが間違いない。しかも、ミレス同様、正気に戻っている。枯渇の剣を跳ね返されて力を大きく削られたためだろうか？

まさか…………ずっと近くにいた？　まったく気づかなかった。

本気で隠れようとする精霊を見つけ出すのは精霊人《ノウブル》でも不可能だ。

一体どうしてただのニンゲンがフィニスが近くにいる事に気づけたのだろうか？

唖然とするセレン達の前で、フィニスの頭部に小さく口が生える。何か言うつもりだ。

だが、フィニスが言葉を出す前に、クライはまるで全てわかっていると言わんばかりに、捲《まく》し立てるように言った。

「ずいぶん可愛らしい姿になったね。礼はいらないよ、僕は何もやってないし、全部セレンが頑張った結果だ」

「!?　私は何もやっていな――」

「ところで!!　その人……大丈夫？」

「…………うむ」

色々確認したい事があった。問いただしたい事もあったし、少しだけだが、礼も言いたかった。

だが、ニンゲンはまるで話を遮ろうとでもしているかのような大声で矢継ぎ早に確認すると、

「皆無事でよかった……それじゃ、僕は忙しいからこれで。そうだ、セレン。その快適な休暇《パーフェクト・バケーション》もういらないでしょ？　後で回収するから、よろしくね」

早口で言いたいことだけ言って、さっさと部屋を出ていった。

これまでは常に余裕を崩さなかったのに、まるで嵐のような勢いだ。

何か言う暇もなかった。リィズもシトリーもルシアもアンセムも、《星の聖雷《スターライト》》のメンバー達も、目を丸くして《千変万化》の出ていった方を見ている。

「…………さすがのヨワニンゲンも、ちゃんと動くんだな…………あんな大急ぎで、何をしているのかわからないけど、です」

「………………だ、大丈夫、マスターも最悪の一歩手前くらいで助けてくれる……はず。マスターは私達を鍛えようとしてくれているだけ。つまりマスターは神」

「ふん…………鍛える、か。どれだけ仲間を信頼できるのかも、リーダーの資質の一つではある、な」

ラピスが不機嫌そうに鼻を鳴らす。それは……安心できるのだろうか？　そもそも世界の破滅が近づいているこの状態で誰かを鍛えるなど正気とは思えない。

だが、文句を言っている場合ではなかった。

疑問は多いが、今、あのニンゲンの邪魔だけはしてはならないのは確かだ。

事前に聞いていたその神算鬼謀の評判は本物だ。この状況だって、セレンの目には偶然に偶然が重なった結果にしか見えないが、《千変万化》にとっては必然なのかもしれない。

あれほど急いでいるのだ。セレン達が見ていないところで、動いているのだろう。

邪魔をしてその計画を崩してしまったら取り返しがつかない。

「私は既に……あのニンゲンを信じると決めました。これまで倒れていった戦士達も、そして共に戦ってくれた精霊達も、皆がそれを認めてくれるでしょう」

何気なくルインの方を見る。ちょうど、ルインの閉じていた瞼《まぶた》がゆっくりと開くところだった。

ほとんど日に焼けていない白い肌。長いまつげ。

精霊人《ノウブル》には珍しい美しい紅の瞳が数度瞬き、セレンを見る。

心臓が一度跳ねた。時間が止まったような気がした。

死んだと思っていた友との再会。脳内にかけたい言葉が濁流の如く流れる。

最初になんと声をかければいいだろうか？

静寂の中、セレンを見ていた視線がゆっくりと下がる。そして、ルインは数秒掛けてじっくりと派手なシャツを着たセレンを見ると、震え掠れる声で言った。

「セ、セレン…………その格好は、なんなんだ……？」


ユグドラと帝都ゼブルディアは立地も文化も気候も違うが、唯一ベッドの中だけは変わらない。

《嘆きの亡霊《ストレンジ・グリーフ》》の滞在用に用意してもらったユグドラの邸宅。

誰もいない寝室のベッドの中でごろごろ転がりながら、一人この世の無常を嘆く。

昨日は色々焦ることが多かった一日だった。快適な休暇《パーフェクト・バケーション》を使っていなかったのもあるのだろうか、なんだか身体もいつもより心なしか重い気がする。

もちろん、焦りの原因は世界樹の暴走でもなければ、襲撃者の存在でもない。その程度、幾度となく経験している。そんな事で慌てていたらレベル8は務まらない。

大きく欠伸《あくび》をしながら、昨日のことを思い出して呟く。

「まさか、セレンが快適な休暇《パーフェクト・バケーション》であんなダメノウブルになるなんてなぁ……」

そして、寒くて途中でトイレに行ったらいつの間にかセレン達がいなくなっていた時も、凄く焦った。気がついたら一緒にいたはずの皆がいなくなっているというのは僕の中ではよくあるシチュエーションなのだが、何度味わっても慣れる事はない。

まぁ、なんとか全て丸く収まったみたいだからもうどうでもいいけどね。

状況は相変わらずさっぱりわかっていなかったが、作戦は順調に進行しているようだった。

なんだかよくわからないが発生していた戦いも、なんだかわからないうちに解決したのだろう。怪我人が出たみたいだが、死人はいないようだったし、特に問題なし！

危うくまた守護精霊から面倒な仕事を押しつけられそうになったが、何か言われる前に止める事ができたし、僕にしては満点の結果だ。

しかし昨日のルシアの魔法は遠目から見てもすごかった。世界を凍りつかせる術なんていつの間に覚えたんだという驚きもあったが、何より、普通街中で使うか？　という感じもある。まぁ、それだけ敵が強かったという事なんだろうけど、さすがレベル10宝物殿は違う。

帝都ゼブルディアの周囲にはレベル10宝物殿は存在しない。《嘆きの亡霊《ストレンジ・グリーフ》》のメンバーでも今回のような宝物殿に挑んだ事はないだろう。最近、近辺の宝物殿はうちのメンバーにとって手応えがなくなってきていたみたいだし、ある意味今回の事件は丁度よかったのかもしれない。運がいいなんて口が裂けても言えないけど。

それにしても、ルークは本当に運が悪いな。一番強敵と戦いたがってるのはルークなのに……。

のんびりごろごろしていると、部屋の外で大きな足音が聞こえた。

足音はずかずかと部屋の前に近づくと、ノックもなしに扉を開く。

入ってきたのは《千鬼夜行《ナイト・パレード》》のリーダー、アドラーだった。

長い槍に大きく立たせた黒い髪。鋭い目つきは僕が苦手なタイプ。

きっと率いている魔物がいない状態でもアドラーは僕よりもずっと強い。攻撃を受ければひとたまりもないだろうが、攻撃するのならばとっくにしているだろう。

その戦意を刺激しないようにのんびりと尋ねる。

「どうしたの？」

「誰も、全くわかっていない。焦《じ》れったいねえ、《千変万化》」

「…………何の話？」

僕の理解力に期待しないで欲しい。十聞いて五を理解し、二間違えるのが僕という男だ。

目を瞬かせる僕に、アドラーがやや早口で言う。その声には不思議な熱が感じられた。

「私は、見ていた。ずっと、だ。ルシアが幻影《ファントム》を倒した直後から、現人鏡で確認していた。セレン達は、あんたが隠れてなんらかの調査をしていると思っている」

「え？　いや、何もしてないけど……」

それは、僕にとって日常的な話だった。

昨日だってとっさに野暮用とか答えてしまったが、セレン達がいつの間にかいなくなっていて探していただけだ。そもそも何かするんだったら僕は誰かに手伝いを頼む。

別に隠していないのだがなかなかその事実に気づく人が現れないのは、僕以外のメンバーが優秀で忙しいからだろう。誰も僕に構っている暇などないのだ。

僕の答えにアドラーは何故か満足げに頷く。

「そうだ。あんたは何もやっていない。そもそも、多少情報を持っていた程度で昨日のような策を立て、しかもそれを成功に導くなんて、不可能だ」

「？　うんうん、そうだね？」

僕の無能を糾弾《きゅうだん》しにきたのかなと思ったが、なんだか随分満足げだ。

そして、策って何……？

僕は賊が嫌いだ。バカンス中に散々追い回してきたアーノルド達は一応ハンターだったし、『九尾の影狐《ナインテイル・シャドウフォックス》』の神官だったソラもまあなんというか面白い子だったので許せるが、《千鬼夜行《ナイト・パレード》》は結構ガチ目にやばい奴らである。

これまで賊には散々な目に遭わされてきた。今は協力してくれるようだがいつまた暴れだすかわからないし、できれば僕に近寄らないで頂きたい。

そんな僕の内心も知らず、アドラーは深い笑みを浮かべて言う。

「《千変万化》、私はねえ……感心しているんだよ。宝具なんて使い始めた時にはどうなるかと思ったさ。所詮ハンターなんてどれだけレベルが高くなっても変わらないとは思っていたが――あんたは違う。そういうレベルじゃあない。ウーノのように特別な目を持っているのか、あるいは特殊な能力を持っているのか、それともあんたの率いている魔物の力なのか――まだ判断がつかないが、長く私の目を誤魔化せるとは思わない事だね」

なんか一人でテンション上がってるなあ。

これまでも僕を高く評価していた者は何人もいた。どうやら無能な僕でもレベル8の看板を下げていると有能に見えるらしい。まぁ僕もレベル8のハンター見たらやばいやつだって思うしね……。

しかし僕ってやばい相手に目をつけられてばっかりだな。

なんで？　ごろごろベッドで転がっているこの姿が見えないの？

アドラーの言葉を無視し、大きく欠伸をして無能アピールした後に言う。

「悪いけど、今回僕はもう何もするつもりはないよ。僕のすべき事は全部終わっている」

「…………何？」

全部終わっているとか言うと逆に嘘くさい、か。

まったく、無能の証明にも工夫が必要とは世知辛《せちがら》い世の中だ。

今のアドラーなら多少強く出ても問題はないだろう。弟子入りするくらい僕の事を高く評価しているんだろうし、目の前にいると非常にサボりづらい。

「いや…………正確に言うなら後一つか二つ残っているかな。僕に下らない事を言いに来る暇があるなら、シトリーの手伝いでもしたら？　そろそろユデンとやらの再生も済んだんじゃない？　その方が君のためにもなると思うよ」

真実味をもたせるために適当な数を言う。まあルークの解呪と帝都への帰還があるから、やることが二つ残っているというのもあながち間違いではない。

アドラーの眼差しは僕の一挙手一投足を見逃さんとしていた。

なんだかんだ《千鬼夜行《ナイト・パレード》》の戦力はこの状況ではありがたい。シトリーに任せれば適切な場所に戦力を振ってくれるだろう。

「ッ…………その余裕な態度、剥ぎ取った下から何が出てくるのか……楽しみにしておくとしよう」

「ふっ。そっちこそ、僕の余裕を剥ぎ取ったその下から何か出てくるとは思うなよ？」

にやりと笑みを浮かべ、自分でもよくわからない事を言っておく。

アドラーは僕の何を見て特殊な能力があると思っているのだろうか？　ユグドラに来てから建設的な事をした記憶がないんだけど……。

アドラーはこちらに挑発的な笑みを浮かべると、足音高く部屋を出ていった。

「どうでしたかー？」

部屋から出てきたアドラーに、待機していたウーノとクイントが左右につく。

ウーノからの問いかけにアドラーは肩を竦《すく》めた。

「つついてはみたが……………あれは期待薄だね。動揺一つ見せなかったよ」

「にしても、そろそろ何か見つけ出さないとなー」

「私の目から見ても、魔物の気配もありませんからねー。ルシアさんはちょっと違うみたいですし」

雑談をしながら、マナ・マテリアルの立ち込めるユグドラの街並みを歩いていく。

既に一度、《千変万化》の手腕を目《ま》の当たりにしたが、アドラーは《千変万化》の力について全く把握できていなかった。

結果は出している。《千変万化》が何をしたのかもわかっている。

だが、どうしてそのような手を打てたのかが全くわからない。

アドラーの現人鏡という魔物は情報戦において極めて有用な手段だ。

この魔物はあらゆる秘密を暴く。それを十全に使ったにも拘らず、このように何もわからないというのは初めてだった。

ウーノが手に持った鏡は現在進行形でクライの様子を捉えていた。ベッドの上でごろごろ転がりながら欠伸をするクライの様子を。

挑発の一つでも入れれば大きく動くかと思ったが、アドラーの戦意をぶつけられて尚、ベッドから降りすらしない。

先程行った会話の内容を思い出し、思わず舌打ちする。

下らない詮索をする暇があるならシトリーの手伝いでもしろ、だって？

遥かな高みからこちらを見下ろしているかのような言葉。数多《あまた》のハンターを屠《ほふ》った《千鬼夜行《ナイト・パレード》》相手に余りに傲岸不遜《ごうがんふそん》なその態度は、一時弟子入りしている身からしても腹立たしい。

《千変万化》との間に存在するであろう大きな差も含め、何もかもが癇《かん》に障る。

「ッ…………ユデンはまだ復活しないのかい？」

「あとちょっとですよー、さすがに頭しか残っていませんでしたからねー。大地のエネルギーを吸収しても時間はかかりますよー」

「……チッ。うまくいかないね」

《千変万化》はそろそろユデンも復活しているだろうと言った。だが、実際にはまだ再生は完了していない。

それは、アドラーの切り札が、太古の人々から神として扱われた星喰百足のユデンが、クライ・アンドリヒの想像を下回っている事を示している。

普通に考えれば、あれはただの挑発だ。《千変万化》が古代種である星喰百足の情報について明るいわけがない。

だが、何しろ《千変万化》は底が知れない。

幻影《ファントム》の調伏《ちょうぶく》の仕方だけではない。もしも《千変万化》の神算鬼謀の秘密を識《し》ることができればアドラーは更に強くなれるだろう。

「落ち着いてください、アドラー様。まだチャンスはあるはずです」

「導手《どうしゅ》としての実力もまだ見ていないしな……とりあえずあの男の言う通り、作戦に参加するしかねーだろ」

クイントがため息をついて言う。

少なくとも、シトリーの考えた作戦はある程度公平のように思えた。

アドラー達を捨て石にするような素振りもないし、そもそもあの男はそんな普通の性格ではないだろう。やはり、少し癪《しゃく》だがクイントの言う通り、今は指示に従い様子を見るのが最善か……。

「そうだね。さすがに神の幻影《ファントム》が本気を出してくればあの男も直接手を打たざるを得なくなるはずだが……場合によっちゃ、私らの方で動く必要があるかもね」

アドラーの目的はクライが幻影《ファントム》を調伏する様を、その手段を、知ることだ。

アドラーがクライに手を貸すのはボランティアではない。

もしも成果を得られずに事件が、作戦が進んだのならばその時は――アドラー達の方で何か手を打つしかないだろう。

眠れぬ夜を過ごし、重い身体を引きずり、シトリーのいる研究所へと向かう。

まだ早朝だったが、セレンが辿り着いた時には、研究所には既にメンバーが揃っていた。

装置の製造を担当するルシアに、総指揮を任されているシトリー。ラピスをリーダーとした《星の聖雷《スターライト》》の同胞達。リィズ、ティノ、エリザの盗賊《シーフ》チームとアンセムがいないのは、地脈調査と防衛強化に回っているからだろう。

ユグドラの戦士達も優秀だったが、彼らはセレン達、ユグドラの上層部の決定なくして動かなかった。それは忠誠心の表れであり、世界樹を守るという何物にも替えられない使命がある以上仕方のない事ではあったが、歯がゆく感じた事もあった。

《嘆きの亡霊《ストレンジ・グリーフ》》のメンバーは違う。彼らはリーダーが何も言わなくても、自らの頭で考え、失敗を恐れず臨機応変に行動するだけの力と意志を持っている。もしかしたらこういう切羽詰まった状況においては、統制された行動よりも独立して動くスキルの方が適切なのかもしれなかった。

問題があるのは、意図のわからない行動でセレンを惑わす《千変万化》だけだ。

ルインは一言だけ言い放つと再度気絶し、まだ目覚めていなかった。生きているだけでも奇跡なのだ、相当消耗していると見ていいだろう。

昨晩かけられた言葉はセレンの心に致命傷を与え、まだ完全には立ち直れていなかった。

なんでそんな格好を――それは、セレンの方が聞きたいくらいだ。

確かに宝具を受け入れたのはセレンだが、別にセレンもしたくてあんな格好をしたわけではない。

平静を装いやってきたセレンを見て、シトリーが朗らかな笑顔で言う。

「おはようございます。セレンさん。もうあの快適な休暇《パーフェクト・バケーション》を着るのはやめたんですね」

「ッ…………べ、別に、好きで着ていたわけでは、ないので。あ、あのニンゲンが、着ろって言ったから――」

今のセレンは、元の精霊人《ノウブル》の皇女に相応《ふさわ》しいローブ姿だ。

魔力《マナ》をたっぷり吸った植物を原料に仕立てられたローブには代々のユグドラの皇女によって守護の魔法がかけられており、災厄を遠ざける力がある。

もちろん自ら脱いだら効果がなくなるのは言うまでもない。

自然な提案に騙され快適な休暇《パーフェクト・バケーション》を着てしまったのは間違いだった。ルインが元気になったらなんと言われるか、今から不安で仕方がない。ルインはセレンにとって魔術の師の一人でもあるのだ。

耳まで赤くして反論するセレンを、シトリーはにこやかにスルーして言った。

「ちょうど今から装置の製造を行うところです。もう時間が余りないので、今日中に数を揃えます。魔力回復薬《マナポーション》もありますし、まあなんとかなるでしょう」

「そ、そうですか…………」

特殊な染料で描かれた魔法陣の前で、ルシア・ロジェが目をつぶり、大きく深呼吸をしていた。

周りには《星の聖雷《スターライト》》のメンバー達が集まり、その様子を観察している。

呼吸と共にルシアの意識がどんどん研ぎ澄まされていくのがわかる。魔術で大切なのは集中だ。

昨日の時点でその力量が精霊人《ノウブル》をも凌駕《りょうが》する事はわかっていたが、改めて見てもその体内を巡る魔力《マナ》の強さと淀みなさは見事だ。魔導師《マギ》としてのあらゆる資質が高いレベルで備えられている。

そして、ルシアは息を吐き気合を入れると、胸の前で握った杖を大きく持ち上げ、強く地面をつくと同時に連続で術を解き放った。

五つの魔法の光が魔法陣の周囲に順番に浮き上がり停止。ほぼ同時に、地面に描かれた魔法陣に吸い込まれるように落ちる。

魔法陣全体が輝き、その上に置いてあった装置を作るための素材が炎に包まれる。

風と水、土と火、同時に放った魔法が刻まれた陣に従い混ざり合い一つの術となる。

近くでその様子を見ていたクリュスが感心したようにため息をつく。

「ルシアさん、本当に器用だな、です。いくらヨワニンゲンからヒントをもらったとはいえ、まさかこんなにすぐに多重起動をものにするなんて――」

「無茶振りはいつもの事です。できなければ面倒な事になりますからね」

何気ない言葉だったが、その技術がどれほど高等なものなのか、同じ魔導師《マギ》ならば誰でも理解できるだろう。

本来、魔導師《マギ》は複数の魔術を同時には発動できない。よほどセンスがあったとしても二つ発動するのが精一杯だろう。そういう意味で、今回幻影《ファントム》に変化していたルインが使ったという、術式発動まで待機時間を設ける事で疑似的に複数の魔術を同時に発動する技術は画期的だったが、それも並の魔導師《マギ》ではすぐに扱えるような代物ではなかった。

魔術というのは術者の意思で自由に現象を起こせるような代物ではない。使い勝手の関係で元々コントロールできるように設計されている要素ならばともかく、術式を構築してから効果が発揮されるまで待機時間を設けるには術を多少なりともその場で組み替える必要がある。

それができるのは、ルシアが才能があるだけでなく、日頃から魔術の研究を怠っていない証拠だ。

少なくとも、術式の細かい操作はセレンよりも上だろう。彼女がもしもニンゲンではなくユグドラの民だったらセレンをも超えた大魔導師となっていたかもしれない。

「そういえば、幾つも新しい術を開発したと言っていたな……《千変万化》の要望で」

「…………習得したいのならば、教えましょうか？　もっとも――問題ある術ばかりなので、覚えても意味ないと思いますが」

話をしながらも装置の形成は続いていた。

どろどろに溶けた硝子《ガラス》がぐるぐると回転し形を作っていく。

魔術による物作りは大雑把なものしかできないというのが定説だったが、その一つ一つの動きは魔法陣により完全にコントロールされており、非常に緻密《ちみつ》だった。

外部からの影響を遮断し、原料を入れて術を流し込むだけで装置が完成する。計算に計算を重ねられた高度な魔法陣は、生み出される装置についてほとんど知らないセレンから見ても研究に研究を重ねて生み出されたものだとわかる。

装置が出来上がるのにかかった時間は僅か十数分だった。

円錐を逆にしたような形の装置だ。本体は螺旋《らせん》を描く硝子の管で作られており、その底には何かを嵌めるような穴がある。

シトリーが用意した硝子はかなりの量だったが、出来上がったのは全高一メートル程の装置だった。

魔法陣が光を失い、ルシアが肩で息をする。

「終わりました。多重起動だけでなく、かなりの魔力《マナ》が必要ね」

「お疲れ様。まぁ五人で発動するものだから……そう何度も使う魔法陣でもないし、その辺りは仕方ないという事で。さぁ、これが――私の研究成果、マナ・マテリアル撹拌装置です。これはお試しなので小型のものですが、後は装置の動力となる宝石を――魔石をはめ込めば完成します」

精霊人《ノウブル》は本能的に金属が嫌いだ。それは、精霊人《ノウブル》が共に生きる自然精霊が金属を苦手としているからとされている。硝子は別に苦手ではないのだが、セレンの目にはその装置が酷く奇怪で忌まわしいものに見えた。

装置がどのように作用するのかは知らないはずなのに――現人鏡で【源神殿】の最奥に存在する祭壇を見た際に感じた、異質な空気に似たものを感じる。

精霊人《ノウブル》の本能が危険性を訴えかけているのだろうか？

ニンゲンはなんと恐ろしい装置を生み出したのだろうか……思わず唇からそんな言葉が漏れそうになり、ぎりぎりで止める。もしかしたら自然の猛威とも呼べる神の幻影《ファントム》の出現に対抗するには、その存在に匹敵する忌まわしい人工物が必要とされるのかもしれない。

ユグドラを、ひいては世界を救うにはこの手しかないのだ。

「動力は魔石、ですか…………ちょうど、ここに一つ持っています」

魔石とは魔術の触媒となる精霊石や宝石を加工したものだ。ちょうどセレンのつけていたペンダントがそれに当たる。

覚悟を決め、装置に近づく。装置に手を伸ばしたところで、シトリーが叫んだ。

「待ったッ！」

「!?」

びくりと身体を震わせ振り返るセレンに、シトリーが低い声で脅すように言った。

「まだ、嵌《は》めてはいけません。マナ・マテリアルの性質は非常に複雑で、現代の人間の技術では解明しきれていません。正しい場所で装置を作動させなければ――何が起こっても知りませんよ？　もしかしたら、神の前に人の手で世界が滅ぶかも」

「ッ…………す、すみません。わかりました……」

魔石を握りしめ数歩装置から後退る。

装置はただ静かに陽光を反射しきらきらと輝いていた。

魔剣は担い手を惑わすという。

セレンももしかしたらこの異質な装置に当てられていたのかもしれない。

大きく息をしていると、ルシアが腕組みして窘《たしな》めるように言った。

「シト、脅すのはやめなさい。今、セレンさんが近づくまであえて警告しなかったでしょ？」

「え……？」

目を見開き、シトリーを見る。

「……お姉ちゃん達が戻ってきて装置の設置場所が決まったらすぐに実行します。それまでに数を作ってしまいましょう」

シトリーはぱんと手を叩くと、何事もなかったかのように言った。


フィニスを倒したルシアの膨大な魔力《マナ》をもってしても、撹拌装置の製造は重労働のようだった。

魔法陣を作るのには五つの魔法を流し込む必要があるし、魔術の同時起動には集中も必要だ。莫大な魔力《マナ》はまたたく間に減り、淀みのなかった魔力《マナ》操作にも僅かな乱れが生じる。

セレンや《星の聖雷《スターライト》》のメンバーも助力できればよかったのだが、魔導師《マギ》にはそれぞれ得意とする術というものがある。今回の魔法陣は五つの魔法を流し込む必要があるが、中でも火の魔法はかなり強力なものを流し込まなくてはならない。

同時発動だけならばともかく、精霊人《ノウブル》は種族的に火の魔法が苦手だ。セレンは火の魔法を使えないし、《星の聖雷《スターライト》》のメンバーの中でも使えるのはクリュス・アルゲン一人だけだ。

代わりに、セレン達は宝石を装置の動力源となる魔石に加工する作業を行う。

動力がなくては装置も動かない。

これも、装置の製造程ではないが繊細な魔力《マナ》操作を必要とされる作業だ。

ルシアが硝子を使い切り、セレン達が一通りの処置を宝石に施した時には日もすっかり沈んでいた。

神経を使う作業にセレンも含め皆が消耗していた。万全なのは指示役のシトリーくらいだろう。

だが、表情は決して暗くはない。希望があるからだ。

ルインを助け出した、その偶然にも思えるたった一勝がセレン達を奮い立たせている。

ちょうどそのタイミングで、装置の設置場所を吟味していたメンバー達も戻ってくる。

ユグドラの外に出て調査を担当していたリィズにエリザ、ティノの盗賊《シーフ》の三人組と、その様子を現人鏡の力でキャッチして地図に記していたアドラー達だ。

幻影《ファントム》が襲ってくる事も十分に考えられる危険な任務だったが、負傷などはないようだ。

だが、先頭に立つリィズの表情はいつもよりやや険しい。

装置の製造に力を振り絞り息も絶え絶えになっていたルシアが眉を顰める。

「…………おかえりなさい。何かありました？」

「いや……今日は幻影《ファントム》が襲ってくる事もなかったし、特にトラブルもなかったんだけど……ずっと見られてるみたいでねえ。気分が悪いのなんのって」

「…………視線を感じましたね。森に入った直後からずっと――」

ぶるりと肩を震わせ、ティノが言う。

結界を張られた時点で相当警戒されていると思っていたが、見られているとは穏やかではない。

それがどう転がるかは神ならざる身ではないセレンにはわからない。

だが、状況は確かに動いていた。セレン達だけでなく、【源神殿】側も。

リィズが舌打ちをして不機嫌そうに言う。

「それで、面倒だから【源神殿】の近くまで行ってみたんだけど、結界の内側からじーっと見てるの。

黒い仮面の幻影《ファントム》達が――挑発しても出てこないし、結界につなぎ目もないから入れないし……うぜえ」

「近くまで行ったのか……ふん。相変わらずだな」

「近づかねえとわかんねえだろ。あー、あの目…………いらいらするッ。ルークちゃんなら結界も斬れたかもしれないのに、肝心な時にいないいんだから！」

ラピスの言葉に、一瞥を投げ、リィズが苛立ったように地面を蹴りつける。

よほど腹に据えかねたのだろうか。戦意が高いのはいいが、高すぎる気がする。

最後に、眠そうな表情でふらふらしていたエリザがふぅと息を吐いて言った。

「今は大人しくしているみたいだけど、相手はこちらの出方を窺っている。あの様子だと、何かあったら襲ってくると思う」

【源神殿】の幻影《ファントム》は強力だ。さすがにルインは別格のはずだが、ユグドラの精鋭達が一人も帰らなかったのは紛れもない事実。

セレンも戦闘に参加するとしても、ユグドラ側の戦力は幻影《ファントム》達と比較にならないくらい少ない。

セレンの不安を裏打ちするようにシトリーが眉を寄せ困ったような表情を作る。

「それはそれは……また、面倒な事になりましたねえ。装置を起動してから効果が発揮されるまで時間がかかります。しかも、同時に幾つもの装置を起動しないといけません」

新たな懸念点に、リィズが鼻を鳴らす。

「ま、戦ってみないとわからないけど？　アドラー、てめえらもちっとは役に立てよ！」

「どうして私達が――と言いたいところだが、わかってるさ。ちょっとは《千変万化》に役に立つところも見せておかないとねえ」

アドラーが酷薄な笑みを浮かべて言う。

クライを思い出しながら、今後の戦いについて想像してみる。だが、全く読めなかった。

セレンは何も知らない。幻影《ファントム》達が何を考え何人いて、どれほどの戦力を持つのか、そしてユグドラ側の戦力がどれほど強いのかも。

戦いには時の運もある。ましてや、勝敗を読むだけでなく戦いの流れまでコントロールするなど、ニンゲンよりも高い能力を誇る精霊人《ノウブル》でも不可能だ。

クライ・アンドリヒは未だ姿を現す気配がなかった。

一体どこで何をやっているのだろうか？

あるいは……今もまだ、全て想定通りなのだろうか？

「エリザお姉さま…………そのお…………つかぬことを伺いますが、足は逃げたがっていませんか？」

「……ずっと、逃げたがっている。これは、負け戦。普通に考えたら、だけど。そのくらい、相手との戦力差は大きい」

「!?　…………そ、そうですか…………やっぱりまたそういう戦いなんですね……」

「でも、ここまで来たらもう逃げられない。戦える全員で装置を守るしかない」

意気消沈したように呟くティノに、いつになく深刻そうな表情のエリザ。

わかってはいたが、どうやら歴戦の盗賊《シーフ》から見ても余り勝ち目のある戦いではないらしい。

だが、エリザの言う通り、どちらにせよ前に進むしかないのだ。これは、セレン達にとっては、世界樹の暴走を止められなかった不名誉を挽回《ばんかい》する最後のチャンス。

この状況で避けねばならないのは《嘆きの亡霊《ストレンジ・グリーフ》》に下りられる事だ。そうなれば、たとえ《星の聖雷《スターライト》》が残ってくれていたとしてもどうしようもない。特に《千変万化》の協力は必須だ。

皆の顔を順番に確認して、できる限りの威厳を込めて言う。

「私も……これでもユグドラの皇女、経験はそこまでありませんが、ミレスの力を借りれば【源神殿】の幻影《ファントム》を相手にしても戦えるでしょう。ルインも目が覚めたら共に戦ってくれるはずです」

《嘆きの亡霊《ストレンジ・グリーフ》》がここにやってきたのは仲間を助けるためだが、シェロの呪いを解くのと世界樹の暴走を止めるのではどちらが楽かは考えるまでもなかった。

セレンの表情を見て、シトリーは小さな笑みを浮かべる。

「ふ……そんな心配しなくても、私達は下りません。クライさんが撤退を決めるまでは、ですが――」

ウーノさん、地脈の状況はわかりましたか？」

「はい。大雑把ではありますが、地脈同士が交わっている部分はチェックできたと思いますー。大きな見落としはないはずですー」

ウーノが周辺一帯の地図を広げる。世界樹を中心とした地図には今、赤い線が何本も描かれていた。

ぐるりと調査を行うリィズ達を現人鏡で確認して作ったものだろう。

シトリーがそれを受け取り、セレンが手渡したユグドラの書庫に眠っていた地図と比較する。

「セレンさんから貰った五百年前の地脈地図とも大まかに一致しますね」

「ぐるりと一回周《まわ》っただけですからねー、わかるところは描きましたが、保証はできませんー。何周かすればもっと正確な地図を作れると思いますがー」

マナ・マテリアル撹拌装置についてセレンは原理も必要な条件も何も知らない。

その手の技術はユグドラが上などといっても、ユグドラの民は地脈を動かそうなどという大それた事を考えたことはないのだ。

シトリーは数秒間考えると、首を横に振った。

「…………いえ。とりあえず一度、このデータで設置場所を計算してみます。せっかく検証の機会を頂いたのです。お姉ちゃん達が見られていたのならば、余り時間もない。セレンさんも是非、意見をください。これがうまくいくかどうかで世界の命運が決まります」


マナ・マテリアル撹拌装置。

それは、その名の如くマナ・マテリアルの流れを乱すための装置らしい。

シトリーは地脈を川、マナ・マテリアルを水、装置を障害物に例えた。マナ・マテリアル撹拌装置を使えば水の流れを妨害し、一つのところに本来貯まる以上の水量を集める事ができる。

マナ・マテリアルは水のように円滑には流れないし、川と地脈の間にも多少の性質の違いはあるが、ここで重要なのはその装置が本来、マナ・マテリアルの円滑な流れを堰《せ》き止め妨害し、一箇所のマナ・マテリアル量を増加させる事で宝物殿を強化するための装置だという点だ。

シトリー・スマートはその装置を使い、マナ・マテリアルの性質を利用して、地脈という川を枝分かれさせようとしている。それは、理論上可能なだけの、前代未聞の作戦だった。

「地脈はマナ・マテリアルの通り道です。ならば、人工的にマナ・マテリアルが通る場所を作る事ができれば、それは地脈と呼んでも差し支えないはずです。川を開削して支流を作るように――」

ユグドラでは地脈に流れるマナ・マテリアルを転用して様々な術式を発動させている。ユグドラを囲む強力な結界もそうだし、神樹廻道を構築しているのもその力によるものだ。マナ・マテリアルに関する研究を制限しているニンゲンの世界と比べればその技術は発展しているだろう。

マナ・マテリアル撹拌装置の大体の機能は聞いた。シトリーの打ち立てた作戦は、セレンから見ても決して不可能ではない、と思う。だが――。

「そりゃ、強化はやりましたが、宝物殿の弱化はやったことはありません。でも、間違いなく可能なはずです。理論上は!!」

拳を握り、熱弁するシトリー。

絶望的な力を持つフィニス相手に戦い続けたルシアも凄まじかったが、シトリー・スマートはそれに輪をかけてどうかしていた。

何しろ、世界の滅亡が目の前に差し迫っているこの状況で、一度も試したことのない装置の使い方をしようとしているのだ。

理論上はと言い続けていたはずだ。これは紛れもなく、実験と呼ぶべきものだった。しかも、装置を設置する場所も非常に難しい。シトリーは適切な位置に設置すればと言っていたが、適切な位置が存在しているのかも怪しいものだ。

地脈の構造は場所によってそれぞれだ。つまり、装置の設置場所も大まかなセオリーに基づく他なく、起動してみなければうまく動くかはわからない。

セレンも作戦には賛成したが、まさかここまで不確定要素の大きい作戦だとは思わなかった。そして、いくら非常事態とは言え、それを（恐らく）把握した上でシトリーに全て任せた《千変万化》もかなり肝が据わっている。

「装置の設置には少し時間がかかります。また、設置した装置は効果がしっかり発動するまで守りきらねばなりません。【源神殿】からどの程度の干渉があるのかは予想できませんが、それぞれに装置を守る事ができる戦力を割り振る必要があります」

シトリーが地図を出して説明する。

地図には幾つかのマークがつけられていた。世界中から集まる無数の地脈の交点――特にマナ・マテリアルが集まる要点と呼ぶべき点だ。相当厳選したのだろう、交わっている点は幾つもあるが、マークがついているのは特に多くの地脈が集まる地点のみだった。

その地図を見て、リィズが眉を顰める。

「シト、南側の地脈の交点にしかマークがついてないみたいだけど、地脈って北からも繋がってたでしょ？　北は放置すんの？」

「戦力が足りなすぎるから、集中しようかなって。南側だけでもどうにかできれば、【源神殿】の力は半減するから。北は後から対応してもいいし……どう思いますか？　エリザさん」

砂漠精霊人《デザートノウブル》は魔導師《マギ》よりも盗賊《シーフ》寄りの資質を持つ事が多い。エリザはシトリーからの問いかけにしばらく目を瞬かせていたが、諦めたように言った。

「北は後回しでもいいと思う」

「足は逃げたがっていませんか？」

「…………逃げたがってる。でも、どっちにしろ、危険。もう諦めた。なんとかする」

エリザは目に見えない程の細かい要素を本能で察知し、危険を避ける事でソロで活動していたという。だが、もう今の状況では余り役に立たないようだ。

感謝しかなかった。シェロを取り戻してくれた上に、世界樹の暴走にも立ち向かってくれるのだから、この件が無事解決したら何か報いなければならないだろう。

「【源神殿】攻略作戦のフェイズ2では装置の設置とその防衛に全力を尽くします。とりあえず南に設置してみて効果を測定します。マナ・マテリアルを逃がす道を作るには同時に装置を起動する必要があります。最低限の人数で防衛しなくてはなりません」

シトリーの指先が世界樹の下、数キロの辺りを、西から東になぞる。

「世界樹の南側から流れ込むマナ・マテリアルの流れを装置で乱して東に逃がします」

こうして言葉にされると、余りにも大それた計画に思えてならない。

ウーノが半信半疑の表情でシトリーを見る。

「…………こんな事、本当にできるんですかー？　南側から流れるマナ・マテリアルって事は、全世界に巡るマナ・マテリアルの半分が集まってくるって事ですよねー？　逸らしたマナ・マテリアルをどこに捨てるかって問題もありますー」

マナ・マテリアルを視認できるからこそ、そのエネルギーの莫大さがわかるのだろう。世界樹に流れ込むエネルギーはユグドラがなるべくコストをかけて発動するように設計した神樹廻道を維持して余りあるものだ。

ウーノの指摘に、シトリーはこほんと咳払いをして答えた。

「逸らしたマナ・マテリアルはそのまま外への地脈に流します。しばらくは問題ないはずです。理論上はうまくいくはずですが、正直、読み切れていない部分はあります。しかし、まずは【源神殿】をどうにかしなくてはなりません」

どうやら【源神殿】をどうにかした後は根本的な解決に向けて進まねばならないらしい。

「問題は装置を設置する場所です。私の計算では、最低でも八点、どうしても設置しなくてはならない場所があります」

八点。その言葉に、部屋中がしんと静まり返った。

相手は【源神殿】の幻影達《ファントム》。もしかしたら幻獣や魔獣も襲ってくるかもしれない。

それは、余りにも多い数だった。

現在戦えるメンバーはセレンを除けば《嘆きの亡霊《ストレンジ・グリーフ》》の六人とティノ、《星の聖雷《スターライト》》の六人、《千鬼夜行《ナイト・パレード》》の三人の十六人。その中には戦闘力が低いメンバーも含まれている。

沈黙が漂う中、シトリーが念押しするように言う。

「襲撃者を倒す必要はありません。装置を守り抜けばいいんです」

「そうは言っても……数が多すぎるね。幻影《ファントム》の力もそこまでわからないのに…………ふん」

アドラーが唇を舐め、点のうち、中心近くの一点を指す。

「考えても仕方ない。《千鬼夜行《ナイト・パレード》》はここを担当するよ。ユデンもそろそろ復帰するから、まあ妥当なところだろう」

アドラー達の戦闘力を、セレンは知らない。魔物を操るらしいという話は聞いていたが、実際に操っているところを見たこともない。シトリーはその言葉に、笑みを浮かべて言った。

「そうですね……どこを防衛するかは早いもの勝ちにしましょう。中心を、現人鏡で周囲の様子を確認できるアドラーさん達が担当するのは理に適《かな》っていると思います」

その言葉を皮切りに、《嘆きの亡霊《ストレンジ・グリーフ》》が、《星の聖雷《スターライト》》が、それぞれ話し合いを始める。

防衛にはバランスも大切だ。少なくとも、魔導師《マギ》は前衛と組むべきである。

「《嘆きの亡霊《ストレンジ・グリーフ》》は私とエリザちゃんとティーーで盗賊《シーフ》三人、錬金術師《アルケミスト》一人、魔導師《マギ》一人、守護騎士《パラディン》一人、かあ。私で一つ、ルシアちゃんで一つ、アンセム兄で一つ、エリザちゃんで一つ、ティーとシトで一つで合計五つ守れる？」

「!?　お、お姉さま？　それはさすがに無茶では!?」

「……無理。攻撃力も必要」

「隣り合う二つの装置を一つのチームで守るという手もありますよ？」

とんでもない事を言い出して仲間に窘められるリィズ達。

一方で《星の聖雷《スターライト》》の方も前途多難のようだ。ラピスが仲間達を見回して難しい表情で言う。

「連携的には三・三で分けられるか……それ以上割ると戦力に不安が残るな。人数を減らして装置を守りきれなかったら本末転倒だ」

「私達は《嘆きの亡霊《ストレンジ・グリーフ》》と違ってソロで戦えるメンバーはいないからな、です」

「彼らの盗賊《シーフ》と我々の魔導師《マギ》でチームを組むという手もある」

「そもそも、全ての装置が同時に攻撃されるとは考えにくい。危険なのは――何かあってもフォローしづらい両端、か。この二点は最高戦力を置く必要があるかもしれんな」

シトリーの計算した装置設置場所は地脈の交点を元に割り出されており、均等な距離をおいて設置するわけではない。《星の聖雷《スターライト》》の言葉通り、特に危険なのは最西端と最東端に存在する二点だろう。宝物殿から近いし、それぞれ隣の装置から離れていて襲われても助力を求めにくい、危険な場所だ。

セレンは大きく深呼吸をすると、最東端の一点を指して言った。

「私は――ここの装置を守ります」

「…………大丈夫ですか？　私はセレンさんを計算に入れていませんが――」

シトリーが目を瞬かせる。こちらを愚弄《ぐろう》しているかのような言葉に一瞬苛立ちを感じたが、すぐに思い直す。実際にセレンはまだこの作戦で役に立てていない。

セレン・ユグドラ・フレステルはユグドラの皇女にして旗頭《はたがしら》だ。これまでは表に出ることすらほとんどなかった。絶対に死ぬわけにはいかなかったから――。

「大丈夫です。この作戦が失敗したらもう挽回はできませんから」

「…………わかりました。今は一人でも戦力が欲しい。ですが、そこは一番の激戦が予想されます。誰とチームを組みたいですか？」

その言葉に、セレンは目を細めた。セレンは決して戦えなかったわけではない。戦う力を持ちつつも、戦わなかったのだ。それは必要な事ではあったが、耐え難い事でもあった。

腕を組み、自信を持って宣言する。

「舐めないでください、ニンゲン。私一人で十分です。私には――ミレスがいる」

守護精霊、『開闢《かいびゃく》のミレス』。確かに正気を失い一度はセレンを呑み込んだが、その力は絶大だ。純粋な攻撃力はフィニスに劣るが、それは向き不向きの話。

ミレスはユグドラの戦士達が、決して死ぬわけにはいかない皇女に残す事を選んだ精霊なのだ。

「……わかりました。ユグドラの皇女のセレンさんがそこまで言うのならば、信じましょう。残り六点の配分ですが――」


「――後、五点だ」


そこで、懐かしい声が聞こえた。

胸が詰まる。急に聞こえた知らない声に、シトリー達が入り口の方を見る。

そこに立っていたのは、懐かしい漆黒の魔導師衣《マギ》に身を包んだ一人の精霊人《ノウブル》だった。

精霊人《ノウブル》の中で黒の衣装を好む者は少ない。更に、燃え盛る炎のような怪しい赤の瞳を持つ者はただ一人だけだった。

かつてユグドラで最強の一人とされた魔導師《マギ》にして、呪術師《シャーマン》。

頭を押さえ目を細めて入ってきたその高位精霊人《ハイ・ノウブル》は、自分に集中する視線を順番に見返し、口を開

く。心地の良いハスキーボイスが耳を打った。

「長い……夢を見ていたようだ」

「ルイン!!　………意識が戻ったんですね！」

「はい。セレン皇女。ご無事で何よりです。記憶は曖昧ですが、戻った時の事はよく覚えています。そしてどうやら、とても……タイミングが良かったようだ」

ルインは二百年前と何一つ変わらなかった。幻影《ファントム》に取り込まれていたが、動くのにも支障がないようだ。その身からユグドラ屈指と言われた懐かしい静謐《せいひつ》な魔力《マナ》を感じる。

ルインは好奇の視線も気にせずにずかずかと中心までくると、地図の一点に手に持っていた小さな杖を突き立てた。

「目覚めて早々申し出るのもなんなんだが——西は僕に任せて貰おう。僕と終焉のフィニスに」

いきなり何を言い出すのだろうか。

絶句するセレンの前で、その言葉に呼応するように、空中に枯れ草色の雫《しずく》が垂れる。

雫はまたたく間に貯まり、ミレスそっくりの円形を作った。フィニスだ。

「どうやらフィニスも、恥じているようだ。恥ずかしくて、セレン皇女に姿を見せられない、と。まさか、終焉のフィニスが恥ずかしがりだとは思わなかった。だが、僕も、何もしないではいられないな。ユグドラの皇女が戦いに参加するというのに——」

「ルイン………もしかして、フィニスの力を使えるのですか？」

「………はい。どうやら、仮面に呑み込まれている時に交わした契約が生きているようです」

信じられない言葉だった。フィニスと契約を交わし、力を借りることができた精霊人《ノウブル》はこれまで誰一人として現れなかったというのに――。

運命に導かれているかのように、状況が好転している。流れがセレン達に来ている。これならば、【源神殿】も本当に攻略できるかもしれない。

ルインは眉を顰めるシトリーを見て、入ってきた扉の向こうを顎《あご》で示して言った。

「現在の状況は彼に聞いた。参戦を認めてもらえるだろうか？」

「…………やぁやぁ、おはよう」

扉の陰から、《千変万化》が覇気のない声をあげながら現れる。

作戦会議にも姿を見せなかったので何をしていたのかと思えば、ルインと一緒にいたのか。あるいは、ルインが目覚めたのも、このニンゲンの想定通りなのだろうか？

「クライさん……」

「なんか事情を知りたがっていたから、軽く話しといた。戦いたいんだってさ。いいんじゃない？」

これから実行される困難な作戦を全く感じさせない、余りにも軽い言葉だ。

もしかしたら仲間の内誰かが命を落とすかもしれないのに――いや、それどころか全滅する可能性だってあるはずなのに、その声色には一切の不安がない。

相変わらずやる気のなさそうな《千変万化》に、リィズが拗《す》ねたような声で言う。

「えー、でも、ねぇ、クライちゃん。突然出てきて一番美味しいところをかっさらうってずるいと思わない？　私やティーだって沢山幻影《ファントム》と戦いたいのに！」

「!? わ、私は別に…………」

ティノが尻すぼみに小さな声で言うが、リィズは聞いていていなかった。

呆れているリーダーに声高に主張する。

「それにぃ！　私はいいとしても、クライちゃんの分がなくなっちゃうじゃん？　セレン皇女が危険な東を取るのはまあ許したとして、ルインに同じくらい危険な西をあげるのはなんか違わない？」

「…………そうだな。そういう事なら、僕は西でなくても構わない。どこに割り振られても全力を尽くそう」

まさか、このニンゲン――策だけではなく戦闘力も高いのだろうか？

さすが《嘆きの亡霊《ストレンジ・グリーフ》》を率いているだけの事はある。

譲歩するルインに《千変万化》はきょろきょろと周りを見回すと、これみよがしにため息をついた。

「や、やれやれ。危険な西はルインに譲るよ。そんなところ興味ないし……」

「そうだな。《千変万化》、そろそろ力を見てみたいところだ。色々話し合っていたが、一応はリーダーなんだし、どこを守るか選ぶ権利があると思う。どう思う？」

《千変万化》の台詞にアドラーが言葉を被せた。確かに、今回の作戦を立案したのはシトリーだがそれを許可したのはクライだ。リーダーとして選択の権利くらいはあるだろう。

クライ・アンドリヒに与えられた認定レベル、レベル８とは英雄の証《あかし》なのだという。

そしてついでに、フィニスを倒したルシアの兄だ。その佇まいからは強さは感じないが、セレン同様一人で一箇所を守ると言い出しても不思議ではない。

どうやらアドラーの提案に異論のある者はいないようだ。

シトリーが装置設置予定の八点にチェックをつけた地図を《千変万化》に手渡す。

《千変万化》はしばらく眉を顰めていたが、やがてシトリーを見て言った。

「選びたいのはやまやまだけど、ここまで進めたのは皆だし皆の活躍を取るのもなー」

「まぁ、クライさんが入ってしまうと簡単になってしまいますからねえ……」

信じられない単語がシトリーから出てくる。

簡単。今彼女は、簡単と言ったのか!?　それは戦闘力としての意味なのか、それとも知略家としての意味なのだろうか？

ニンゲンはシトリーの言葉に、慌てたように言う。

「か、簡単？？　い、いや、そういうつもりじゃないし、そんな事全然ないんだけど——ねぇ、シトリー。僕の言いたい事はわかるだろう？　僕はどれも選ぶつもりはない」

「…………なるほど。わかりました、クライさん」

どれも選ばない……？

今回の防衛作戦に余裕はないはずだ。成功すれば神を消し去る事ができるかもしれないが、失敗すれば全て終わる。全てを得るか失うか、二つに一つの状況で、まさかこの期に及んでユグドラに留《とど》まり策謀を巡らすとでも言うのだろうか？

同じ感想を抱いたのか、アドラー達や《星の聖雷《スターライト》》も白い目で《千変万化》を見ている。

そして、皆が静まり返る中、シトリーが浮かれたような声で言った。

「どれも選ぶつもりはない。つまり――クライさんは北側を担当する、と、そういう事ですね？」

「うんうん、そうだね！　…………………え？」

先程とは別の理由で、皆が唖然としていた。

北側を担当？　北側を担当と、今言ったのか？

北側から繋がっている地脈の数は南側とほとんど変わらない。装置を設置する場所の計算は済んでいないが、似たような数になるだろう。

全員でなんとか南側の守備を固め守りきろうという話をしていたというのに、たった一人でそれと同じ数を守ろうなどふざけているとしか言いようがない。

そんな事、フィニスを使役したルインにだって不可能だ。

それとも……あるいは、襲われない確信でもあるのだろうか？

だが、何かしらの手を打って襲撃者を減らす算段があったとしても――めちゃくちゃだった。

何しろ、【源神殿】は広大だ。物理的に守る範囲が広すぎる。

これまで共に活動してきたメンバーからしてもその言葉は異常だったのか、ルシアが引きつった表情で確認する。

「…………兄さん、今度は何をするつもりですか？　一人で守れる範囲ではありませんよ？　そんな馬鹿げた事やるくらいなら、私達と一緒に戦ってください」

「戦う!?　…………………い、いや、戦うのはちょっと…………まぁ…………その…………僕にもやりたい事があってね。余り期待されてもあれなんだけど、守るというか、なんというか……そう。時間稼ぎくらいはできると思うんだけど…………どう？」

時間稼ぎ。その単語に、少しだけ皆の表情が和らぐ。

襲ってくる幻影《ファントム》を全て薙ぎ倒すなどと言うよりは現実的な言葉だ。それでも、襲いかかってくる幻影《ファントム》の大群から広範囲をカバーして装置発動までの時間を稼ぐというのは尋常な事ではないが――。

その言葉を吟味していたアドラーが含み笑いを漏らす。

「くく…………面白いじゃないか。それでこそ、数多《あまた》の伝説を打ち立てた《千変万化》だ」

「実は設置する装置は南の分しか用意してないんですが…………北側に幻影《ファントム》を引きつける事ができれば作戦の成功率も上がりますね」

「クライちゃんに相応しい派手な活躍じゃない？」

シトリーが手のひらを合わせ、にこにこと言う。リィズも先程とは打って変わって上機嫌だ。

どんな方法を使うつもりなのかはわからない。だが、ここまで指一本動かすことなく状況をコントロールしてきたこのニンゲンの事だ。今回も何かしら用意しているのだろう。

セレンは大きく深呼吸をすると、声を抑え懇願した。

「ニンゲン、こんな事を言える立場にはない事はわかっているのですが……一つお願いがあります」

「え？　…………まだあるの？」

目を瞬かせ不思議そうな表情をする《千変万化》。

北側を《千変万化》一人で担当する。それが可能か不可能かは置いておいて、それは世界樹の暴走を止めるという最終目標を果たすに当たって大きな後押しになるだろう。

だが、一つだけ問題があった。

「その……できれば、なんですが、引きつけた幻影《ファントム》は倒さずにこちらまで連れてきて欲しいのです。全ての幻影《ファントム》を連れてきて欲しいとは、言いません。ですが……その……行方不明になっていたユグドラの民が乗っ取られている可能性があって――」

ウーノの推測が正しければ、ユグドラの戦士を助けるには枯渇の力で相手の幻影《ファントム》の部分だけを消し去る必要がある。

そういった幻影《ファントム》が何体いるのかはわからない。もしかしたら助けられるのは特に力の強いルインだけで、他の者達はもう助けられない可能性もある。

だが、どうしてもセレンは諦める事ができなかった。

幻影《ファントム》を倒さずに時間稼ぎをするのと倒してしまうの、どちらが楽かなど考えるまでもない。圧倒的に後者の方が楽だ。殺す気で襲ってくる相手をいなすのは相当な実力差がなければ難しい。

引きつける側も命がかかっている。ふざけるなと怒られても文句は言えない。

顔を伏せ、身を縮めてお願いするセレンに対して、《千変万化》はにこにことしながら言った。

「ああ、そんなことか。いいよいいよ、全然構わないよ。うんうん、乗っ取られてる可能性があるから、ね。わかるわかる。安心して、僕は敵を倒さない事にかけては右に出る者はいないから。てか、最初から倒すつもりなんてなかったし」

「!? か、感謝します！」

余りにもあっさり受け入れられた事に、一瞬言葉を失う。

幻影《ファントム》を倒さず引き連れる事の難しさはハンターが一番良く知っているはず。どれだけ自信があればこんなにあっさり了承できるのだろうか？　セレンの身勝手な要求にも眉一つ動かしていない。

それどころか、最初からそのつもりだったとは――。

ここに至ってもまだセレンは《千変万化》の佇まいから何の凄みも感じ取れなかった。

だが、その何も考えていない笑顔が今はただただ頼もしい。

ついこの間まで、ニンゲンがこんなに頼りになるなど知らなかった。

ずっとニンゲンは身勝手で恐ろしいものとして扱ってきたが、全てうまくいったらユグドラもニンゲンとの交流を始めるべきなのかもしれない。

「じゃあ、後はよろしくね。僕は……色々やることがあるから……」

一体、色々とはなんなのだろうか？

ニンゲンは中途半端な笑顔でそう言い切ると、足早に部屋を出ていった。

なんだかわからないけど、なかなか面倒な事になったな。

頭をぼりぼり掻きながら、皆が集まっていた研究所を後にする。

ちょっとルインを皆のところに送り届けただけなのに、仕事を頼まれてしまった。

僕はなにかと頼まれごとをされる体質である。ガークさんからの依頼や今回のように直球で頼まれれごとをされる事もあれば、気が付かないうちに何かをやる事になっているといったパターンもある。世の中にはどうやら高レベルハンターに仕事を振りたい人が大勢いるらしかった。

ルインなる精霊人《ノウブル》と遭遇したのは、陽気に誘われ、与えられた部屋を出てぶらぶらユグドラの中を散歩していたちょうどそんな時だった。

性別不詳。短めの髪と燃え盛る炎のような瞳が特徴的な精霊人《ノウブル》だ。

ユグドラの住人に声を掛けられたのはセレンを除くと初めてだった。

セレン曰《いわ》く、ユグドラに残っているのは非戦闘民のみで、その大多数は避難しているらしい。街中で見かける事も極稀《まれ》にあるのだが、すぐに逃げてしまうので会話を交わすまで至らない。

だからだろう、ちょっと会話に付き合ってやろうと思ってしまったのは。

ルインが声を掛けてきた目的は状況を把握するためだった。どうやら、目を覚ましセレンに会いに行く途中に僕を見つけて声を掛けたらしい。

ルインがシトリーの作戦に関わっている事は会話の中ですぐにわかった。

どうやら、ルインは仮面に囚われ、幻影《ファントム》となっていたらしい。いつ囚われたのかはわからないが、それ以来、意志を失いずっと【源神殿】にいたそうだ。

そして、本能のなすがままにユグドラに攻め込み、激しい戦いの結果呪縛から解き放たれたのがつい昨日の事。そこまで話を聞いて、ようやく僕はその人物が昨日、病院のベッドに寝かせられていた人物である事に思い当たった。

　ルイン・セイントス・フレステルはユグドラでも屈指の魔導師《マギ》だったらしい。仮面に支配された状態とはいえ、ルシアと魔法を撃ち合えたのだからその優秀さに疑いの余地はない。

　僕は面倒事が嫌いだ。だが、それが危険とは無縁で大した手間がかからず仲間達のためになるのならば自ら動く事もある。シトリーの作戦の進行状況についても余りよく知らないが、この状況では一人でも多くの戦力が必要な事くらい理解しているつもりだ。

　僕は快く、現在ユグドラで行われている事についてルインに説明し、ルインをセレンのところまで送り届ける事にしたのだった。


「まったく、セレン達は何を考えているんだか」

　外になんて出るんじゃなかった。グチグチ独り言を漏らしながら部屋に戻る。

　確かに親切に案内した事に下心がなかったとは言わない。ルインがシトリーの作戦を手伝ってくれないかなくらいの思いはあった。だが、そもそも世界樹の暴走についての張本人はセレンやルイン達ユグドラの民であり、僕達の方が協力者なのだ。どうして僕が戦って当然みたいになるのだろうか？

　まぁ、百歩譲ってシトリー達が戦うのはいい。ルークを助けるためだし、向上心の高い《嘆きの亡霊《ストレンジ・グリーフ》》にとって高レベルの依頼は趣味みたいなものだ。だが、僕を巻き込むのは勘弁して欲しい。

　僕だって役に立つんなら喜んで参加するよ？　でも、立たないのだ！　邪魔をするだけなのだ！　危険なだけなのだ！　いるよりいない方が間違いなくマシなのだ。

ベッドに腰を下ろし、ため息をつく。あの場にいたのは数分のはずなのに、疲労がやばい。

なんとか回避したが、危うく流れに乗せられ危険な幻影《ファントム》達と戦わせられるところだった。

僕にこれまで散々危険な作戦を押し付けられ酷い目に遭わせられた経験がなかったら、間違いなくそのまま幻影《ファントム》の前に放り出されていただろう。危うし危うし。

まぁ、代わりに時間稼ぎ？　をさせられる事になってしまったが、その程度なら甘んじて受け入れるべきだろう。幻影《ファントム》と戦わせられるより百倍マシだ。

幻影《ファントム》を倒すなとか、言われなくても倒さんわ。ていうか、倒せないからね、僕じゃ。

だが、攻撃力はクソ雑魚《ざこ》な僕でも、回避能力については多少なりとも覚えがあった。伊達《だて》に結界指《セーフ・リング》を沢山揃えていないし、今回は色々な宝具を持ってきている。みみっくんに隠れる事だってできる。

そして、ハンターとして才能がない僕でも、囮《おとり》としての才能には自信があった。

幻影《ファントム》や魔物に狙われるのはもちろん、賊やハンターの敵意を受けるのも日常茶飯事だし、挙句の果てに自然現象の雷にまで狙われる始末だ。

多分ただの偶然なのだが、偶然も何回も連続で発生したら必然と変わらない。

傍らに鎮座したみみっくんを見下ろし、ため息をつく。

「…………一応準備だけでもしておくか」

……でも準備って何をすればいいんだろうか？

肌身離さず持ち歩いている結界指《セーフ・リング》はもちろんフルチャージされているし、他の宝具も大体チャージは済んでいる。やらなければいけないのはセレンから快適な休暇《パーフェクト・バケーション》を回収する事くらいだ。

宝具の選定くらいならできるが、あいにく何が必要になるのかさっぱりわからなかった。

「北、北で時間稼ぎ、ねえ………」

呟いてみるが、そもそも僕はシトリーの作戦も大雑把な部分しか把握していない。自分で時間稼ぎを提案してはみたが、あれも戦闘に参加させられそうになってとっさに出た言葉だ。

次に行われるのはマナ・マテリアル撹拌装置の設置のはずだが、北に設置する装置はないって言っていたし――とりあえず幻影《ファントム》を引きつけて逃げ回ればいいかな？

となると、必要なのは足止めの手段だ。

逃げるだけでも時間は稼げるはずだが、相手をひるませる事ができれば更に安全に時間を稼げるはず。普段なら誰かに護衛をしてもらうのだが、今回は人員が不足しているみたいなので無理だろう。そもそも僕の護衛をしてもらって作戦が失敗したら目も当てられない。

さて、どうしたものか……これが【迷い宿】の幻影《ファントム》だったら、適当に会話するだけでも足止めできるのに。

しばらく考えていたが何も思い浮かばなかったので、懐からスマホを取り出す。

「幻影《ファントム》の足止め方法は幻影《ファントム》に聞くしかないな」

宛先はもちろん妹狐だ。同じ神殿型宝物殿の幻影《ファントム》だし、ヒントくらいにはなるだろう。

今度、幻影《ファントム》の足止めをしなくちゃならないんだけど、なんかいい方法ない？　と。

返事はすぐにやってきた。僕は知っている。こういうのを、スマホ中毒と言うのだ。

慣れた操作で受信メールを開く。返事はたった二言だった。

『メールしてくんな。私は友達じゃない』

…………なんか冷たいなあ、メル友なのに。まぁそんな事でめげていたらメールはできない。僕は鼻歌を歌いながらメールを打ち込んだ。


『そこをなんとか』

『油揚げよこせ』

『なるべく長く時間を稼ぎたい』

『頼み事をするなら、まず油揚げ』


油揚げ中毒かな？

てか、よく考えてみると、妹狐を足止めするなら油揚げをぶら下げればいいだけだね。

仕方ないので、スマホをしまって真面目に考える。

やっぱり弾指《ショット・リング》で魔法の弾丸を打ち出して牽制とかかなあ……でもあれ、【白狼の巣】の狼騎士相手でもほとんど足止めになってなかったからなあ。倒せないにしてももう少し威力が欲しい。

だが、僕の宝具ラインナップにまともに使える武器などない。僕でも使えるのはせいぜいルシアの魔法をストックしている異郷《リアライズ・アウター》への憧憬くらいだが……あれって一回しか使えないからなあ。

何かないものか。僕でも使えてそれなりに強くて回数制限がなくて、ついでに目立てば完璧だ。更に遠くから使えれば言うことはない。狗の鎖《ドッグズ・チェーン》みたいに。

と、そこまで考えたところで、僕の脳裏に一つのアイテムが浮かんだ。僕でも使えて強くて回数制限がなくて遠くからも使えて、おまけに凄く目立っていた、格好のアイテムが。

問題はそれなりにリスクがあることだが——ええい、かまうものか。

僕は覚悟を決めると、みみっくんの中に手をつっこみ、それを取り出した。

——ペンダントを首から下げた、呪われしクマのぬいぐるみを。

精霊人《ノウブル》の寿命はニンゲンより遥かに長い。

それが高位精霊人《ハイ・ノウブル》ともなると寿命で死ぬことはまずなくなる。

だが、それでも時間の流れは平等だった。

望むにせよ望まぬにせよ、戦いの日はやってくる。

ユグドラの精霊人《ノウブル》は大きな戦いの前に、パワースポットで精神統一を行う。

ユグドラの外れ。泉に足を浸し、セレンとルインは並んで戦いの前の儀式を行っていた。

ルインが行方不明になってから二百年。積もる話は尽きなかったが、戦いの前に行う会話など決まっている。

《嘆きの亡霊《ストレンジ・グリーフ》》が来訪してから今日までの出来事を聞き、ルインは小さく笑った。

「クライ・アンドリヒ。面白いニンゲンです。この状況がセレン皇女の仰る通りすべてそのニンゲンの想定通りだったとしたら――《千変万化》は仮面の神、ケラーをも手のひらの上で転がしている事になる」

仮面の神、ケラー。

それは、ルインから齎《もたら》された数少ない【源神殿】の情報――敵対する邪神の名だった。

ケラーは仮面を与える事で生き物を己の眷属《けんぞく》に変える。

ルインも幻影《ファントム》に捕縛され仮面を強制された結果、幻影《ファントム》となった。恐らく、他のユグドラの戦士達も同じような手順で幻影《ファントム》と化しているのだろう。

他にルインが知る情報はほとんどなかった。数百年幻影《ファントム》と化していたと言っても、その間ルインの意識は夢うつつのように朦朧《もうろう》としていたし、宝物殿に大きな変化も起こらなかったからだ。

ケラー。それは、ユグドラの記録にもない名前だった。

恐らく、太古に君臨した無数の邪神の内の一柱なのだろう。

世界の中心で力を吸い顕現を果たそうとする古の神。

世界樹の守護者として、なんとしてでも倒さねばならない。

「希望だ、セレン皇女。信じよう。あのニンゲンの策は僕を再び誇り高き精霊人《ノウブル》に戻してくれた。勝利を与えてくれるのならば、どれほど馬鹿げた策にも従おう」

ルインが真剣な声で、セレンを宥《なだ》めるように言う。懐かしい声色だ。

と、そこで、セレンはふと気になっていた事を思い出した。

「そう言えば、ルイン。貴方はどうしてルシアと戦っている最中に動きを止めたのですか？　私の方を見て動きを止めたように見えましたが——もしかして、あの時に意識が戻ったのですか？」

これは、重要な確認だ。幻影《ファントム》には、最初から幻影《ファントム》として顕現《けんげん》したものと、幻影《ファントム》に変えられたユグドラの戦士が存在している。後者がセレンを見て記憶を取り戻し、一瞬でも動きを止めるのならば、元仲間を見分ける手段として使えるだろう。

ルインはその問いにしばらく沈黙していたが、感情を殺したような声でゆっくりと話し始めた。

「意識が完全になかったと言えば嘘になる。かなり希薄だったが、幻影《ファントム》だった僕はユグドラの事を覚えていた。ここに戻った時、僕は郷愁を覚え、なんとなく攻撃してはいけないような気がした」

シトリーから聞いた話を思い出す。

戦いを最初から見ていたシトリー曰く、ルインの動きはまるで何かを確かめるかのように鈍かったらしい。ルシアとの戦いの際も、最初は防衛メインで自ら攻撃してくる事もなかったそうだ。

ユグドラの民としての魂は強制的に幻影《ファントム》に変えられた後も、確かにその内に眠っていたのだ。

誇らしかった。そう言われてみると、【源神殿】が顕現してからこれまでの間、ユグドラを襲撃してきた幻影《ファントム》はいなかった。今まではユグドラを取り囲む結界が遠ざけているのだと思いこんでいたが、もしかしたらそれは幻影《ファントム》達の深層意識にユグドラの戦士だった頃の記憶が残っているからこそだったのかもしれない。

と、そこでルインは深々とため息をつき、なんとも言えない表情でセレンを見た。

「だが、僕が攻撃の寸前に動きを止めたのは、止めてしまったのは――ユグドラの誇り高き皇女である貴女が酷い格好と顔をしていたからです。頭をぶん殴られた気分でした。朦朧としていた意識が一瞬、かなり鮮明になりましたよ。仮にも貴女の師であった期間もあった身として、悶死するかと思いました」

「――ッ!? う…………うーッ！」

露骨な敬語。予想外の言葉に、顔が耳まで赤くなるのを感じた。

酷い……余りにも酷すぎる。

あんな格好をしたのは、クライから宝具を渡されたからだ。

ルインがいなくなってから二百年、あの時を除けば一度としてユグドラの皇女に相応しくない格好をした事などなかったというのに。

道理で目覚めた時の第一声が格好についてだったわけだ。

あのニンゲン……まさかそのために宝具をセレンに渡したのだろうか？

ルインが苦渋の表情で呟く。

「…………もしかしたら、セレン皇女がもう一度あの格好をすれば、幻影《ファントム》と元仲間の見分けがつくかもしれない」

「!? 冗談でしょう!? 私はやりませんよ。どうして勇敢に戦った同胞にあんな格好を見せられますか！ そんな格好をするくらいなら、私は死を選びますッ!! うーッ！」

やはりあのニンゲンは許してはいけない。

セレンはその場に蹲《うずくま》り悶《もだ》えながら心に誓うのだった。

現人鏡は【源神殿】にひしめく無数の仮面の軍勢を映していた。

その数は百やそこらではない。幻影《ファントム》の形は千差万別だったが、一体一体に確かな力を感じた。

一般的に宝物殿にはいくつか種類がある。幻影《ファントム》が大量の軍を成して襲ってくる宝物殿は城型が有名だが、神殿型宝物殿が城型宝物殿の上位互換だというのは真実らしい。

絶望的な戦力差の相手と戦う前に、いつもアドラーは高揚を感じる。

神殿型宝物殿というこれまでにない強敵相手。ほぼ枯渇している軍勢。普段はいないハンターの味方に、一人でその幻影《ファントム》の半数を相手すると言い切った《千変万化》。

確信があった。この戦いはきっと、《千鬼夜行《ナイト・パレード》》の歴史に刻まれるだろう。

ユグドラの端。人っ子一人いない自然溢れる公園で、アドラーは戦いを想い笑みを浮かべた。

「面白いじゃないか。くく……」

「しかし、こんな少数で戦うの久しぶりだなあ」

胡座《あぐら》をかいたクイントが難しい表情をしている。その前には武装した小さなカード兵――クイント軍の最後の一体が控えていた。

《千鬼夜行《ナイト・パレード》》の普段の戦いというのは軍勢により押し潰すといった類のものだ。その大部分が数的有利を確保してのものであり、大群相手に少数で挑むのは慣れていない。

新たな魔物を支配しようにも、それには戦力が必要だ。

特に、クイントは三人の中で唯一、切り札たるダーク・サイクロプス、ゾークを失っている。

カード兵は幻影《ファントム》との戦いを生き延びたクイント軍最後の一体だ。決して弱いわけではないが、もともと群れを作っていた魔物であり、一体ではどう考えても戦えない。

「アドラーはユデンが残ってるし、ウーノもリッパーがいるからいいけど、俺は将軍だぞ？　率いる軍が一体って、格好がつかない」

「マナ・マテリアルで強化はされてるんだろ？　それに、ユデンの世話をするのに役に立ったじゃないか。おかげで再生がぎりぎり間に合った」

「俺の軍は世話係じゃない！」

星喰百足の生命力は突出しているが、頭のみの状態では何もできない。アドラー達が《千変万化》に弟子入りしている間、休眠中だったユデンの世話をしていたのはカード兵だ。

このユグドラのマナ・マテリアルはかなりの濃度だが、カード兵が食料や水を運んだり、薬草を煎じて作った薬を処方したり、細々した雑事を行わなければユデンの再生は間に合わなかっただろう。

もう少し作戦開始が遅ければ、回復したユデンを使って軍勢を再建する事もできたかもしれないが、どうせその辺の魔物を集めたところで【源神殿】の幻影《ファントム》相手では役に立つまい。

「まぁ、リッパーもいるしなんとかなるんじゃないですかー？　クイントはカード兵しかいないんだから、剣を持って一緒に戦えばいいのではー？」

「剣は奴らに取られちまったからな」

クイントは剣士《ソードマン》としてもかなりの腕前だ。兵士型の魔物は弱い将軍には従わないから、常日頃から訓練を欠かしていない。単騎としての戦闘能力は《千鬼夜行《ナイト・パレード》》随一である。魔物を除けば、だが。

つい先日までは剣を持っていたのだが、最初に《嘆きの亡霊《ストレンジ・グリーフ》》と戦った時に奪われている。

不貞腐《ふてくさ》れたように言うクイントに、ウーノが言う。

「返してもらえばいいでしょー？　今は味方なんだから、《千変万化》に直接話せばきっと返してくれますよー」

「!!　そうか!!」

「しっかり準備をしないと、調伏できるものもできなくなるからねえ……」

舌舐めずりをして、鏡に映る幻影《ファントム》を見る。どうやら現人鏡の監視を察知できるのは神だけらしく、祭壇を見なければ覗かれる心配はないようだ。

まだ幻影《ファントム》の調伏方法はわからない。だが、今回の作戦はそれを試みるチャンスだ。

もう大人しく《千変万化》の動きを待つつもりはなかった。

フェイズ2が成功すれば宝物殿は弱化し幻影《ファントム》も消える。アドラーは数が欲しいのだ。

チャンスは今しかない。

ルインの話から宝物殿の情報は聞いている。

幻影《ファントム》には元ユグドラの民と幻影《ファントム》として顕現した者の二種類が存在しているらしい。

既にアドラーは導手としての嗅覚でそれらを見分ける方法についてなんとなく察していた。

「仮面の色だ……あの男がぶつけてきた幻影《ファントム》達は色々な形をしていたが——皆、金の仮面をつけていたッ！　ルインは、黒だったッ！　仮面が神たるケラーへの信仰心を示しているのならば、仮面の色こそが出自の違いだッ！」

幻影《ファントム》などと言っても、相手は知性を持っている。

魔物の思考を追うのは導手としての第一歩だ。

ケラーがルインとフィニスに周辺を探索させていたのは偶然ではない。

偶然は読めない。必然だったからこそ、《千変万化》はユグドラの民が変身していた幻影《ファントム》をおびき寄せる事ができたのだ。

仮面の神ケラーがルインを宝物殿の外に出していたのは——最初からそういう形として顕現した眷属達と比べてルインの信用が低かったからだ。そして実際に、ルインはユグドラの襲撃時に迷い戸惑い、幻影《ファントム》としての力まで剥ぎ取られた。

現人鏡で映しているのは【源神殿】の入り口付近だが、その時点で幻影《ファントム》達の傾向は明白だった。

外側に黒い仮面の幻影《ファントム》で、内側に金の仮面の幻影《ファントム》だ。数は後者が圧倒的に多い。そして、内部に入り祭壇に近づけば近づく程その比率は顕著になっていくのだろう。

「黒の仮面の幻影《ファントム》は奴らにくれてやろう。《千変万化》が連れていた幻影《ファントム》達も皆、金の仮面だった。あの男はもう普通の幻影《ファントム》なんていらないんだろうし、セレン達が取り戻したいのは仲間だけだ。我々の利益は相反しない」

「で、でもよ、アドラー。どうやって調伏するつもりだ？　まだ方法は全くわかってないだろ」

クイントが腕を組み難しい顔で言う。その通りだ。弟子入りしてから《千変万化》は一度も幻影《ファントム》を調伏していない。

だが、アドラーはにやりと笑みを浮かべて言った。

「いや、既に見当はついている。ヒントは——随所にあった」

「!?　本当ですかー!?」

ウーノが目を大きく見開き、アドラーを見る。つい数日前までは一緒に悩んでいたのだから、急にわかったなどと言われたらそんな表情もするだろう。

「前代未聞だ。馬鹿げた方法だが、とても単純だ。ウーノ、私はねえ……昨日、現人鏡で《千変万化》の様子を覗いた。そして——見たんだよ」

信じられなかった。だが、道理であった。幻影《ファントム》は魔物と精神構造が違う。死の恐怖もほとんどないが故に、魔物と同じ調伏方法は取れない。

だが、同時に——知性はあるのだ。

「私は見たんだ！　《千変万化》が、通信の宝具で幻影《ファントム》とコンタクトを取っているところをッ！　ここに来てから、私達は《千変万化》が戦う姿を見たことがない。それが、答えだった！　幻影《ファントム》を調伏する方法は十中八九——言葉による交渉だッ!!」

「!!」

「馬鹿な……いや、あり得るのか？　確かに、幻影《ファントム》相手にそんな事やったことはねえ。奴らは生き物じゃないんだぞ!?」

ウーノが、クイントが、アドラーの言葉に愕然としている。

考えたこともなかったのだろう。アドラーも、そうだった。

必要なのは――発想の転換。単純であるが故に、気づかない。そもそも、言語を理解する知性を持つほど強力な幻影《ファントム》相手に言葉による交渉を試みるなど、頭のネジが数本飛んでいるとしか思えない。

だが、冷静に思い返せばわかる。ユグドラに来て確認したすべてがそれを示している。

ゼブルディア方面に舵《かじ》を切ってよかった。あの時、《嘆きの亡霊《ストレンジ・グリーフ》》と遭遇することができて本当によかった。あれがなければアドラー達は今も高みを知らなかった。

「やってみる価値はあるだろう？　私達は今日、導手として新たな扉を開くッ！」

これまで様々な秘境・魔境を旅し、数々の強く美しい魔物達と出会い、戦い、支配してきた。だが、レベル10宝物殿を訪れるのは初めてだ。

世界中のハンターから忌み嫌われ畏《おそ》れられている神の幻影《ファントム》。

果たしてどれほどの力を持っているのか。そして、《千変万化》は如何《いか》なる手段を使ってそれに立ち向かうつもりなのか。

アドラーは恐怖と期待に、小さく笑みを浮かべた。

決戦の時は近い。

【源神殿】最奥、漆黒の祭壇。マナ・マテリアルにより星の記憶から呼び起こされたその場所で、仮面の神、ケラーは目覚めた。

神とは存在自体に膨大なエネルギーを使う。未だ肉体を取り戻しておらず、不安定な状態にあるケラーにとって目を覚ます事は宝物殿への大きな負担になる。

祭壇の間に控えていた仮面の神官達が神の意識が浮上した事に気づき、目を開ける。

目覚めた意識が、邪気が神殿全体に広がる。そして、ケラーは自分が目覚めた理由を把握した。

不吉な予感だ。

何か、よくない臭いがした。それが、神たるケラーの意識を掬《すく》い上げたのだ。

その予感は言語化できるものではなかった。具体的に何かの痕跡を見つけたわけでもない。

だが、眷属を動かすには予感だけで十分だ。

神殿の守りは盤石で、眷属の数も出揃っている。だが、守っているばかりではジリ貧だ。嫌な予感が外的要因である事は明らかだった。

【源神殿】の周辺には知的生命体が幾らか住み着いている。

既に抵抗がなくなって久しいが、何か企《たくら》んでいるのだろう。取るに足らない存在だったので無視していたが、神殿に攻撃を仕掛けてくるつもりならば話は別だ。

既に力を割いて結界を張っている。外から入ってくる事はできないし、神殿の内側だけだが空間跳躍の対策も施した。だが、それに追加で防衛のために神託を下す。

【源神殿】の軍の一部を外に送り出し、外敵を排除する。送り出す者の大半はケラーの力を受け信徒に変わった新参者だ。仮に倒されても何の痛みもない。

問題はない。肉体の復活も時間の問題だ。

ケラーは神託を終えると、再び深い眠りに落ちていった。


そして、覚悟を決める間もなく戦いの日がやってきた。

大きな戦いに赴くのはこれで何度目だろうか。知らず知らずのうちに巻き込まれていた分も含めれば確実に十は超えるだろう。

清潔なベッドの上で目を覚まし、吐きそうな気分を抑え着替えをする。

顔を洗い、用意されていた食事を食べ、着替えをする。

装備する宝具は結界指《セーフ・リング》を始めとしたいつものセット。今回は快適な休暇《パーフェクト・バケーション》は着ていない。

セレンの変わりっぷりに今更ながら脅威を感じたというのもあるが、一番の着なかった理由はセレンから宝具を回収するのを忘れていたためだ。

他にも宝具はあるのに使わないのは、今回の僕の目的が時間稼ぎだからだ。みみっくんは連れて行くんだし、こういう時は身軽な方がいい。

みみっくんをひきつれ、合流場所のユグドラの入り口に向かう。

僕が辿り着いた時には、メンバーは既に勢揃いしていた。

今回はルークの解呪作戦の時のように倒れた者はいないようだ。《嘆きの亡霊《ストレンジ・グリーフ》》に《星の聖雷《スターライト》》、《千鬼夜行《ナイト・パレード》》にユグドラの魔導師《マギ》達。大きな戦いに赴く前特有のぴりぴりとした緊張感が漂っている。

僕はゆっくり休んでしまったが、他のメンバーはそれぞれ朝のうちに準備をしていたのだろう。

これから危険な作戦に従事するというのに、皆やる気満々のようだった。

ここに集まったメンバーは（僕を除いて）全員が紛れもない才人である。本来ならば肩を並べて戦える事を光栄に思うべきなのだろうが、一人ゴミみたいな能力しかないのに巻き込まれる僕としてはどうしてもテンションが上がらない。

「……別に待たなくても良かったのに。僕の役割は大したことないんだし」

半分本心から言う。シトリーの考えた作戦について大まかな事は聞いていた。

僕の役割はシトリー達がマナ・マテリアル撹拌装置を発動している間、幻影《ファントム》の視線をこちらに釘付けにする事だ。言うまでもなく危険な仕事だが、幻影《ファントム》から逃げ回るだけなのだから僕で発動できるかわからない装置を持たされるよりは百倍マシだろう。

逃げるだけだったらいつもやってるし……。

シトリーが今日もテンション高めに挨拶してくれる。

「おはようございます、クライさん！　そんな悲しい事言わないで、最初くらいは一緒に戦わせてください。それに、クライさんがいれば、皆やる気を出すってものですよ！」

僕がいたらやる気が出るとか、どういうシステムなのか気になるなあ。

確かに皆やる気満々な様子だが、これは僕とは何も関係ないだろう。

そこで、シトリーの表情がどこか不安げなものに変わる。

「ところで……本当に、マナ・マテリアル撹拌装置は持っていかないんですか？　一応、こちらの数を減らして割り振る事もできますが――」

どうやらシトリーはどうしても僕をもっと働かせたいらしい。思わずため息が出る。

マナ・マテリアル撹拌装置なんて危険なもの渡されても僕では使い方がわからないし、そもそも数が足りないらしい。そんな貴重なもの押し付けられても迷惑だ。

「いらない、いらない。僕には僕のやり方があるからね。これでも色々準備はしているんだよ。それにこっちに装置を割り振ってそっちで問題が出たらまずいでしょ？」

「念の為、なんとか追加で一つ作っておきました。よろしければ、使ってください」

「……ありがとう。まぁ必要ないけど、何かあったら使わせてもらおうかな」

「……何かなくても使え、です。ヨワニンゲン、いくらなんでも、オマエ自由すぎだぞ、です！」

用意しちゃったかー…………装置も貴重なんだし、そっちで有効活用してくれたほうが良かったのだが、仕方あるまい。

「……兄さん。一応確認なんですが、一人で北を担当するって、策はあるんですよね？　……やっぱり、私達と一緒に戦いませんか？」

珍しい事に、ルシアが少し不安げな表情で確認してくる。

もしかしたら僕に割り振られた任務は僕が考えているよりも危険なのかもしれない。

だが、戦うなんてまっぴらだ！　たとえ危険でも僕は戦うくらいなら時間稼ぎする方を選ぶ。

それに、今回の僕には珍しい事に策があった。

「大丈夫だよ。誠心誠意お願いして手伝ってもらえる事になったから」

「？？？　お……………お願い？」

土下座も案外役に立つものだな。僕の必殺技と呼んでも過言ではないのかもしれない。

「まぁ、僕の事は気にせずにルシアはルシア達のやるべき事をこなすといい！　作戦がうまくいくかはそっちにかかってるんだから、最善は尽くすけど僕の方はうまくいくかどうかかなり怪しいし、失敗する前提で動いてよ。僕がやるのはあくまでちょっとしたサポートである事を忘れないでね」

「失敗前提って…………はぁ。まぁ、兄さんがそう言うのなら」

一応、僕には期待するなと念押ししておく。成り行き上、外に行く事になってしまったが、できれば外に出たくないくらいなのだ。

………まぁ、この状況で僕だけユグドラで待機ってのも締まらないしね。

心の中で自分に言い聞かせていると、シトリーが皆を見回して言う。

「それでは、皆さん。作戦通りにお願いします！」

「…………僕、作戦聞いてないんだけど？」

「？？　もちろん、クライさんは自由に行動して構いません。場所も違いますし、いつも通り、何かあったらこちらが合わせますから、大船に乗った気分でいてください！」

大船っていうか、僕だけ筏《いかだ》に乗ってる気分なんだけど……シトリーの船に乗せておくれよ。

まぁでも、事前にこれだけ言い聞かせておけば僕の無能がシトリー達に迷惑をかけたとしても大丈夫だろう。僕は肩を竦めると、とりあえずハードボイルドな笑みを浮かべてみせた。


森の中、細い道を全員で隊列を組んで進んでいく。

空には分厚い雲がかかり、ただでさえ陽光の届きにくい森の中は不吉を感じてしまう程薄暗い。

軽く仰ぐと、巨大な世界樹を見ることができた。目的地は世界樹のかなり手前だ。

事前に渡された地図には、今回の防衛地点がマークされていた。

合計八つ、それぞれに担当するチームが記されていて、宝物殿の南、かなり手前を横に囲むように並んでいる。多分このマークの並びがマナ・マテリアルの新しい道になるのだろう。

北側には印がない。完全に信頼されているようだ。

役に立たないまでも、せめて邪魔だけはしないようにしなくては――。

道中、会話はなかった。ただ、ぴりぴりした空気が漂っている。魔物の襲撃がないのは、嵐の前の静けさというやつだろうか？

そして、僕達は無事、最初の目的地点にたどり着いた。

木々もまばらで、少し開けた空間だ。守るに易いかは知らないが、少なくとも視界は明瞭で、近くには透き通った水の湧く泉もあった。

恐らくこの場所ならば水の精霊《エレメント》も力を十分に発揮できることだろう。

「《千変万化》、ミレスを」

「クライさん、装置を出してください」

「ふ…………任されよ！」

みみっくんもいるし、僕は今後、道具係でいいのではないだろうか？　それが、一番僕が活躍できる道のような気がする。問題はみみっくんは大体、誰でも使えるという点だが――。

セレンとシトリーの要請を受け、みみっくんに装置とミレスを出してもらう。

マナ・マテリアル撹拌装置はこれまで僕が見た中で最も奇怪な装置だった。

見た目は螺旋を描く細い硝子管。下は狭く、上は広くなっており、一見すると漏斗《ろうと》のようにも見える。下辺は小さな硝子の箱になっており、動力を嵌め込む場所がある。これがシトリーの研究の集大成であり、マナ・マテリアルを乱す危険極まりない力があるというのだから不思議なものだ。

大きさは高さ二メートル、幅一メートル程だろうか？　これは、みみっくんの口で収納できる限界に近い大きさである。

ミレスは最後に見た時よりも色が薄くなっているような気がした。マナ・マテリアルに侵され再び正気を失わないように避難していたのだが、だいぶ調子は良さそうだ。

見た目は巨大な饅頭《まんじゅう》で、きらきらと透き通っていて、つぶらな瞳でセレンを見ている。

今回、セレンはミレスと共に装置を一つ防衛するらしい。

守護精霊と向き合うセレンは、快適だった時の様子からは信じられない凛とした表情をしていた。

ルインがミレスの前に立ち、恭《うやうや》しく声をかける。

「お久しぶりです、ミレス。ユグドラの守護、ありがとうございました。再び共に戦えて光栄です」

ミレスはルインを見ると、鈴の音に似た音を発し始める。

精霊語だ。相変わらず何を言っているのかわからない。

ルインは深刻そうな表情でしばらくその言葉を聞いていたが、押し殺すような声で言った。

「…………わかりません。恐らく、今回の戦いが最大のものになるでしょう。相手は余りにも強大です。しかし、今回はユグドラの民だけではない、種の異なる仲間や、遥か昔に袂《たもと》を分かった同胞もいます。作戦だってある。死力を尽くします。精霊人《ノウブル》の誇りにかけて――どうか、我々に力を貸してください」

何を言っているのかわからないが、やる気満々だな。僕としては百年後のためにそこまでやる気はないが――まぁ、ルークがなぁ。

ルインが不意にこちらを見る。静かに燃える真紅の瞳。そして、それまでルインの方を向いていたミレスがこちらの前に移動してきた。

鈴の音を鳴らすような音と共に、ちかちかとその身体が発光する。

風が吹く。鈍感な僕でも感じる、巨大な気配。精霊《エレメント》とは一種の超越者だ。特に力を蓄えた存在が神と呼ばれる事もあるらしい。

僕はしばらく笑顔でうんうん頷いていたが、途中でなんだか面倒になってきた。

そもそも、今回のトラブルは全て正気を失ったミレスと遭遇した時から始まった気がする。

もちろん、今更文句を言うつもりはないが、理解できない言葉で話しかけて同意を得るって冷静に考えたら酷くない？　わからないのに頷いた僕も悪いけどさ！

僕は鈴の音が消えた瞬間に、笑顔で正直に言った。

「はは…………何言ってるのか、わかんね」

「!?」

上下に揺れていたミレスの動きがぴたりと止まり、ルインやルシア達が息を呑む。

どうやら魔導師《マギ》は大体精霊語がわかるようだな……。

「まあ、結局のところ——何が起こっても、僕達は最善を尽くすしかないんだよ。準備は万端だし、シトリーの作戦は（多分）完璧だ。僕もやるだけやるから、君はセレンをよろしく頼むよ！」

ハンターとして活動を続けていれば、こういうどうしても覚悟を決めねばならない機会というのは絶対にくる。僕なんてしょっちゅう絶体絶命の事態に陥っている。

今回は戦えるメンバーがいる。シトリーという頼れる司令塔がいる。いつもの孤軍奮闘と比べればどれだけ気楽だろうか。

そう言えば、結局アークの事、呼べなかったな。セレンが快適になったインパクトですっかり忘れていた。呼ぼうとしても受け入れられなかった可能性もあるけど。

「……………ま、兄さんの言う通りです。神殿型宝物殿は攻略ケースが少なすぎる。何を言われようと結局は死ぬ気で挑むしかありません」

「うむ」

「わ、私も、ますたぁの事を、信じています！」

ティノはもうちょっと僕の事を疑ってください。

最後にラピスが鼻を鳴らし、ミレスとセレンに言った。

「ふん……今更謝罪なんて不要だ。世界樹の大事は世界の大事、戦うのは当然だ。…………だが、一応、言っておこう。作戦が成功した暁には対価はしっかり払ってもらう。我々《星の聖雷》《スターライト》にとっては身内の事だが、《嘆きの亡霊》《ストレンジ・グリーフ》にとっては違う。これ以上、精霊人《ノウブル》の恥を晒して貰っては困る」

精霊人《ノウブル》は身内に優しいと聞いていたが、ラピスは誰が相手でも対応、同じだなあ。

そして、どうやらミレスは僕に謝罪をしていたらしい。

ラピスの言う通り謝罪なんて不要だ。時間は戻ったりしないし、あの件がなくても結局似たような展開になっていた可能性が高い。運悪いからなあ……。

「わかっています。ユグドラの民は受けた恩を決して忘れません。今回の件が解決した暁には望みのものを差し上げましょう」

報酬は望むがままとは、豪気なことだ。

だが、ハンターにとって報酬とリスクは表裏一体である。大きな報酬には大きな働きが求められるものだし、そこまで言われると無能な僕にとっては大きなプレッシャーだ。

予防線をしっかり張っておく。

「報酬なんていらないよ。大変な時はお互い様だ。僕達も大した事はできないかもしれないしね」

「!?　ニンゲン、貴方は…………本当に、欲がないのですね」

セレンが目を見開き、感嘆したように言う。

クリュス達も言葉を失っているが、僕の行動に慣れているルシア達は呆れ顔だった。

欲がないのではない。僕にないのは責任感だ。

報酬を貰うというのは責任が発生するという事でもある。無給なら問題が発生して何もできなくても、報酬貰ってないしと言い訳できるのだ。

《嘆きの亡霊《ストレンジ・グリーフ》》全体の財務を担当しているシトリーが困ったような笑顔で僕の肩をつついてくる。

「まったく、クライさんはまたそんな事を言って…………まぁ、得難い経験ではありますが」

まぁ、僕が何を言おうが、必要ならばシトリーが対価を回収するだろう。うちのメンバーは抜け目ないのだ。そういう安心があるから僕は好き放題に言えるのだ。

気を取り直したようにシトリーが説明を始める。

「本来ならば地中に埋めたいところですが、今回は幻影《ファントム》からの干渉が想定されるので、速度重視で地上に設置します。装置が起動してその影響が【源神殿】にまで伝われば、相手も黙ってはいないでしょう。装置の起動から宝物殿に影響が出るまでどの程度時間がかかるかはわかりませんが、相手が反撃してくるのは望むところです。供給がない状態で力を使わせれば幻影《ファントム》が消滅するまでの時間が短くなりますから」

宝物殿にどのくらいの時間で影響が出るのかわからないのか……長い戦いになりそうだな。

まあ、僕は時間を稼げるだけ稼いだらさっさとみみっくんの中に逃げよう。

地面に置いた装置は不安定に見えて、オブジェのような安定感があった。

傍らの装置を満足げに見上げ、シトリーが言う。

「成否の判断はこちらで行います。十時ちょうどに作戦開始――装置を発動してください！　世界樹に集まる、大河のようなマナ・マテリアルの流れに干渉して新たな道を作るにはそれぞれの装置を同時に発動するのが不可欠です」

皆が真剣に話を聞いていた。最後に、シトリーは鞄から大きな青い宝石のようなものを取り出すとこちらに差し出して言った。

「ご存じかと思いますが、これが装置の動力である魔石です。嵌め込むことでマナ・マテリアル撹拌装置が起動し始めます。一応渡しておきますね」

「ああ、ありがとう。状況に応じて使わせてもらうよ」

嵌め込むだけで起動するのか……思っていたより簡単だな。それなら僕でもできるね。

「必要な物を配ります。装置は頑丈に作られていますが、あくまで硝子製です。慎重に運んでください、途中で壊れたら目も当てられませんよ！」

作戦に必要な物をみみっくんから取り出し渡し始める。

マナ・マテリアル撹拌装置に、時計。戦闘に使うポーションのセットに装置の動力源の魔石。

取り出したマナ・マテリアル撹拌装置は大小様々だったが、合計八つにも及んだ。

一通り行き渡ったところで、アドラーがシトリーから受け取った魔石をしげしげと眺めて言った。

「じゃあ、私達はさっそく準備に移らせてもらう。防衛する場所の様子も見ておきたいしね」

「クイント、装置を運ぶのは貴方の仕事ですよー」

「わかってる、わかってるよ！」

クイントの連れていた一メートルぐらいのカードの兵隊が、装置を抱えるように持ち上げる。どこで手に入れたのかわからないが、華奢《きゃしゃ》に見えて力は強いようだ。

そこで、クイントが僕を見た。

「そうだ、《千変万化》。俺から奪った剣を返してくれないか？」

そうだった……リィズに奪われたんだったね。

「……仕方ないな。まともな武器なしじゃ戦えないだろうし――」

本当は返したくなかったが、背に腹は代えられない。《千鬼夜行《ナイト・パレード》》は紛うことなき賊だが、今は作戦を担う一員だ。僕よりも重要な役割を担っているわけで、あっさり負けて貰っても困る。

《嘆きの亡霊《ストレンジ・グリーフ》》を相手に逃げ切って見せたと言っても、あの時の彼らには軍勢がいた。軍勢なしでどれだけ戦えるかは未知数だ。

「アドラー、あの百足は？」

「………………完治したよ。お陰様でね。ユデン!!」

アドラーが名を叫ぶと同時に、その足元が激しく震えた。大地が隆起し、牙が突き出す。焼けたような赤い装甲が地面を引き裂くようにして現れる。

巨大な百足はアドラーを背に乗せ大きく身を持ち上げると、奇怪な声で咆哮《ほうこう》をあげた。

見るのは宝物殿での戦い以来だが、相変わらずでかい。でかすぎる。

虫の魔物を見た事は何度もあるが、ここまで巨大なのは初めてだ。

古代種と言っただろうか？　古代にこんな虫がうじゃうじゃ生息していたのだとするのならば、現代に生まれた事を感謝するばかりである。

腕を組み鋭い目つきでユデンを見ていたリィズが目を眇《すが》めてぶっきらぼうに言う。

「ちょっと短くなってんじゃねえか。大丈夫か？」

「頭以外ふっとばされたんだ、仕方ないだろう。大丈夫、戦闘力に支障はないよ、マナ・マテリアルをたっぷり吸収した分、強くなったくらいさ」

ただでさえレベル10宝物殿の幻影《ファントム》の軍勢相手に相打ちに持っていけるくらい強かったのに、更に強くなったのか…………心配なさそうだけど、なんだか複雑だな。

ウーノがひらりとユデンに飛び乗り、ひらひらと手を振ってくる。

「何かあったら連絡しますー。武運をー」

「《千変万化》、あんたの行動も、現人鏡で見せてもらう。楽しみにしてるよ！」

なんだか賊は賊でも、こうも協力的だとちょっと気勢が削がれるな……。

僕はため息をつくと、去っていくアドラー達に手を振り返した。

ラピスが立ち上がり、《星の聖雷《スターライト》》のメンバーを見回し鼓舞する。

「我々も行くとしよう。《千鬼夜行《ナイト・パレード》》に負けるわけにはいかん」

随分やる気みたいだな。このままここにいたら流されて一緒に戦う羽目になるかもしれない。

受け取るものも受け取ったし、作戦も聞いた。下手に期待される前にさっさと離れよう。

「じゃあ、僕もそろそろ行くよ。皆、頑張ってね。僕達も暇じゃないし、さっさと終わらせよう」

そう言えば、一つだけ問題があったな。一人じゃ目標地点にたどり着けない。

僕はその場の面々を順番に確認すると、リィズの隣で所在なげに立っているティノを見た。

盗賊《シーフ》が必要だな。ついでに絨毯《じゅうたん》の運転ができたら尚素晴らしい事は言うまでもない。

森の奥に向かうその瞬間まで、そのニンゲンの表情には緊張の欠片もなかった。

威容の欠片もない佇まいに、少し情けない印象を受ける微笑《ほほえ》み。余りにも強大な相手との戦いを前にしても、その足取りには一切の気負いもない。

唯一、セレンが最初に会った時と違う点があるとするのならば、快適な休暇《パーフェクト・バケーション》を装備していない事だろうか？　さすがにあの宝具を使った状態で宝物殿に挑むのは危険だと判断したのかもしれないが、逆にあの宝具なしでここまで平常心を保てるというのはセレンにとって驚愕だった。

一緒に連れて行ったティノの絶望の表情があるからこそ、その異質さがよくわかる。

「ヨワニンゲン………相変わらず緊張感がなさすぎるぞ、です。ニンゲンのくせに。そして、ティノを何だと思っているんだ、です！　絨毯の運転なんて自分でやればいいだろ、です！」

『うーん、絨毯の運転手が必要だな……よし、ティノ。君に決めた！』

そんな軽い言葉と共に指名を受けた時のティノの表情は、他種族のセレンから見ても、憐れみを感じさせるものだった。

不満げな表情でリィズとシトリーが話している。

「……ねぇ、シト。最近クライちゃん、ティーの事、ちょっと使いすぎじゃない？」

「……うーん……もしかしたら、仕上げに入っているのかも。まぁ、私達が使うよりクライさんが使った方がティーちゃんのためにもなるし――」

「はぁ……レベル10宝物殿に挑む前くらい、もうちょっとちゃんとしてくれてもいいのに」

ルシアが頭を押さえて深々とため息をつく。

今回の作戦は極めて危険である。シトリーは少ない情報を元にこの上ない作戦を立てたが、作戦に不確定要素が多い事に変わりない。

神殿型宝物殿の攻略はニンゲンの世界でもほとんど例がないらしいし、マナ・マテリアル撹拌装置による宝物殿の弱化も実績があるわけではない。戦力も少ないし、情報収集も計算も万全とは言えない上に、運も絡むだろう。絶体絶命の状況だったからこそ、決行の判断ができた。もしも現在ほど切羽詰まった状態でなかったらきっと提案を却下していただろう、そういうレベルの策だ。

襲撃者の数も全くの不明だ。戦力はできるだけ揃えたが、それでも【源神殿】の有する戦力はセレン達の比ではないだろう。ましてや、今回、セレン達は八つのマナ・マテリアル撹拌装置を守るためにただでさえ少ない戦力を分散させねばならないのだ。

――だが、《千変万化》が行おうとしている事の難度は、セレン達の比ではない。

調査した限り、【源神殿】の北側と南側は地脈の太さ、数、地形共にほぼ同条件である。

つまりそれは、単純計算であのニンゲンはセレン達全員でなんとか抵抗しようとしている幻影《ファントム》達を一人で受け持とうとしている事を意味していた。もちろん、設置する装置の数が異なる以上は襲撃してくる幻影《ファントム》の数も変わってくるだろうが、それでも尋常な数ではないだろう。

何かしらの説明があると思っていた。幻影《ファントム》の軍勢を相手にする策とか、これまで隠していた切り札とか、何なら、覚悟や自信のような不確かなものでもよかった。

作戦の成功を裏付ける何かを見せてくれたら――セレンも少しは安心できたのに。

「……本当に、あのニンゲンは大丈夫なのですか？」

「ふん……大丈夫だと考えたから、皆、《千変万化》の提案を受け入れた。それに、セレンはまだあの男を見くびっている。性格はともかくとして――あの男の功績を、力を知っていれば、心配するだけ無駄だと理解できるだろう」

ラピスが感情の籠もらない声で淡々と言う。

淡々としているからこそ、その言葉には真実味があった。

「むしろ、死力を尽くさねばならないのは我々の方だ。我々は、レベル8ではないからな」

セレン達には最上位に位置づけられるユグドラの守護精霊が二柱、ついている。いくら高レベルハンターと言っても、戦力的な意味で負けているとは思わない。

それでも足りていないというのだろうか？

ラピスの視線を受け、《星の聖雷《スターライト》》のメンバー達が呪文を唱え始める。

ユデンの登場で砕けた大地が蠢《うごめ》き、人型を作る。その辺に生えていた草木が、まるで重い腰でも上げるように根を引き抜き動きだし、泉の水が不自然に持ち上がり獣の形を作った。

自然物で兵隊を作る術だ。ラピスが肩を竦めて言う。

「相手が軍勢ならばこちらも軍勢で相手をする。細かい指示もできないし戦闘力も低いが、何しろ、こちらは人数が足りないからな。普段なら使わんが、壁くらいにはなるだろう」

「それは……いいアイディアですね」

自然物で生み出す兵隊は基本的に弱い。【源神殿】の幻影《ファントム》を相手にすれば紙切れも同然だろうし、生成にも魔力《マナ》を消費するので効率的にも余り良くはないが、確かに時間稼ぎに使うには悪くないだろう。壊されたらそれを素材に壁を作ることだってできる。

傍らに浮かぶミレスを見る。そして、セレンはその力を借り、術を行使した。

力の経路が繋がるのを感じた。ミレスから押し寄せてくる膨大な力を術式で現象に変換する。

ミレスの力はフィニスと対照的だ。

終焉のフィニスに開闢のミレス。フィニスが『枯渇』を司《つかさど》るのならば、ミレスは『創生』を司る。

戦闘面はともかくとして、ミレスの力はフィニスに見劣りするものではない。

ユデンの登場の時とは比べ物にならない振動が大地を襲った。

まるで地底から這い出してくるかのように、土でできた兵隊が生成されていく。

「ミレスの創生です。ミレスは草木を育《はぐく》み大地を隆起させ、水を操ります」

その数たるや、《星の聖雷《スターライト》》が生み出したものの比ではない。

いくら弱くてもこれだけの数が押し寄せれば無視できまい。そして、ミレスの力ならこのレベルの兵隊ならば材料の許す限りいくらでも生み出せる。

「完全には難しいかもしれませんが、密度を上げれば【源神殿】の幻影《ファントム》の動きを制限する事もできるでしょう。檻《おり》だって作れる」

「操作も成形も自由自在、か……これほどの数を一瞬で生成するとはさすがはユグドラの精霊《エレメント》だな」

「防御に専念するミレスを破るのは並大抵のことではありません。フィニスの攻撃は防げませんがそういう意味で、この作戦の前にフィニスが戻ってきたのは幸運でした」

もしも今回の作戦中にルインが襲ってきていたら、きっとまずい状況になっていた。

ユグドラの守護精霊は後一柱存在し、そちらも行方不明になっているが、そちらはミレス以上に攻撃向きではない。フィニスのように敵側についていたとしても大きな問題にはならないだろう。

「ふん……忘れるなよ。命の優先順位はこちらが上だ。同胞を取り戻したい気持ちはわかるが、足止めに徹してこちらがやられたら目も当てられん」

「普通の生き物みたいに雷で動きを止められたらいいんだがな、です」

「……感謝します」

《星の聖雷《スターライト》》のメンバーも強力な魔導師《マギ》揃いだが、レベル10宝物殿の幻影《ファントム》をどれだけ足止めできるかはわからない。命を賭けろと、言うつもりはなかった。

ただ、作戦を信じ最善を尽くすだけだ。

フィニスを近くに連れたルインが世界樹の方をじっと見つめながら言う。

「こちらの襲撃が落ち着いたらすぐにそちらに向かう。なるべく目立つように動くつもりだ」

元々ユグドラ屈指の魔導師《マギ》だったルインの力はこの瞬間、研ぎ澄まされていた。フィニスを使役しその力を自在にコントロールできる今のルインに勝てる幻影《ファントム》などそうそう存在しないだろう。

勝てる。勝てる、はずだ。相手がたとえどれほどの軍勢を差し向けてきたとしても――。

セレンの不安を読み取ったように、シトリーが鼓舞するように声をあげる。

「勝ちますよ。これで失敗したら恥ずかしくてクライさんに顔向けできません」

「そおねえ。レベル10宝物殿の幻影《ファントム》と戦える機会なんて滅多にないんだし、楽しまないと」

「…………《嘆きの亡霊《ストレンジ・グリーフ》》に入ってから、こんなのばっかり。私は盗賊《シーフ》なのに……」

「エリザさんが加入してから、回数は減りましたよ。まぁ、兄さんが余り一緒に活動しなくなったから、というのもありますが」

「うむうむ」

はぁぁと長いため息をつき肩を竦めるルシアに、アンセムが大きく頷いた。


ミレスの力で生み出した軍勢と共に、無事、セレンが担当する地点に到達する。

マナ・マテリアルはあらゆる生物を強化する。植物もその例に漏れず、地脈の集まる世界樹の周辺は草も木も通常以上に大きく成長する事になる。

そこは、特に世界樹程ではなくとも、樹齢の長い木々が立ち並ぶ森のど真ん中だった。一見、周囲の森と何ら変わらないように思えるが、足元を見ると地面の下に流れるマナ・マテリアルの量が周囲よりも濃い事がわかる。

外部からの地脈が交わる点の一つ。外部にマナ・マテリアルを巡らせる細い地脈はここで交わり太い地脈となって世界樹に繋がっている。たとえミレスの力を使っても地脈を断絶する事など不可能だが、仮にここの地脈を遮断できれば世界樹に流れ込む力は減るし、流れるマナ・マテリアルを妨害すれば【源神殿】の力も低下するだろう。

軍勢に運ばせたシトリー特製のマナ・マテリアル撹拌装置を見る。

大きさは高さ二メートル、幅一メートル。硝子で構築された奇怪な装置は差し込む木漏れ日を吸い込みキラキラ輝いていた。

相変わらずセレンの目には酷く忌まわしい物のように映ったが、地面を流れる膨大なマナ・マテリアルの奔流と比べると、世界の命運を託すには余りにも頼りないもののように思える。

土の兵隊達に装置を設置させ、周りを固める。

ミレスの力を使い生み出した兵隊の数は数百にも及ぶ。崩れても簡単に再生できる上に、自由に形を変えられる軍勢だ。精密な動きはさせられないが相手に向かって突撃させる事くらいはできる。

後は時間通りに魔石をセットして装置を起動、効果が現れるまで守り抜くだけだ。

やるべき事を終え、シトリーから渡された時計を確認する。

作戦開始まではもう時間もなかった。今更、緊張に呼吸が辛くなる。

ユグドラの皇女であるセレンはほとんど大規模な戦いというものを経験した事がない。

【源神殿】の結界の内側に立ち並ぶ幻影《ファントム》達の姿はアドラーの鏡の力で確認していた。

装置を起動したらあの幻影達《ファントム》が襲ってくるのだろうか？　一体、あの内の何体がセレンを阻止するために動くのだろうか？

ミレスの力は偉大だが、相手は自分よりも経験豊富なユグドラの戦士が挑み一人として帰ってこなかった相手だ。どこまで戦えるか、皇女として無様な戦いをしないで済むか、余り自信はない。

だが、きっとそういう考えだからこそ、あのニンゲンに快適な休暇《パーフェクト・バケーション》なんて渡されたのだ。

気合を入れ直し、目を瞑り精神を研ぎ澄ませ、作戦の成功を祈り世界樹を見上げる。

ミレスもセレンと同じ心持ちなのか、静かに、世界樹を――今は【源神殿】に呑み込まれ忌まわしいものに変わってしまった『故郷』を見ていた。

「そろそろ時間ですね……」

今のところ、森の中は平和だった。土の兵隊はミレスの魔法で操られている。言わばそれは、ミレスの腕にして、目にして、耳だ。近づいてくる魔獣や幻影《ファントム》がいればすぐにわかる。

何かあったら合図をくれるはずなので、他のチームもまだ襲撃されたりはしていないのだろう。

どうかこのまま何事も起こりませんように。

セレンは覚悟を決めると、シトリーから受け取った真っ赤な宝石を装置に嵌め込んだ。

――かちりと、小さな音がした。

指に返ってくる感触は驚くほど軽いものだった。魔石から流れ込んだ魔力《マナ》が螺旋を描く硝子の管に伝わり、音もなく装置が震える。

「ッ…………こ、これは――」

心臓が強く鼓動する。思わず出た声は意図せず震えていた。

装置が起動しても風景は何も変わっていない。大地が震えたり音がしたり、あるいは光を発したりといった変化もない。

恐らく、セレンのような「眼」を持たない者ではその働きを理解するのは難しいだろう。

マナ・マテリアル撹拌装置とはよくぞ言ったものだ。

それは、確かに『撹拌』と呼ぶにふさわしい動作だった。

装置は大地から吸い上げたマナ・マテリアルを螺旋の硝子管に沿うような形で静かに撹拌していた。

装置の上部から放出されたマナ・マテリアルは、川の水のように一方向に流れ続ける地下とは異なり、周囲に勢いよく発散されている。それはまるで湧き出る泉のようだ。

発散されたマナ・マテリアルはまるで波紋が広がるかのように全方位に広がっているが、よく見るとその波紋は硝子管の端が向いている方向に細長く変形しているのがわかる。

シトリーの作戦では、それぞれの装置が撹拌し発散したマナ・マテリアルの奔流を繋げる事で新たなるマナ・マテリアルの流れを生み出す計画だったが――。

これは、厳しい。セレンはまだマナ・マテリアルを視認できるのでいいが、マナ・マテリアルを視認できない者ではうまく装置が動いているか見分ける手段すらないのだ。

やはり、今回の使い方は本来の用途とは外れているという事だろう。

この装置の仕組みで地脈の流れを歪め宝物殿を弱らせるには緻密な計算が不可欠だ。改めて確認してわかったが、この装置はマナ・マテリアルを拡散させ、その場に留める機能に特化している。となると、装置の本領は宝物殿の強化のはず――だが、確かに弱化にも使えない事はなかった。

装置自体の仕組みはわからないが、考案した者は天才か正気じゃないかのどちらかだろう。もしかしたら両方かもしれない。ユグドラの民はすでに存在している地脈の力を用いる技術は持っているが、地脈そのものをどうにかしようなどとは考えたことはない。

地脈に流れるマナ・マテリアルは装置の力でその大部分を汲《く》み上げられ、確かに減っていた。他のチームも正しく装置を起動できていて、南方面から流れ込むマナ・マテリアルを遮断する事ができれば【源神殿】に流れ込むマナ・マテリアルは半分まで減るはずだ。

既に宝物殿には異常が伝わっているはずだ。幻影《ファントム》は間違いなくその原因を探し始め、セレン達の動きを察知するはず――動き続ける装置を確認しながら、幻影《ファントム》の気配を探る。

その時、近くに浮遊していたミレスが鈴の音のような音で情報を伝えてきた。

「…………獣型が七体――先遣隊、ですか」

内訳は狼型が五体に、以前エリザ達が相手をしたトカゲ型が二体。

足音はしないが、ミレスの目はごまかせない。風は、大地は、草木は、ミレスそのものだ。

今、セレンとミレスは見えない力で繋がっていた。拡張された五感が幻影《ファントム》の接近を伝えてくる。

音もなく、気配もなく、かなりの速度だ。これが奇襲だったら気づく間もなく、一撃でやられていたかもしれない。どれほど強力な魔導師《マギ》でも術を使う前に攻撃されたら為す術もないのだ。

だが、今のセレンに隙はない。セレンはそこまで戦闘経験は多くないが、そんなもの関係ない。

森はセレン・ユグドラ・フレステルの味方だ。

セレンは愛用の長杖を強く握ると、小さく声をあげた。

「…………ミレス」

命令など必要なかった。今のミレスはセレンの意志を正確に汲み取ってくれる。

足元の大地が隆起し、セレンを、森を構成する大樹よりも尚、高く持ち上げる。土の兵隊達が揃った動作で幻影《ファントム》がやってくる方向を向く。

下を見る。装置の力で拡散するマナ・マテリアル。足場を高くしすぎたせいで、枝葉に隠れて幻影《ファントム》の姿は見えない。だが、逆に言うのならば、今のセレンは遠くから見るととても目立つ事だろう。

幻影《ファントム》の数は無限ではない。引きつければ引きつける程、他のチームが楽になる。

ミレスからの報告を受け、眉を顰める。

「追加で十五体、全て獣型。舐められたものです」

向かってきたのが獣型だったのは幸運だった。ユグドラの戦士に獣はいない。

捕縛の必要はない。皆まとめて捻り潰せばいいだけだ。

獣達の速度が緩む。相手は高度な知性を持っている。全員で取り囲んで襲うつもりなのだろう。

それを待ってやる理由はない。

セレンは杖で足元をつき、自分の弱気を吹き飛ばすように叫んだ。

「いきなさい!!」

大地が、確かに揺れた。

構えをとっていた何百と存在していた土の兵隊達が一斉に幻影《ファントム》の方に突撃する。

幻影達《ファントム》は突然の反撃にも悲鳴一つ上げずに反応した。気配を隠すのをやめ、組みついてくる土の兵隊を身体を振るい砕きながら地面を蹴る。その硬い表皮は土の兵隊による攻撃をものともせず、その一撃は兵隊達を容易《たやす》くばらばらにする。

全て予想通りだ。こちらの兵隊は、一体一体は、さしたる力も持たない兵隊だ。

いや――それは、厳密に言えば兵隊ですらなかった。

手足があり、頭もあるが、急所はない。それを操作しているのはミレスだ。大地を操るミレスにとって、その兵はただの土の塊であり、一斉突撃は単純な土の津波である。

土の兵隊を新たに生成する。生成速度を上げる。砕かれた兵隊の土を再利用し新たな兵を作る。前へ進もうとする獣の足元を泥状に変化させる。弾き飛ばすよりも尚早く、獣達を土で埋める。

幻影達《ファントム》が身を捩《よじ》り暴れ始める。今更その危険性に気づいてももう遅い。

「――大地に還りなさい」

ごきりと、耳を覆いたくなるような嫌な音がした。複数の幻影達《ファントム》の反応が一瞬で消える。被せた土を操作し、全身を圧縮し潰したのだ。かなり硬いし、生命力も高いが、ならば死ぬまで潰せばいい。

大地による拘束を力ずくで突破したトカゲ型の幻影達《ファントム》が数体、セレンに向けて跳躍してくる。

地面は泥に変えたのに、よく跳べたものだ。感心していると、幻影達《ファントム》が一斉にその顎を開いた。

「ッ!?」

口内に光が集まり、一瞬でセレンに向かって解き放たれる。だが、攻撃がセレンに届く事はない。

地面から生えた分厚い土の壁が光を受け止める。壁が真っ赤に熱され一気に周囲の温度が上がるが、貫通には至らない。逆に、発生させた土の壁を倒し幻影《ファントム》達を圧《お》し潰す。

反応が少しずつ弱くなり、ついに完全に消える。

周囲に静けさが戻る。初戦にかかったのは僅か五分程だった。

杖をつき、乱れた呼吸を整える。いつの間にか額に浮かんでいた汗を拭う。

問題ない。だが、勝利の喜びもなかった。

ミレスの力に一瞬でも抵抗できた時点で強敵だ。他のメンバーはセレンよりも戦闘経験豊富だが、あれだけの数がやってきたら長くは耐えられないだろう。第三陣もいつ来るかわからない。

装置の様子は——。

地脈の様子を確認し、セレンは一瞬、言葉を失った。

「…………発散したマナ・マテリアルが……元に、戻ってる？」

装置はしっかり動き続けている。

だが、装置により大きく乱され横に広がったマナ・マテリアルの奔流は、少し先で元の地脈に吸い寄せられるようにして戻っていた。俯瞰《ふかん》して見るとよくわかる。それは、さながら枝分かれした水の流れが下流で合流するかのように——これでは、宝物殿に流れ込む力の量は変わらない。

幻影《ファントム》が何かしたのだろうか？　いや…………違う。

慌てて隣のチームが装置を起動している方を見る。そちらも、セレンと同じ結果だった。

装置を起動し、マナ・マテリアルを吸い上げ広げるところまでは成功している。だが、新たなる流れを生み出すまでは至っていない。

——これは、拡散が、足りていないのだ。

マナ・マテリアルが既存の地脈の流れを無視して新たな流れを作り出すためには、全ての装置で乱したマナ・マテリアル同士が繋がらなくてはならない。

マナ・マテリアルはより力が強い場所に集まろうとする性質がある。

それは、生き物がマナ・マテリアルを吸収できる理由であり、今乱したマナ・マテリアルが元の地脈に戻っている理由であり、シトリーの作戦で装置の同時起動が必要な理由でもあった。

「計算ミス……装置の大きさが足りていない……？　いや、元々未知数な部分が多い計画だった」

作戦は失敗だ。これではいくら守っても意味がない。

いや、それどころか、セレンが今倒した幻影《ファントム》のマナ・マテリアルも地脈に吸い寄せられているのが見える。微々たる量だが、このまま地脈を通り【源神殿】に流れ込むのだろう。

失敗する可能性がある事はわかっていたつもりだった。だが、最悪だ。

早く皆に知らせなければ、意味もなく強敵と戦い続ける事になる。

ミレスは遠方から近づく幻影《ファントム》の群れの存在を告げていた。だが、相手をしている余裕はない。

隆起していた足元を戻す。大きく深呼吸をして、自分を落ち着かせる。

方針は間違えていなかった。きっと、もう少し強力な装置を設置すればうまくいくはず。

そこで、不意にぴしりと音がした。頭がパンク寸前の中、なんとか音の方に視線を向ける。

稼働を続けるマナ・マテリアル撹拌装置。その硝子に、小さな罅が入っていた。

罅はセレンが見ている前でみるみる広がり、そして——。

「!?　なんで!?」

マナ・マテリアル撹拌装置が粉々に砕け、動力源として嵌め込んでいた魔石がころりと転がる。

最悪だ。最悪だと思っていた状況の上にさらなる最悪があった。おまけに、意味がわからない。

キャパシティを超えた事態の連続で凍りつくセレン。そこで、遠くで赤い光が打ち上げられる。

装置を回収して撤収の合図だ。セレンは震える身体を叱咤《しった》すると、なんとか撤退作業を開始した。


光が上がった場所――シトリーが装置を稼働させている今回の作戦本部にたどり着く。

その時には、既にほとんどのチームが揃っていた。セレンとほぼ同時に、正反対の場所の装置を守っていたルインも到着する。

そこもまた、戦いの跡が色濃く残されていた。セレンの場所程ではなくとも、それなりの数の幻影《ファントム》が襲撃を仕掛けてきたのだろう。紙袋を被った異質なシトリーの使い魔が幻影《ファントム》の死骸を運んでいる。

そして、それだけで終わりではない。獣型の幻影《ファントム》が数体、接近しつつある。

数が控えめなのは、まだ様子見の段階だからだろう。だが、時間の問題だ。アンセムの結界が張られているが、長くは持つまい。

しかめっ面のシトリー。その顔を見た瞬間、セレンは衝動的に声をあげていた。

「どういう事ですかッ!　装置が粉々になってしまいました!!」

冷静を保たねばならないというのはわかっていたが、言葉に出さずにはいられない。

今回の作戦は世界の命運を決めるものだったのだ。

シトリーはため息をつくと、目盛りと針のついた装置を持ち上げて言った。

「実験は完全に失敗です。原因は地脈のマナ・マテリアル量が想定を遥かに超えていた事ですね。装置は正常に動作しましたが新たな流れを作るところまでいきませんでした」

逼迫《ひっぱく》した状況。四方から接近してくる幻影《ファントム》の気配の中、シトリーは落ち着いた声で説明を続けた。

「これは私達が装置と一緒に生み出したマナ・マテリアルの測定器です。針が右に振り切れてるでしょう？　これは、ここの地脈に流れるマナ・マテリアルの量が私達が想定する地脈が許容する上限を超えているという事を意味しています。簡単に言うと、あのマナ・マテリアル撹拌装置はこれほどの量のマナ・マテリアルに耐えうる力を持っていません。見積もりが甘かったと言えばそれまでですが地脈関係は未知の要素も多いので――まぁ、仕方ないですね」

シトリーの設置した装置はまだ破損していなかった。この地点の地脈に流れるマナ・マテリアル量はセレンが守る地点よりも少しだけ少ないように見える。

セレンの装置も最初は問題なく稼働していた。もしかしたら本当に耐えうるぎりぎりのラインだったのかもしれない。幻影《ファントム》を倒した直後に破損したので、幻影《ファントム》が死んだ結果発散されたマナ・マテリアルで限界を超えてしまった可能性もある。

だが、どちらにせよ今のままではどうしようもない事には間違いない。

「で、でも、なんとかなるんですよね!?　だって、貴女は製造する装置は調整が利くと――」

魔法陣のパラメーターを変える事で装置のサイズや性能を変えられると、確かに言っていたはずだ。

だが、セレンのすがるような言葉に対する答えは余りにも残酷だった。

「無理ですね。そもそも、今回、私は手に入る硝子のほとんどを使って最も強力な装置を作りました。材料を節約したりして失敗したら目も当てられませんから……ルシアちゃんも、装置を作るのには相当な魔力量を要求されたはずです」

「…………道理で…………どんな魔導師《マギ》でも作れるという割には、消耗が激しすぎると思ったわ」

渋い表情をするルシア。どうしてこの状況でまだ落ち着いていられるのだろうか？

ラピスが機嫌悪そうにシトリーに確認する。

「ふん……なるほど、な…………一応聞くが装置の改造はできないのか？」

「すぐに改造するというのは難しいでしょう。研究をやり直さなくてはなりませんし、共に研究した仲間達は監獄に――いや、なんでもないです。単純に見えますが、一流の術者を集めて研究してようやく開発したものなので……」

マナ・マテリアル関連の研究の難しさはわかっている。ユグドラだって守りの魔法を作るのに長い時間を掛けたのだ。泣きたかったが、泣いている場合ではなかった。

今必要なのは――撤退だ。

このままの方針で行くにせよ変えるにせよ、ここで粘っても得はない。

消耗の少ない内に撤退するのだ。

一箇所に集まったためか、この地点に接近する幻影《ファントム》の数はかなりの速度で増加している。土の兵隊を突撃させているが、足止めにもならない。

ミレスは決して無敵ではない。消耗もするし、攻撃の瞬間は防御が疎《おろそ》かになる。先程は勝てたが、百体二百体に囲まれたら押しつぶされるかもしれない。

魔導師《マギ》は貧弱だ。こちらを一撃で屠れる幻影《ファントム》の群れと戦い続けるのは余り賢いとは言えなかった。

「撤退………します。後の事はユグドラに戻ってから考えましょう」

うまくいかないものだ……いや、今までがうまくいきすぎていたのか。

まだ神が覚醒するまで百年の時間がある。それだけ時間があれば装置の改良もきっとうまくいく。

戻って防衛に力を割く。今打てる手はそれが最善。

今回の失敗が藪をつついて蛇を出す結果にならないかだけが心配だった。

「………依頼達成率百パーセントと聞きましたが、あの《千変万化》も失敗するんですね」

ミレスを正気に戻し、ルインを取り戻してみせたその腕前を余りにも信用しすぎていた。

《千変万化》もニンゲンなのだ。失敗の可能性がある事も考えるべきだった。

だが、あの飄々《ひょうひょう》とした余裕の態度を貫くのも悪いと思う。あるいはこの状況を知ったら、あのどこか締まりのない表情も崩れるだろうか？

シトリーが目を瞬かせ《嘆きの亡霊《ストレンジ・グリーフ》》の仲間達と顔を見合わせると、不思議そうな表情で言った。

「………いえ、クライさんは失敗しませんよ。今、失敗したのはクライさんじゃなくて私です」

「…………え？」

周りを確認するが、まだ《千変万化》は戻ってきていなかった。

他にも、《千鬼夜行《ナイト・パレード》》の姿が見えないが――。

その時、近くに生えていた大樹から人影が落ちてくる。

エリザ・ベックは地面にひらりと着地すると、シトリーを見て言った。

「シトリー、幻影《ファントム》達が——逃げていくみたい。いや——逃げていくというよりは、新しい目標を見つけたような——」


風を切って、森の中を器用に飛ぶ。ティノのカーくん使いは少し見ない間にさらなるレベルアップを遂げていた。乱立する木々の間を高速ですり抜け、たまに進行方向を塞いでいる枝葉も、前でカーくんを運転しているティノが振り払っているので欠片すら僕にはぶつからない。

みみっくんと僕とティノを乗せていてもカーくんの速度はかなり速かった。もしも僕が一人でカーくんに乗せてもらえたとしても、僕が操作していたら樹にぶつかっていたかもしれない。

カーくんを操作するティノの横顔はどこか逼迫していた。

呪物騒ぎで酷い目に巻き込んだばかりだし、そんな表情をされるのも無理ないだろう。だけど、今回はリィズにスパルタされるより僕と一緒に逃げ回った方が楽だと思うよ……。

「なんて強い……気配ッ！　大きく回り込んでいるはずなのに！　ますたぁ、視線を……感じます。これが——レベル10宝物殿なのですね！」

「…………うんうん、そうだね」

底知れない畏れを感じさせる声。だが、ティノの身体はもう震えていなかった。

覚悟を決めたのだろう。絶体絶命の状況でこそハンターの真価が現れるのだ。

僕は全く視線を感じないいんだが……もう何も言うまい。

ティノは絨毯を操り、たまに方向転換しながら前に進んでいく。目の前の少女が数年前まで荒事とは無縁だったなどと誰が信じられようか。唯一、僕の方が優秀だった宝具使いまで負けつつある。

やはりティノを同行させてよかった。この森の中、似たような光景ばかりで僕一人では北側にたどり着く事すらできないだろう。

「ますたぁ……その……たどり着いたら、私は何をすればいいですか？　情けない話ですが……その……私も、全力で戦うつもりですが、もしかしたら、【源神殿】の幻影《ファントム》相手では、力不足かもしれないです」

「うんうん、そうだね。でも、大丈夫。今回の目的は時間稼ぎだし、戦闘の方は僕に策がある。なんならティノはみみっくんの中に隠れててもいいよ」

僕も多分隠れる事になるだろうからね。しかし、レベル10宝物殿の幻影《ファントム》相手に全力で戦うつもりとは、ティノも随分度胸がついたものだ。

僕の提案に、ティノは数秒深呼吸をしていたが、こちらを振り返り意を決したように言った。

「いえ…………私も、ますたぁに選ばれたからには、今回こそ期待に応えて見せますッ!!　隠れてばかりでは立派なハンターになれませんッ!!」

「…………よ、よく言ったね。ティノ、偉い偉い」

なんだか、やる気満々のようだ。

そして心が痛い。隠れてばかりだから僕は立派なハンターになれないんだなあ。

ティノはいつだって僕の期待に応えている。今回も期待以上の絨毯捌《さば》きだ。

正直、道案内から運転まで全てティノ頼みです。

「そ、そんな、ますたぁに褒められる程では――この辺りから北側です。どこに下りましょう？」

ちょっと頬を染めながらティノが教えてくれる。

北に入ったのか……まったく気づかなかった。やれやれ、これだから森は――。

ちょうど少し開けた場所に差し掛かる。装置を置く場所もあるし、この辺でいいかな。

シトリーからは好きにやっていいと言われている。今回の本命はシトリー達の方だし、少しでも幻影《ファントム》の目を引きつけ、シトリー達の負担を減らす事ができれば僕としては大金星だろう。

「じゃあここで下ろして貰おうかな」

「!?　え？　こ、ここですか？」

ティノが目を見開きぎょっとしたような顔で僕を見るが、絨毯を指示通り下ろしてくれる。

ここから先は時間との勝負だ。

「僕は準備するから、ティノは【源神殿】の方を警戒して！」

「け、警戒も何も【源神殿】はすぐそこで――い、いえ、なんでもありません。わかりました」

「もしも幻影《ファントム》が寄ってきたら足止めしておいて。倒してもいいよ」

「ふぇ!?」

ティノが変な声をあげる。僕はささっとみみっくんに近づくと、装置の引き出しを頼んだ。

みみっくんが一抱えもある大きさのマナ・マテリアル撹拌装置を吐き出す。

見れば見るほど奇怪な装置だ。構造自体はシンプルに見えるが、どうしてこんな装置で目に見えないマナ・マテリアルを操作できるのだろうか……この世界は不思議でいっぱいだ。

まぁ、装置の仕組みに興味はない。僕にとって重要なのは起動方法だけだ。

好きにやっていいとは言われてるけど、一応起動時間はシトリーに合わせることにする。時計を確認するとまだ少しだけ時間があるようなので、続いて今回の切り札を出す事にした。

ティノがちらちらとこちらを確認している。何をするつもりなのか気になるのだろう。

僕はみみっくんにハードボイルドな声で指示を出した。

「みみっくん、この間入れた呪物を出してくれ」

「!?　呪物!?」

ティノが素《す》っ頓狂《とんきょう》な声を出す。僕はティノが驚いてくれた事に満足した。

僕の手持ちの宝具にレベル10宝物殿の幻影《ファントム》を相手にできるようなものは存在しない。

だが、宝具に限らなければ――ある。

先日の帝都での騒動の原因の一つ。一度はアーク含めた複数の超高レベルハンターを相手に対等に渡り合ってみせた、人の生み出した最悪の呪い。

騒動後は成り行きで僕の手元に残された最強の呪物が。

みみっくんが僕のお願いを聞いて呪物を吐き出し始める。十字架のペンダントに、クマのぬいぐるみ。漆黒の鞘に納められた剣に、捻れた黒い長杖。

僕が欲しかったのはぬいぐるみだけなんだが、まあ引き出し方が悪かったな。

邪魔な剣と杖をその辺に置き、本命のぬいぐるみ――『マリンの慟哭《どうこく》』の首にペンダントを掛ける。

ティノは僕が取り出した物を見ると呆然とした様子で言った。

「それは、まさか――…………？？　なんだか私が知っている物と形、変わりましたね」

「ぼろぼろだったから、リメイクしたんだよ」

僕がマリンの慟哭を拾った時、ぬいぐるみは非常に年季が入っていてぼろぼろの状態だった。表面は黒ずみそこかしこがほつれていたし、目と腕も取れかけていた。恐らく戦いに巻き込まれてぼろぼろになったわけではなく、元々そういう状態だったのだろう。

確かにマリンには散々な目に遭わされたが、ゴミみたいになっているぬいぐるみを――呪物をそのまま放っておく程、僕は冷徹ではない。

ハンター御用達《ごようたし》の洗浄ポーションを駆使し、ほつれた部分は縫い繋ぎ止めた。綿は入れ替えたし、服まで着せてあげたのだ。

御覧ください。まるで新品です（新品というよりは別物）。

「!?　リメイク!?　呪われたアイテムをリメイクしたんですか!?　というか、マリンの慟哭は、シェロの攻撃を受けて消滅したのでは!?」

「そう思ってたでしょ？　大人しくしてるだけで消えたわけではないんだよ」

最初にコンタクトがあったのはぬいぐるみを修理した後だった。夢に出てきたのだ。どんな夢だったかは忘れたが、多分ぬいぐるみ修理への感謝だろう。

どうやら人間への殺意は治まっているようだが、すぐに消えるわけではないようだ。

まぁ、それはそれで危険が残っているという事でもあるが、帝都の騒動の時も最後にはシェロから庇ってくれたし、僕はそこまで嫌われているわけではないらしい。

新品同然に修繕されたクマのぬいぐるみを地面に置く。知らなければこのような可愛らしいぬいぐるみの中に光霊教会にも手に負えない呪いが入っているとは思わないだろう。

少し待つが、クマのぬいぐるみはまるでただのぬいぐるみのように動かなかった。首にかけてあげたペンダントには黒騎士も入っているはずだが、そちらも出てくる気配はない。

昨日、土下座して戦ってくれるよう頼んだ時には頷いてくれたのに、まさか当日になってキャンセルするつもりなのだろうか？　まぁその時はカーくんで逃げ回るだけなんだけど――。

…………出てこないなあ。そうだ！　こういう時はお供え物だ。

きっと敬意を示せばマリンも出てきてくれるだろう。さっそく、宝具のバッグ――みみっくんと違い、チョコレートバーしか収納できない欠陥品を漁《あさ》る。

常備しているチョコレートバーを取り出し、ぬいぐるみの頭の上に乗せる。二本、三本と乗せていき、五本目を乗せたところで、ぬいぐるみが横からばっと取り上げられた。

いつの間に出現したのか、一人の女の子がぎゅっとクマのぬいぐるみを抱きしめていた。傍らには漆黒の騎士がまるで彫像のように立っている。

マリンの慟哭。

悲劇的な境遇の末、呪いと化した少女。だがその姿は最初に見た時よりも随分と大人しい。焼け焦

げたようなドレスはそのままだが、腐りかけの死体のように崩れていた顔や手足は人間だった頃のものを取り戻し、その表情には怨嗟《えんさ》以外の感情が浮かんでいる。

どことなく不機嫌そうにこちらを睨みつけるマリン。

まぁ、なんとか手伝ってくれるよう了承を貰っただけで快諾してくれたわけではないので仕方ないだろう。だが、少なくともそこに殺意はなかった。

手を合わせ、地面に落ちてしまったお供え物代わりのチョコレートバーを持ち上げ、マリンに差し出して言う。

「頼むよ。ぬいぐるみをパワーアップしてあげるから」

「…………や、やめて……」

「ま、まさか…………マリンの慟哭をけしかけるんですか!?　ますたぁ！　というか、喋れたんですか!?」

ティノが素っ頓狂な声をあげる。

ナイスアイディアだろう。力なき者には力なき者の戦い方というものがあるのだ。

そして、シェロも喋っていたのだからマリンが喋っても何もおかしくはない。

「けしかけるとは人聞きが悪い……ちょっと手伝って貰うだけだよ」

女の子に戦わせるのは忍びないが、マリンの力が凄まじい事は既に体験済みだ。シェロにこそ敵《かな》わなかったが、【源神殿】の幻影《ファントム》だって相手にできるだろう。しかもマリンは実体がないので攻撃を受けても死ぬ心配はないし、黒騎士の呪いだってついている。

しかも、今思い出したのだが――呪いには呪いであるが故の長所もある。

僕は地面に置いた剣と杖――魔術学院と剣聖道場を混乱の渦に叩き込んだ呪物を指して言った。

「さぁ、その剣と杖を手にとって」

「…………」

――そう、デメリットなく、他の呪物が使えるのだ。

呪物は大体、看過できないデメリットと引き換えに一般的な武器とは隔絶した性能を持っているものだ。杖の方は未知数だが、魔剣の方は実際に剣聖の道場を瓦礫の山にしている。ただでさえやばい力を持ったマリン達が振るえば鬼に金棒、僕に宝具。

呪物なしでもマリンと黒騎士は、アーク含む歴戦のハンター達と光霊教会と対等に戦えていたのだ。武装した彼女達ならば幻影《ファントム》など何体襲ってきても相手にならないかもしれないな。

マリンと黒騎士が緩慢な所作で呪いの武器を拾う。

そこで、ティノが弾かれたように森の奥を見た。

「ま、ますたぁ、気配が――幻影《ファントム》が、近づいてきますッ!!」

「あぁ、ありがとう。もうそんな時間か……」

……まだ装置を起動すらしていないのに、早いなぁ。僕は何も感じないんだけど――。

時計を確認する。いつの間にか、予定の時間を回っていた。

マリンがなかなか出てこないから……もうシトリー達は装置を起動してしまっただろう。まぁ、せっかくだからこっちも起動しておこうかな……。

シトリーに渡された魔石を取り出し、装置の穴に嵌める。

硝子管が音もなく震える。こう、もう少し音とか光とかあるのかと思っていたのだが、随分地味な反応だ。これで本当に起動したのだろうか？

ティノが目を大きく見開き、震える声で言う。

「この音、この気配――足音を殺してるけど、わかる…………す、凄い、数ですッ！」

耳を澄ませるが、僕には風の音以外何の音も聞こえなかった。

索敵に適した盗賊《シーフ》とはいえ、ティノの感覚も怪物じみている。あるいは危険な目に遭ってばかりだからマナ・マテリアルの力でその手の感覚が強化されたのだろうか？

「へー、何体くらいいるの？」

「…………凄い数です。ちょっと数え切れません。多分、ここがシトリーお姉さま達よりも【源神殿】に近いから――」

なるほど……どうやら囮の役割はしっかり果たせそうだな。本命がシトリーの方だとは思うまい。

そして、ここって【源神殿】に近かったんだ。ふーん、初耳……。

いつでも逃げられるようにみみっくんを近くに引き寄せる。指に嵌めた結界指《セーフ・リング》を確認する。

【源神殿】の幻影《ファントム》がどれほどの力を持っているのか、僕はよく知らない。アドラー率いる軍勢との激突は間近で見ていたが、あの時はただ呆然としていたし、そもそも戦力を正確に理解するには見る側にもある程度の力が不可欠なのだ。

知っていても抵抗できないのだから意味はないのだが――まぁ、僕には結界指《セーフ・リング》があるから数回は攻撃されても大丈夫。

「ティノ、こっちに」

「!? は、はい……」

ティノが木々の向こうを警戒しながら小走りで近づいてくる。

経験上、僕と他の人が並んでいる場合、攻撃は先に僕の方に来る。仮に範囲攻撃を受けても僕の結界指《セーフ・リング》で一緒に守れるし、相手の攻撃手段さえわかればティノならば対応できるはずだ。

ティノの横顔はただただ凛々しく、緊張はあっても萎縮している様子はなかった。凄い数が来ると自分で言ったばかりなのに、頼もしい事この上ないな。

後ろに下がると、黒騎士が何の感情も見せずに前に出る。それに続く形でマリンもふらりと黒騎士の隣に立った。杖を握り、暗い表情で森を見る。

…………あれ？ そう言えば、今更だけど、マリンって魔導師《マギ》なんだっけ？

「ッ…………き、来ますッ!!」

ティノが息が詰まったような声を出す。その白い頬を一筋の汗が流れ落ちる。

そこで、僕はようやく僕達が囲まれている事に気づいた。

ある程度開けている場所を選んで下りたとは言え、数メートルも離れれば深い森だ。青々と生い茂る大樹の上に、一抱えもある幹の陰に、漆黒の仮面で顔を覆い隠した人型の幻影《ファントム》が潜んでいた。

恐らく、十体以上はいるだろう。一体いつの間にこの距離まで近づかれたのだろうか？

幻影《ファントム》達は隠れていなかった。もしもこのレベルの幻影《ファントム》が本気で姿を隠そうとしたら、この距離に近づかれても僕では気づくまい。それは彼らの戦意の表れとも言えるかもしれない。

「はぁ、はぁ……ますたぁ……魔導師型《マギ》と盗賊型《シーフ》です。全員、森の中で戦う事に慣れていますッ!!」

枝葉の擦《す》れ合う音。樹上で黒い影が動く。何よりも静かで、何よりも速い。だがそれ以上に恐ろしいのは、幻影《ファントム》達がまだ攻撃を仕掛けてきていない事だろう。

高い知性がある。統率されている。恐らく、確実にこちらを仕留めるために。

その気配に気圧《けお》されているのか、ろくに動いていないのにティノの呼吸が荒い。

「……セレンは殺すな、と言っていたかな……」

「ッ……」

ティノが小さく息を呑み、自然な動きで構えを取る。武器など持っていない、徒手空拳。

今思い返すと、ティノっていつも大体、武器を持っていない気がする。ルークですら木剣を使うしリィズも武器を使う時は使うのに、もしかしてティノが一番脳筋なんじゃ——いやいや、今はそんな事を考えている場合じゃない。ティノに戦わせるつもりはないのだ。

黒騎士が剣を抜くと同時に、強く地面を蹴る。数メートルの距離を一瞬でゼロにする達人の踏み込み。だが、結果的にそれは失敗に終わった。

樹上から、木の陰から、四方八方から無数の矢が放たれる。黒騎士の踏み込みより速い速度で。

嵐のような攻撃に対して、黒騎士は切り払いで対応する。甲高い音があがった。

如何なる術理だろうか。矢の射出速度は弾幕のようで、僕の目には線が集まっているようにしか見えない。それらを全て切り落とす迎撃の音は、もはや繋がってさえ聞こえる。

そこには僕などでは想像できない、絶技と絶技のぶつかり合いがあった。

「ッ…………なんて、速度――動けないッ!!　狙われてますッ！」

矢というのは通常、銃火器よりも射出速度で劣る。だが、その矢の嵐は治まる気配がなかった。何百何千人から一斉に射られているかのようだ。

切り落とされ地面に突き刺さった矢が大穴を空ける。まるで爆弾だ。弓矢はマイナーな武器だが、決して弱い武器ではない。実際にスヴェンは弓矢をメインウェポンに二つ名を得るまでに至った。

その一矢一矢は必殺の威力を誇っていた。黒騎士は魔剣の力と怖気立《おぞけだ》つような剣の冴えでそれを切り落としているが、一歩も前に動けていない。いや、少しずつ後退している。やばい敵だ。僕達がターゲットになっていないのは一人ずつ仕留めるつもりだからだろうか？

そこで、苦戦する黒騎士を見て覚悟を決めたのか、マリンが前に出た。

悲しみと不安が入り混じった表情。軽く開いた唇から甲高い悲鳴が静かな森を揺るがす。

その呪いの名の由来となった、聞いたものを殺す、物理的な力すら持ったマリンの『慟哭』。

光霊教会を震撼させた力に、矢の線が一瞬震える。

そして――ティノが震える声で言った。

「!?？　ま、ますたぁ、なんか弱くありません!?」

「……弱いねえ」

おかしい。予想外すぎる。光霊教会で戦った時のマリンはこんなものじゃなかった。あれは魂すら凍りつかせ無防備に聞いた者を昏倒させる、まさしく最強の呪いの名に相応しい力を持っていた。

だが、今の慟哭はただの悲鳴だ。力はゼロではないが、教会での戦いを知っている身からすると期待はずれすぎる。そういえばあの時のマリンって黒い炎みたいなやつで黒騎士の盾とか作ってなかったっけ？　……あれは？

攻撃行動を受け、幻影《ファントム》達のターゲットが変わる。矢の一部が必死に慟哭をあげるマリンに放たれ、その小柄な身体を刺し貫き飛ばす。手から呪物の杖が離れ足元に転がってくる。

吹き飛んだマリンに気を取られたのか、黒騎士が矢をまともに受け、吹き飛ばされる。そのまま数度地面をバウンドし、大樹の根本に叩きつけられる。しっかり根を張った大樹が衝撃に大きく揺れた。

矢によるものとは思えない恐ろしい威力だった。攻撃が止まり、静寂が戻る。

僕だったら即死だ。だが……彼らは僕ではない。

「!?　も、もしかして…………その…………恨《うら》みが消えかけているのでは？　そもそも、人間の言う事を聞く時点でだいぶ人間じみてますよね!?」

「…………た、確かに、そういう考え方もできるねぇ」

完全に頭から抜けていた。呪いとは術式にまで昇華された強い感情の発露。怨嗟の感情が薄れれば力も弱くなる。封印していないのに大人しくなっていた時点で想定して然るべきだった。

まずいな。完全に想定外だ。マリンに全て押し付けようと思っていたのに——どうする？

大きく飛ばされたマリンが空中を滑るように浮遊し、戻ってくる。

弱っても光霊教会でも見せたマリンの不死身っぷりはまだ健在のようだ。矢は完全に身体の中心を捉えていたが、その身に傷はない。だが、その表情には怯《おび》えと困惑が浮かんでいた。

「？？？　な、なんで？？」

掠れた戸惑いの声をあげるマリン。僕が聞きたいくらいだが……どうやら、本人も力を失った事に気づいていなかったらしい。

この分だと黒騎士の力も一緒に薄れてそうだ。シェロに一度呑み込まれたのも悪かったのかもしれないし、もしかしたら僕が呪物を丁寧に扱ったから未練がなくなったのかもしれない。敵だった時はあんなに強かったのに味方になった途端弱くなるなんて――。

一時間早く教えて欲しかった。幻影《ファントム》に襲われてから判明するなんてタイミングが悪すぎる。

「…………ま、まだまだこれからだよ」

「!?」

他に策などあるわけもないが、やけくそ気味に言う。マリンがぎょっとしたように僕を見る。

元々マリンの力が通じず時間稼ぎに失敗したらすぐに逃げるつもりだったが、あの射出速度――ルシアの攻撃魔法にも匹敵する激しい矢の嵐。果たして逃げ切れるだろうか？

優れた射手《アーチャー》は一キロ以上離れた場所からの狙撃をも可能にするという。レベル10宝物殿の幻影《ファントム》ならば視力も並外れているだろう。どこからでも矢が飛んできそうだ。

矢による攻撃は止まっていた。だが、幻影《ファントム》達は未だ立ち去っていない。

静かに、そして不気味に、仮面がこちらを観察している。

叩きつけられた黒騎士がふらつきながら戻る。その鎧はひしゃげ、大きな穴が空いていたが、幸いまだ動けそうだ。

剣を構えマリンを守るように前に出るが、全方位から狙われている状況では余りに頼りない。

「ますたぁ――相手にはまだ魔導師《マギ》がいます」

「なんで攻撃してこないと思う？」

「…………こ、こちらの、力量を、測っていたんだと思います。戦いを確実にするために……ハンター　も、初めて戦う魔物には様子見しますから。あるいは仲間を待っている可能性も――」

なるほど……高レベル宝物殿の幻影《ファントム》特有だな。不幸中の幸いと言うべきか。

このままずっと様子見していてくれないかな……。

幻影《ファントム》の様子を警戒しながらそっと足元の杖を拾い、ティノに言う。

「ティノ、みみっくんの中に逃げるんだ」

マリンと黒騎士は強い。いや、弱くなってしまったみたいだけど、呪いというのはそもそも普通の攻撃では倒せないのだ。そして、僕には結界指《セーフ・リング》という保険があるが、ティノにはない。

みみっくんの中に逃げ込んでからどうしようというのはあるが、ここで戦うよりマシだろう。

僕の言葉に、ティノが唇を一文字に結び、こちらを見上げる。

今にも泣きそうに歪んだ美しい黒い瞳。そしてティノは震える声で言った。

「い、いえ――今回は、私も戦いますッ!!」

「…………え？」

「力不足なのはわかっています。いつも……いつまでも、ますたぁ――マスターに守られてばかりでは、いられませんッ!!　マスターと一緒に戦うために、私は修行しているのですッ!!」

最後まで言い切ったその時には、声から震えが消えていた。ティノが幻影《ファントム》をきっと睨みつける。

その言葉には強い覚悟が込められていた。マリンも黒騎士も、ティノを見て驚いているようだ。

……僕もティノを逃がした後に逃げるつもりだったのに、そんな事を言い出せる雰囲気じゃない。

ハードボイルドな笑みを浮かべる僕に、ティノが小声で言う。

「相手は、慎重です。そして、まだこちらの戦力を観察している。付け入る隙はあるはずです。私は……距離を、詰めなければ、何もできません。私が、前に出ますッ」

？？？　さっき黒騎士が前に出ようとして集中砲火を受けたのを見ていなかったのかな？

「私でも、突撃すれば相手は無視できません。私が、隙を作ります。マスターは攻撃を！」

「…………矢の攻撃をどうにかできるの？」

「三人で、突撃すれば攻撃は、分散されるはずです。気合で……避《よ》けます」

ティノが拳を握り、まるで自分に言い聞かせているかのような口調で言う。無謀すぎて笑う。

だが、その無謀さ――勇敢さは紛れもなく僕の幼馴染達から引き継がれたものだった。なんだか責任を感じてしまう。いいんだよ……逃げるんだからそんなに頑張らなくていいんだ。

仮に戦うにしてもその役割は良くない。

僕は戦闘能力がほぼゼロみたいなものだし、メインアタッカーは僕以外じゃないと……。

僕はため息をつくと、勇敢な後輩の肩を掴み、前に出て言った。

「ティノ、勇敢さはハンターの適性だ。でも、忘れちゃいけないよ。今回の目的を」

似たような事を【白狼の巣】でも言った気がするなあ。

「目……的…………………‼」

ティノが目を見開く。そうだ。今回の目的は敵を倒す事じゃない。

マリン達を差し向けたのは時間稼ぎの一環だ。更に言えば、僕達は装置を守る必要すらない。

幻影《ファントム》達はまだ様子を見ている。宝物殿を弱らせたら形を保てなくなるとシトリーは言っていたが、消えるまでどのくらいの時間が必要なのだろうか？　今すぐ消えてくれないかな……。

とりあえずティノが僕の指示通りみみっくんの中に隠れてくれるよう、自信満々に断言する。

「僕には――策がある」

「ッ⁉」

その時、不意に爆発にも似た破砕音が響き渡った。

思考が空白になる。きらきらと真上から硝子の欠片が落ちてきて、反射的にそちらを見る。

マナ・マテリアル撹拌装置が半壊していた。そこかしこに黒い矢が突き刺さっている。

全く何の反応もできなかったが、幻影《ファントム》が装置を攻撃したらしい。

装置の事は知らないはずなのに…………頭いいね、君達。

「⁉　マスター！」

「お、落ち着いて、ティノ。装置なんて、いらない」

大切なのはこちらの命だ。どうやら彼らの弱体化を待つような時間はないらしい。

不意に結界指《セーフ・リング》が発動した。矢が大きく弾かれ、攻撃されていた事に気づく。

その速度は完全に僕の知覚能力を上回っていた。もはや回避とかそういうレベルではない。

黒騎士が剣を振るい矢を切り落とし、マリンがパワーダウンした慟哭で幻影《ファントム》達を威嚇する。ティノが決死の表情で短く息を吐くと、立ち尽くす僕の前で拳を振るった。

数本の矢が地面に突き刺さる。軌道を逸らしたのか……僕では見えすらしないレベル10の幻影《ファントム》の矢を素手で受け流すなんて、怪物かな？

「ッ！　マ、マスター、魔導師《マギ》がッ、溜めてますッ！」

ティノが悲鳴のような声をあげる。幻影《ファントム》達は様子見をやめたらしい。

僕の耳にも聞こえた、ばりばりという雷のような音。

空を見る。四方から天空に光が集まっていた。魔導師《マギ》の術は規模に比例して溜めが長くなる。しかもこれは――儀式魔法だ。複数の魔導師《マギ》による極大の一撃。矢で牽制し、全てを消し飛ばすつもりだ。

まぁでも、僕には結界指《セーフ・リング》があるからな。まだ今回は一個しか起動していないので余裕がある。

「!?　ま、ますたぁ、いきなりそんな――ひゃッ!?」

表情を強張《こわば》らせるティノを引き寄せる。結界指《セーフ・リング》は基本的に一人用だが、密着すればぎりぎり二人を守ることくらいできる。マリン達はまあ、守らなくてもなんとかなるだろう。呪いだし。

そして、何気なく杖を持ち上げようとして、そこで気づいた。

杖が――重い。上がらない。とっさに下を見る。

杖の端が、地面にめり込んでいた。いや――めり込んでいるという表現は正しくないだろう。

杖の端から伸びた根が、大地に突き刺さっていた。触手に似た根は現在進行形で蠢き、地面を這い回っている。力を入れて抜こうとしても抜けない。………………変わった杖だなあ。

抱き寄せたティノが足元に気づき硬直する。

そして、地面を張っていた根が突然その方向を変えた。

根が狙っていたのは——上空に構築されつつある破壊のエネルギーだった。無数の根が光に触れ、大きく弾かれる。

根の半分が焼け落ち、焦げたような異臭が辺りに充満する。だが、杖は諦めなかった。

更に枝分かれした無数の根が傷つくのも構わず光に殺到する。

足元が大きく揺れた。大地が裂け、黒いものがせり出してくる。

下を見る。それは、幹だった。杖と同じ色の、漆黒の幹。どうやら地面に突き刺さった杖が地面の中で成長していたらしい。

落ちそうになり、慌てて杖を掴む。みみっくんが腕を出し、幹を掴む。

意味不明な状況すぎて笑みを浮かべてしまう僕の下で、ティノが声をあげる。

「!?…………こ、これは…………黒き、世界樹!!」

その言葉に、僕は目を見開いた。

それは、ゼブルディア魔術学院を半壊させた呪物の名前。最終的にルシアとレベル8ハンター、《深淵火滅》のローゼマリー・ピュロポスにより灰にされた。

そして、その灰を材料に生み出されたのが——この杖だ。

すっかり忘れていた。だってほら……杖を生み出したのは僕じゃないし。

「……灰になって作り変えられたのに生きてるなんて、怖いね」

幻影《ファントム》達が生み出した光は根を受けるたびに少しずつ輝きを失い、やがて完全に根に呑み込まれる。

呪物の図鑑に載っていた情報を思い出す。

黒き世界樹は世界樹の模造品らしい。地脈から力を吸い上げ巨大に成長する世界樹と異なり、模造品は能動的に生き物を襲い魔力《マナ》を喰らう。ゼブルディア魔術学院でも、数多《あまた》の魔導師《マギ》の攻撃魔法を喰らい、校舎を上回る程の大きさにまで成長していた。

だが、今の黒き世界樹の成長速度はそれを上回っていそうだ。視点が一瞬で上昇する。

地面を裂き成長した黒き世界樹は、まるで黒い巨人のようだった。

必死に元の形を保っている杖部分を握り、その頭から振り落とされないようにしがみつく。

幸いな事に、どうやら今のところこの樹は僕やティノには興味を持っていないようだ。

幻影《ファントム》達が一斉に攻撃を開始する。僕達に向けられていた矢が、新たに構築された攻撃魔法が、黒き世界樹の幹を穿《うが》つ。

激しい揺れが僕達を襲う。しかし、黒き世界樹は崩れない。既にその大きさは矢で穿たれた程度では崩れない程巨大になっていた。大きく空いた穴もそれを上回る速度で回復している。

「ま、ますたぁ、これ——地脈から、マナ・マテリアル吸ってませんか!?」

「え？」

「わわ、私、あの後勉強したんですが——黒き世界樹って、マナ・マテリアルがないから仕方なく魔力《マナ》を奪ってるって——」

やばいな……窮地は脱せたようだが、僕達はもしかしたらとんでもない怪物を復活させてしまったのかもしれない。同じ呪物でも大人しくなったマリン達と比べて酷い暴れっぷりだ。魔術学院で見た時よりも酷いかもしれない。

ティノが目を白黒させながら叫ぶ。

「ま、ままま、まさか、こんな策が――存在するなんて――ますたぁ！　ますたぁッ!!」

「……うんうん、そうだね」

まさかこんな策が存在するなんてなあ…………こんな策、存在するかい！

幻影《ファントム》達が警戒したように距離を取る。黒き世界樹の動きが一瞬止まる。

追撃を諦めたのだろうか？　流石《さすが》にダメージが大きかったのだろうか？

固唾《かたず》を呑んで状況の推移を見守る僕達の下で、不意に地面が震えた。

黒き世界樹の天辺から見下ろす光景。それは、さながら天変地異のようだった。

広範囲の地面が砕け、裂け目から黒い根が飛び出してくる。

真下からの奇襲という極めて特殊な攻撃。飛び出した無数の根はまるで熟達した槍使いが放ったかのように速く鋭く、逃げ場などあるわけもない。

無数の根が幻影《ファントム》達に絡みつく。幻影《ファントム》達は根を切ろうとするが、魔術を吸収し大穴が空いても再生する根から逃れる事などできるわけがない。さすがに【源神殿】の幻影《ファントム》でも、盗賊《シーフ》や魔導師《マギ》に拘束を振りほどく程のパワーはないようだ。

僕達同様、成長する幹にしがみついた呪物仲間のマリンと黒騎士も黒き世界樹の暴走っぷりに唖然としている。僕も唖然としたいが、この状況――もしかして、ラッキーなのでは？

少なくとも幻影《ファントム》よりもこの黒き世界樹の方が殺意は薄いだろう。まぁ、セレンとの約束――なるべく殺さないは守れそうもないけど、それは仕方ない。

力の密集するこの森は黒き世界樹にとって格好の餌場なのだろう。幹が脈打ち、どんどん成長していく。模造品とはいえ、さすが世界樹を目指しただけの事はある。

狙われてはいないといっても、この大きさだ、滑り落ちたら踏み潰されるだろう。それだけは避けないと――と、その時、幻影《ファントム》を包み込んでいた根が蠢き、中身をぺいっと地面に吐き出した。

地面に吐き出されたものを見て、僕同様、杖にしがみついていたティノが前のめりに叫ぶ。

「!? な、中から、精霊人《ノウブル》が出てきた!? そういう事ですか!?」

マジで!? ………………てか、僕と同じ状況なのに元気だね、君。

目を凝らして見るが、遥か下の出来事だ。視力はそこまで悪くないのだがよく見えない。

ユグドラの民が幻影《ファントム》に姿を変えられていたという話は聞いている。フィニスの持つ力で、マナ・マテリアルを消滅させる事で助け出せるらしいという事も。

確かに、地脈からマナ・マテリアルを吸えるならば幻影《ファントム》から吸う事も可能だろう。

黒き世界樹が、一度捕らえた幻影《ファントム》を次から次へと放り捨てていく。用済みとでも言うかのように。

放り投げられた幻影《ファントム》――精霊人《ノウブル》達は、動かない。だが恐らく、死んではいないだろう。魔術学院の事件でも死者は出なかったらしいし――。

目を見開き、戦場を凝視しながらティノが興奮したように言う。

「なんて速さ――あんなに沢山……フィニスの枯渇よりも効率がいいです、ますたぁッ！ 黒き世界樹にこんな能力があるなんて……はっ！　ま、まさか……帝都での、呪物騒動は――予行練習だったの、ですか!?」

一体何をどう考えたらそんな結論になるのか、理解に苦しむ。

自慢じゃないが、今回も僕の思い通りになった事は何一つない。

「まったく、何人幻影《ファントム》になってたんだよ……」

小声でぶつくさ文句を言っている間に、森が静かになる。その間、こちらに攻撃が飛んでくる事は一切なかった。一方的すぎる。

相性って本当に大切だな……まさか推定レベル10宝物殿の幻影《ファントム》が手も足も出ないなんて。

あらかた美味しい獲物を喰らった黒き世界樹がぴたりとその動きを止める。

満足したならもう一度杖に戻って欲しいなぁ……放り捨てられた人達の様子も見たいし。

成長に成長を重ねたその大きさは既に森に生えた大樹を超えていた。あんなに小さい杖がここまで巨大な樹になるとは、どれだけマナ・マテリアルを吸ったのだろうか？

――だが、本物の世界樹には遠く及ばない。

世界樹は目と鼻の先にあった。といっても、数キロは離れているだろうけど、こうして高いところから見ると、世界樹の馬鹿らしい大きさがよくわかる。

冷たい風が吹き、思わず身を震わせる。そこで、黒き世界樹がゆっくりと動き始めた。

――世界樹が聳《そび》え立つ方向へ。

どうやらこの樹は幻影《ファントム》の一団から力を吸収した程度ではまだ満足していなかったらしい。

ティノも気づいたのか、慌てたように報告してくれる。

「ま、ますたぁ、この子――【源神殿】にひきつけられていますッ!?」

「……それはまずいね」

生き物ならば本能で危険性を理解できるはずだが、この樹にはそんなもの存在しないらしい。

いくら相性が良くても、神の幻影《ファントム》のいる敵の本丸に乗り込むのは看過できない。万が一侵入に成功してこれ以上成長したとしてもそれはそれで面倒な事になりそうだし……。

時間稼ぎは十分だろう。装置が壊された以上ここに留まる意味もないし、シトリー達ならばこの黒き世界樹もどうにかしてくれるはずだ。

「よし……シトリー達のところに連れて行こうか」

「!? ど、どうやって、ですか!?」

「それはほら……あれだよ、あれあれ。馬の鼻先に人参をぶら下げる的な――」

この黒き世界樹は最初、幻影《ファントム》への攻撃を優先していた。きっと【源神殿】に向かう優先順位はそこまで高くないはずだ。

「し、しかし…………人参って、何を囮にするつもりですか？　私達には興味を持っていないみたいですが――」

「うーん、そうだね…………学院では、魔導師《マギ》をターゲットにしていたって言ってたかなぁ……」

つまり、この樹は魔力《マナ》やマナ・マテリアルに惹きつけられているという事になる。マリンを追わないのは同じ呪物としてのよしみ故か、それともマリンには魔力《マナ》がなかったりするのだろうか。

引きつける事さえできれば誘導はきっとなんとかなるのだ。宝具に反応してくれれば話は早いのに、宝具には興味がないらしい。一応、かなりの魔力《マナ》が込められているんだけど、黒き世界樹が襲う基準がどうにもわからない。

僕は小さくため息をつくと、諦め半分でみみっくんに言った。

「みみっくん、魔力《マナ》の込められた宝具以外の物、出して」

みみっくんの性能は大体、把握している。彼は時空鞄《マジック・バッグ》としてはこの上ない優秀さだが、さすがに入っていない物を出せたりはしない。

だが、みみっくんは迷う素振りもなく、一つの布袋を吐き出した。

何の変哲もない袋だ。見覚えがあるようなないような――。

ずしんずしんと足音を立てて動いていた黒き世界樹がぴたりと止まる。僕は目を瞬かせると、覚悟を決めて袋を開け中を覗いた。

中に入っていたのは――金色と銀色の糸だった。細く艶《つや》があり、触れるとひんやりしている糸。

いや、正確に言うと糸じゃない。僕は取り出したそれをしげしげと見つめると、目を見開いたまま固まっているティノに渡した。

これは――髪だ。セレンを助けた時に強制的に渡された、アストル達の髪。魔術に適性のある精霊人《ノウブル》の髪。強力な魔術触媒になりうる、精霊人《ノウブル》にとって命と誇りの次に大切な物。

そこには——精霊人《ノウブル》の、強力な魔力《マナ》が宿っている。

きょとんとしているティノ。その左右に、黒い枝が勢いよく伸びてくる。

僕はティノが捕まる前に早口で言った。

「ティノ、カーくん使って誘導よろしくね」


それは、数百年の時を生きたセレンでも到底理解できない光景だった。

これまで見たこともない漆黒の巨人が、森の中を進んできていた。その大きさたるや、森を構成する大樹よりも遥かに大きく、その身体からは無数の触手のようなものが伸びている。

いや——巨人ではない。それは、植物だった。

これまでユグドラを擁《よう》する森の中、草木を愛《め》で生きてきたセレンでも見たことのない、漆黒の樹。足のように根を使い、腕のように枝を使う、そんな奇妙な植物。

無数の枝の先にいたのは、あのニンゲンと行動を共にしているはずのティノだった。

絨毯を操り縦横無尽に伸びる枝を必死に回避している。

黒き大樹には膨大な力が、マナ・マテリアルと魔力《マナ》が漲《みなぎ》っていた。

いや——正確に言えば、違う。混乱に止まりそうになる思考をなんとか張り巡らせる。

「マナ・マテリアルを吸っている…………？」

何よりも注目すべき場所は、大樹が通ってきた跡、だ。

まるで水が高いところから低いところに流れるかのように、空気中のマナ・マテリアルが大樹に向かって流れ込んでいた。マナ・マテリアルを吸い寄せているのだ。

先程まで起動していた撹拌装置で吸い上げられたマナ・マテリアルも、そちらに引き寄せられつつある。マナ・マテリアルの流れができている。

それは奇《く》しくも先程までセレン達がやろうとしていた事でもあった。

「あれはッ…………………………」

ルシアが目を見開き、声をあげる。だが、それ以上意味ある単語が唇から漏れる事はなかった。

明らかにあれを知っている者の反応だ。引きつった表情で固まるルシアに、他の《嘆きの亡霊《ストレンジ・グリーフ》》のメンバーが続ける。

「…………クライちゃん、派手ねぇ」

「…………………うむ」

「あー、あー、あー……な、なるほど……その手が、ありましたかぁ。…………いや、普通に、私じゃ無理ですけど!!」

「……かなり不思議なんだが、なんでヨワニンゲン、ああいう事しょっちゅうやってるのに、まだ捕まってないんだ？　です」

「ふん……ニンゲンも存外懐が深いのかもしれないな」

ミレスを飛ばして確認する。どうやら、あのニンゲンはあの黒い樹の上にいるらしい。

という事は、これが先程シトリーの言っていた《千変万化》の策なのか……。

マナ・マテリアル撹拌装置の時点でセレンにはとても思いつけない策だったのに、今回の策は何がなんだか全くわからない。《千変万化》の策を見た後だとシトリーの立案した策が大人しく見える。

絨毯を必死に操り攻撃を回避しながら、ティノが悲鳴のような声で叫ぶ。

「シトリーお姉さまあああああああああいッ！」

「……！　ティーちゃんッ！　装置を設置する場所、覚えてるでしょ!?　線をなぞってッ！」

シトリーが叫ぶ。シトリーはマナ・マテリアルの様子を視認できないはずだが、セレンの言葉から一瞬で状況を理解したのだろう。あの樹を使って、新たな方法で目的を達成するつもりだ。

「!?　な、なんでですかあああああ!?」

「いいからやれ、ティー！　それか私と代われッ!!」

「や、やりますぅッ!!」

樹の攻撃はそこまで速くはなかったが、とにかく数が多かった。捕まったら何をされるのかはわからないが、ろくでもない事になるのは確定だろう。

その青ざめた表情がかつての自分に重なり、セレンは目を逸らした。

残念ながら逃げるのをやめろとも言えない。セレンにできる事は何もない。

と、その時、それまでティノを追っていた樹がぴたりと止まった。

伸びていた枝がティノを追うのをやめ、森に静寂が戻る。

セレン同様、呆然と樹を見上げていたクリュスが疑問の声をあげる。

「!?　と、止まった……です？　ヨワニンゲン、何をするつもりだ、です！」

「……そもそも、あれが何なのか知らないんですが……コントロールできるものなのですか？」

ティノが必死に逃げている事から考えても、とても制御できているようには見えないのだが――。

停止した樹を改めて観察する。幹も葉も陽光を吸い込む漆黒をした樹だ。その巨体を移動させる太い根に、ユグドラと同じくらい古くから存在する森の大樹と比べても遥かに太い幹。じっと見ていると、なんとも言えない不快感が頭の奥から湧き出してくる。生理的嫌悪感とも呼べるだろうか。

無尽蔵に空気中のマナ・マテリアルを吸収する樹は森に存在していいものではない。

「何という、悍《おぞ》ましい樹だ。フィニスが――ユグドラの守護精霊が、動揺している」

ルインが強張った表情で言う。その頭の上では枯渇のフィニスが恐れ慄《おのの》くように震えている。

どんな時でも冷静で頼りになる友人がそんな表情を作るのは初めてだった。どうやらルインもあの樹を見るのは初めてらしい。

これまでは世界の危機を止められるならば毒を食らってても構わないと考えていたが、もしかしたらそれは浅慮だったのかもしれない。

そこで、兄のしでかした作戦にフリーズしていたルシアの顔から血の気が引いた。

フィニスと戦った際にもあげなかった、切羽詰まった叫び声が森の中に響き渡る。

「み、みんな、逃げてッ！　あれは、強い魔力《マナ》を狙ってきますッ!!」

「!?？」

「あれは、ターゲットが増えて、迷ってるんですッ!!」

樹が再び、動き出す。勢いよく鞭《むち》のように伸びた枝が、作ったままだった土の兵隊を薙ぎ払い、セレンの方に伸びてくる。その速度は実際に目の前にすると想像していたよりもずっと速い。

慌てて横っ飛びに回避する。森の中は地獄のような様相に変わっていた。

どうやら、あの樹はターゲットに迷った結果、全員まとめて追う事にしたらしい。

ラピスが凛とした声で叫ぶ。

「ぐっ…………は、走れッ!!　絶対に捕まるなッ！」

「!?　マジか、です!?　ヨワニンゲンのばかあああああああッ！」

《星の聖雷《スターライト》》のメンバー達が一斉に駆け出す。既に枝はメンバー達に伸びていた。一瞬遅れてルインが駆け出し、セレンも慌てて地面を蹴る。

枝の速度はそこまで速くはないが、油断できる程遅くもない。全力で逃げなければ——捕まる。

追われているのは《星の聖雷《スターライト》》にルシア、ルインにセレン。

ルシアが攻撃を避けながら氷の矢を打ち込むが、樹の動きは一切鈍っていない。何故か追われていないリィズもルシアと一緒に駆け出している。

「足並み揃えてくださーいッ！　装置の配置は覚えてますね!?　マナ・マテリアルの流れを誘導してください！」

攻撃対象外だったらしい、木の陰に避難したシトリーが叫ぶ。その声はどこか楽しげだ。

そして、決して捕まってはならない地獄の鬼ごっこが始まった。

最初の遭遇は偶然だった。《千変万化》が同類である可能性に思い至った時には衝撃と同時に興奮があったし、幻影《ファントム》の一軍に当てられた時には負けたという苦い感情を抱くと同時に新たなる力の可能性に歓喜した。ルインを助け出した手腕には恐れを感じたが、同時にそこから幻影《ファントム》を従える術を導き出せた。

だが、今、現人鏡に映し出された光景に、アドラーはこれまで以上に強い衝撃を受けていた。

「く……くくッ…………これが、《千変万化》の神算鬼謀。依頼達成率百パーセントとは聞いていたが…………ありえないッ!!」

既に喜びはない。期待も、いずれ《千変万化》を超えんとしていたその意志すら、砕けている。

そこには、どれだけ強力な魔物を率いても埋めきれないであろう、隔絶した差があった。

作戦立案能力は導手にとって重要な能力だが、最優先するべきものではない。そう思っていた。最も必要なのは世界中を巡り強力な魔物達を調伏する事だと。

だが、この能力は――勝てない。絶対に。

まさしく、神算鬼謀――神や鬼神にのみ許された智謀だ。手札も状況のコントロール能力も、そして勇気すら違う。力に差がある事は理解しているつもりだったが、それは所詮つもり、だったのだ。

目を閉じれば先程まで鏡に映っていた一部始終が鮮明に脳裏に浮かんだ。

ティノと共に絨毯に乗り、世界樹の近くに降り立った《千変万化》。呼び出した幽霊に黒騎士。そして、その杖を巨大化させ、幻影《ファントム》を精霊人《ノウブル》に戻す、その瞬間まで。

「まさか、全てを救おうとはねえ…………どうやって、元精霊人《ノウブル》だけを、おびき寄せたんだ？」

「…………あの樹も、謎ですね。魔物なのかどうなのか……コントロールはできないみたいですが」

「杖の形で休眠してたんだろ、きっと。コントロールできない魔物を使うなんて考えもしなかったけど……これが、『竜計』ってやつか？　くそッ」

クイントが拳を握りしめ、吐き捨てるように言う。

竜計とは、古くに使われたという策である。怒れる竜を、超常の能力を持つ魔物達の動きをコントロールし、圧倒的戦力差を有する敵を打倒するという、極めてリスクの高い策。

それは、かつてアドラーが笑い飛ばしたはずの策だった。リスクの高い策を使わねばならないというのは弱者の証であり、そもそも、アドラー達導手にとって、強力な魔物というのは屈服させるべき相手だ。もしも手に負えないのならば、それは己の未熟さにほかならない。

《千変万化》に師事したのはその力を吸収し、いずれ乗り越えるためだ。だが、今《千鬼夜行《ナイト・パレード》》は戦いすらせずに、心で負けていた。ウーノにもクイントにも戦意は残っていない。

余りにも鮮やかで、余りにも自由。常に泰然自若《たいぜんじじゃく》とし、神の眼を見ても顔色一つ変えない。

それは、憧憬すら抱けない、余りに大きな才覚の差だ。

アドラーは今、《千変万化》を畏れていた。かつてアドラー達の前に立ちはだかったハンターや軍がユデンの姿に恐れ慄いたように――。

導手は魔物を操る際に魔術など使わない。魔物達が導手に従うのはひとえにそのカリスマ故。故に、導手は魔物達の絶対者である事が義務付けられている。

王でなくなった導手に、弱気を見せた主に、魔物達は従わない。

世界樹の暴走はなんとかできるだろう。いや、あの男ならばどうにかしてしまうはずだ。だが、仮に全てが無事終わったとしても、このままでは《千鬼夜行《ナイト・パレード》》は終わりだ。

追い詰められた。敗北者は――心で負けた者は王にはなれない。なんとかして現状を変えねばならなかった。だが、《千変万化》は強すぎる。万全の状態でも勝てなかったのだ。

「あの樹には……地脈から直接マナ・マテリアルを吸う程の力はありませんでした。多分、だから《千変万化》は撹拌装置を使う策を同時に進めたんだと、思います。装置で乱したマナ・マテリアルをあの樹に吸わせるために――そして、成長させた。アドラー様、もしかしたら、あれなら――【源神殿】を落とせます」

ウーノが真剣な表情で言う。その目が《千鬼夜行《ナイト・パレード》》の今後の動きを問うていた。

ウーノ・シルバは賢い娘だ。状況を正確に理解している。アドラーは自然と呟いていた。

「…………………英雄、か」

確信があった。あの男はいずれ歴史を作るだろう。

そして、その歴史の中で《千鬼夜行《ナイト・パレード》》がどう扱われるかはアドラーの行動にかかっている。

静かに作動するマナ・マテリアル撹拌装置を見ながら、考える。《千変万化》は間もなくアドラー達のもとにまでたどり着くだろう。立ち位置を決めなくてはならなかった。

このまま《千変万化》に合流してしまえば、きっとアドラー達はただの《千変万化》に敗北し弟子入りしただけの一団になるだろう。敵でも味方でもない、そんな情けない立ち位置に。

だが、戦うにしても勝ち目はない。ユデンはマナ・マテリアルを吸収し成長した。リッパーの能力もまだ使える。だが、それらの能力は既に《千変万化》に割れているのだ。いや、あるいは、あの男ならば、仮に【源神殿】の幻影《ファントム》の調伏に成功したとしても――。

「ッ…………いや、まだ、手はある。一つだけ、あの男に勝ち得る手が――」

「!?」

槍を持つ手がいつの間にか震えていた。自身の思いついた恐ろしい『策』に。

それは天啓と呼ぶに相応しい閃《ひらめ》きで、雷に撃たれたかのような衝撃を伴っていた。心臓が早鐘のように打っている。手足の先が凍えそうな程冷たい。強い目眩《めまい》を感じ槍を握る手に力を込める。

つい数時間前のアドラーならば間違いなく思いつかなかった策だ。こんな馬鹿げた策を思いついてしまったのも、《千変万化》の打った手に影響されたためだろうか。

必死に呼吸を整え、作戦の妥当性を考える。

魔物を支配し、数多の国と敵対したアドラー。《嘆きの亡霊《ストレンジ・グリーフ》》と関わらずにあのまま進撃を進めていれば、近い内に魔王アドラーの名は全世界に広まっていただろう。だが、既にその未来は断たれた。

しかし、この策が成ればアドラーは人類全体の敵となるだろう。

いや、全てがうまくいかなくてもいい。あの男に一矢《いっし》報いる事ができれば――。

成果は未知数。リスクは極大。必要なのは――ウーノの協力だ。

大きく深呼吸をして、仲間達を見る。

余りにも危険な策だ。気を強く持たなければ、弱気に負けそうになる。アドラーは叫んだ。

「ウーノ、クイント。私達は――《千鬼夜行《ナイト・パレード》》だ。何もせずに負けるなど、許されないッ！」

槍を回転させ、勢いよくマナ・マテリアル攪拌装置に叩きつける。

一度、二度、三度。硝子管が粉々に砕け散り、欠片のように降り注ぐ。

ウーノ達は何も言わずにアドラーの行動を見ていた。

「敵対、だ。迎合など、死と同じッ！　《千変万化》の弟子は終わりだ。《千鬼夜行《ナイト・パレード》》はこれよりあの男に戦いを挑むッ！　ついてきてくれるね？」

「……まぁ、仕方ないですね。でも、勝ち目はあるんですかー？」

「……クソッ。いいだろう。負けたままじゃ、ゾークに顔向けできねえ。やってやらあッ！」

応える二人に躊躇《ためら》いはなかった。ウーノは冷静沈着だし、クイントの勇敢さも健在だ。

まだ《千鬼夜行《ナイト・パレード》》は終わっていない。

アドラーは心からの笑みを浮かべると、仲間達に最後の作戦について説明を開始した。


見渡す限りの大樹海を我が物顔で歩く黒き世界樹。平らになっているその頭の上で、僕は唯一面影の残る杖部分にしがみつき、どこまでも伸びる本物の世界樹を眺めていた。

下界ではまた状況が変わっているようだった。どうやらティノの誘導に従いシトリーの所にたどり着いた黒き世界樹が、今度はルシアやクリュス達、魔導師《マギ》連中を追い回し始めたらしい。

アストル達の髪に反応してティノを追いかけ始めた時点で気づくべきであった。しかし、あれだけの幻影《ファントム》を平らげたというのにまだ力を欲するとは、本当に恐ろしい杖だ。途中で現れた新たな幻影《ファントム》達も歯牙にも掛けなかったみたいだし、帝都で止められたのが意外なくらいである。

「お、覚えていろ、です！　ヨワニンゲンッ‼」

「兄さん！　これいつ止まるんですか⁉」

黒き世界樹の頭の上はひたすらに静かだった。周りにあるのは風の音のみで、クリュスやルシアの声もほとんど聞こえない。そして、その僅かに聞こえる声にも構っている余裕はなかった。

縦揺れが大きくて、ちょっと吐きそうだ。

快適な休暇《パーフェクト・バケーション》をさっさとセレンから返してもらわなかったのは完全に失敗だった。黒き世界樹の動きはそこまで激しくはなかったが、長く上にいたせいで酔ってきた。長く緩やかな揺れ攻撃は結界指《セーフ・リング》でも防げない数少ない攻撃なのだ。

世界樹を眺め、気分を落ち着かせる。大きな葉が降り注ぐどこまでも巨大な樹は何度見ても雄大で奇妙な光景だ。空を見上げても、余りにも大きすぎて枝葉の部分を視認する事はできない。一体どれだけのマナ・マテリアルを吸い取り成長したのだろうか？

この黒き世界樹があそこまで成長するには恐らく、千年単位の時間が必要だろう。

たった数分で周囲の大樹を超える大きさとなった黒き世界樹も、今は成長が止まっていた。恐らく急激に成長するのは最初だけで、ここから先は長い年月を掛けて少しずつ大きくなっていくのだろう。

ふと隣を見ると、僕と同じように黒き世界樹にしがみついていたマリン（と黒騎士）が、困惑したように世界樹を見ていた。

「お疲れ様。助かった、もう帰っていいよ。ぬいぐるみはいい感じに強化しておくから」

「…………………ころす」

恨みがましげな目つきで物騒な言葉を放つと、マリンは手に持っていたぬいぐるみを僕に押し付け、消えていった。いつの間にか黒騎士もいなくなっている。

とりあえずなくさないように、残されたぬいぐるみをみみっくんの中に収納する。思ったよりも役に立たなかったが、僕よりは強いし、またお願いする事もあるだろう。媚《こび》売っておかないと……。

再び吐き気を催してきて、慌てて遠くの世界樹に視線を向ける。と、そこで僕は気づいた。

雨のように葉を降らせ続ける世界樹。その葉の密度がほんの少しだけ薄くなっていた。

さすがシトリー、作戦がうまくいったようだ。いきあたりばったりな僕とは違う。

酔いと無力感に黄昏《たそが》れていると、その時、不意に黒き世界樹の動きが止まった。

握りしめていた杖部分の先が伸び、その先に小さな蕾《つぼみ》ができ、小さな紫色の花が咲く。ゼブルディア魔術学院で暴れまわっていた時にも、最後に咲いていた花だ。

黒き世界樹は止まったまま動かない。もしかしたら、満足したのかもしれなかった。

咲いた花を丁寧に摘み、ため息をつく。

ようやく一段落か……なんか今回は疲れたな。強力な宝具は他人に貸し出すものじゃないな。

花をみみっくんに収納し、その場で横になる。

高い所は余り好きではないが、遮るもののない空というのはとても気分がいい。止まった黒き世界樹をどうするのかはまたシトリー達と一緒に考えよう。

下が揺れなくなって、ようやく酔いも和らいできた。大きく欠伸をして目を擦《こす》ったところで、ずっと黒き世界樹を引きつけ、誘導していたティノがカーくんに乗って上昇してくる。

ちょうどよかった……そろそろ下りたいと思っていたところだ。別に結界指《セーフ・リング》があるので飛び降りてもいいが、穏便に下りられるならそれに越したことはない。

「ティノ、お疲れ様。完璧なタイミングだ。悪いんだけど地面まで下ろしてくれる？」

ティノの顔色は酷いものだった。先程まで浮かんでいた覚悟を決めた凛々しい表情は鳴りを潜め、頬も少し引きつっている。小さく咳払いをすると、怯えた小動物のような瞳で尋ねてきた。

「ま、ますたぁ……その……色々言いたいことはあるんですが、今回はこれで、終わりですか？」

………そんなの、僕が知るわけないだろう。

言える事もなくとりあえずにこにこする僕に、ティノは今にも泣きそうな笑みを浮かべた。

地上に下りる。黒き世界樹の闊歩《かっぽ》した森は僕が想像していたよりもずっと破壊の跡が少なかった。

どうやら柔軟性のある根を足にすることで、あれほどの巨体でありながらもほとんど自然を傷つけずに進んでいたらしい。…………ぼろぼろなのは仲間達だけだ。

大樹に手をつき、肩で息をしながらセレンが呟く。

「し……死ぬかと、思いました。攻撃魔法も効かないし………」

「ふん…………どうやって連れてきたのか知らんが、相変わらず手段を選ばない男だ」

「………………なぁ、ヨワニンゲン。細かい事は言わないが、一つ教えて欲しい、です。私達が追いかけ回される必要、あったか？　です」

心なしかいつもより圧の強い、吐き捨てるようなラピスの言葉に、目に涙を浮かべたクリュスの言葉。他のメンバーについても、セレンを助けた時に集まっていた尊敬がどんどん減っているのを感じた。精霊人《ノウブル》は森での行動を得意としているものだが、どうやら黒き世界樹に追いかけ回されるのはさすがに堪えたらしい。

追いかけられる必要は……なかったと思う。なんかごめんね。

「学院で戦った時よりも元気でしたね。まったくもうッ!!」

「ねぇ、クライちゃん。もうこれ、動かないのお？」

リィズがぽんぽんと黒き世界樹の幹を叩きながら声をあげる。先程まで猛威を奮っていた呪物に平然と触れるとは、相変わらず危機感が麻痺《まひ》してる。

そして動かないかどうかなんて知るわけないだろ！　僕をなんだと思っているんだよ！

まぁ、一度灰にされて杖に作り変えられたはずなのに復活したわけだから、また動き出す可能性は十分あると思うけど……何なら今のうちにもう一度灰に変えた方がいいかもしれない。

と、そこで、シトリーがエリザとキルキル君を連れて小走りでやってきた。

多分、攻撃のターゲットになっていなかったメンバー達だろう。ただの樹のように動かない黒き世界樹を見て、ルシア達を見て、最後に僕を見て興奮したように言う。

「お疲れ様です！　クライさん、驚くべき策でした！　マナ・マテリアルの吸収装置としてはすこぶる優秀な性能を持っているみたいでしたし、ずっと動かすのかと思っていたんですが、ここで止めたんですね！」

「え!?　あ……うんうん、そうだね。ずっと動かすわけないじゃん」

思わずその笑みに圧されて首肯する。ずっと動かすわけがないし、そもそも動かすとかいう言い方は間違っている。僕が動かしたわけじゃなくて、勝手に動いたんだよ。

「痺《しび》れましたッ！　私ったら撹拌装置を使うって事に固執しすぎていたみたいで……恥ずかしい。まぁ流石にクライさんみたいにこれを使うのは私には絶対絶対無理でしたが……例えばシトリースライムを作るって手もありましたね。あの子もマナ・マテリアルを吸収しますし」

やめてください。世界が滅んでしまいます。痺れたって、頭でも痺れてしまったのかな？

呼吸を整えたセレンが寄りかかっていた樹から身を離し、僕をじっと見て、乞《こ》うように言う。

「これで……全て、終わったのですか？　新しい道は――できている、みたいですが」

リィズもセレンもティノも、どうして僕に尋ねるのだろうか？　いつもならば適当に答えるところだが、残念ながら今回は答えるつもりはない。間違えていたら嫌だからね。

にこにこしていると、シトリーが代わりに答えてくれる。

「少なくとも、時間稼ぎにはなった、と思います。あの樹の――黒き世界樹のマナ・マテリアル吸引能力は未知数ですが、一時的にでも流入量を減らす事ができれば【源神殿】は相当弱化するはずです。神の意識も眠りにつくでしょう。さすがの神でも地脈の操作は想定外のはずです」

シトリーの言葉はいつだって自信満々だ。僕が頼りにできるのはシトリーだけだ。

「うんうん、そうだね！」

「……その……時間があれば撹拌装置の強化だってできる。時間をかけ検証して、地脈に更に手を加える事ができれば、必ずや【源神殿】を消し去れるはずです。と私は思うのですが、どうでしょう？　クライさん？」

力いっぱい同意したのに、シトリーが何故か不安げな表情で僕を見る。

もしかして僕って疫病神《やくびょうがみ》だと思われてる？　ここまでだってうまくいったんだし、大丈夫だよ。

「シトリー、大丈夫。君はうまくやってるよ。今回の策だって見事だった。自信持ちなよ」

「………………ッ」

「クライちゃん、きっつぅ…………」

リィズが痛ましいものを見るような目つきで、黙り込んだシトリーを見る。なんで？

元気づけただけなのに何が問題だったのだろうか？

「……とりあえず、唯一の懸念点は……姿を消したアドラー達でしょう。あの装置の破壊跡――黒き世界樹によるものではありません。クライさんの弟子だと思って、油断しましたね」

「え？　アドラー達、いなくなったの？」

「……なんで嬉しそうなんだ、です」

アドラーもとうとう僕の無能に愛想が尽きたらしい。

賊の弟子とか厄介者以外の何物でもないのだから、嬉しそうにしてしまうのも仕方ないだろう。いい奴だったよ……賊じゃなかったら友達になれた。と、喜ぶのはまだ早いね。

「いや、まだわからないよ。任務から逃げてユグドラに戻ったのかも」

「オマエ、よく遠視の能力を持つ奴らをそこまで煽《あお》れるな、です」

…………忘れてた。遠視ってのはそうそう持つ者がいないから忘れがちだ。

僕はぱんと手を打つと、努めて明るい声で言った。

「よし。これ以上ここに留まっても仕方ない。作戦は成功したんだし、ユグドラに戻ろうか」


【源神殿】最奥。この世界で最も力の集まる祭壇の間で、仮面の神、ケラーの意識は再び浮上した。

神の意識の出現に神殿が震え、もっとも近くに跪《ひざまず》いていた最上位の神官達が平伏する。

意識の浮上は意図したものではなかった。すぐに己が目覚めてしまった原因を確認する。

ケラーが真っ先に認識したのは神官達の祈りに混じった極僅かな乱れだ。神の顕現が完全になされていない今、【源神殿】は知性ある神官達により運営されている。祭壇の間、神の最も近くにある事を許された神官達は、ケラーに祈りを、その全てを捧げ、意識のみのケラーから下される神託を、神意を受け取る事ができる真の信徒達だ。

だが、今、どのような事態でも淀みなくされるはずのその祈りに、極僅かにだが、乱れがあった。

神の御前。最上位の神官――眷属が動揺を表に出すなど、相当な非常事態になければありえない。

そして、その理由は、意識を神殿に広げるまでもなくわかった。

【源神殿】に地脈を通じ流れ込んでいた濁流の如きマナ・マテリアルの奔流が、弱まっていた。

マナ・マテリアルは宝物殿にとって要《かなめ》だ。ケラーとその眷属はその力の重要性を、遥か昔、滅びる前から知っていた。そして、今のケラー達にとってその力はかつてよりも重要だということも。

これは確かに、意識が浮上するに足る事態だ。マナ・マテリアルにより宝物殿は構築され、幻影《ファントム》は生まれ、そして、ケラーの復活も成るのだ。

今のこの神殿は物質ではない。流れ込むマナ・マテリアルが減少すれば直接的に弱化する。力がなければ過去の神殿に存在していた数多の罠や武具の再現が抑えられ、眷属たる幻影《ファントム》も生まれず、ケラーの復活も遠のく。

この神殿はただ存在するだけで膨大なマナ・マテリアルを燃やしている。もしもこのまま流入量の減少が止まらなければ早晩、【源神殿】は完全に消滅してしまうだろう。

ケラーは神だ。だが、未だ意識だけの存在に過ぎない。肉体があればマナ・マテリアルの供給が止まってもしばらく生きられるかもしれないが、意識だけの曖昧な状態では何もできない。

神官達の意識に語りかけ、状況を確認する。だが、この非常事態の原因はわからなかった。

わかったのは、彼らが神託を忠実に実行した事だけ。

その報告には明確な焦りと混乱が混じっていた。彼らはケラーを敬い、畏れている。高い知性と同時に誇りを持ち、決して裏切る事はないが、報告にバイアスがかかる事もある。いや……もしかしたら、あるいは――眷属達もこの状況について、正しく理解できていないのかもしれない。

人為的なものなのか自然現象なのか、対策できるのかできないのか。

だが、今もっとも避けねばならないのは――自らが動く事だ。

ケラーは万全ではない。その力は一割も使えず、思考も散漫だ。そして、一番の問題は、この中途半端な覚醒ですら今の【源神殿】にとっては大きな負担だという事だった。

意識の段階ですら――ケラーの消費した力は最上位の眷属百体分にも値する。力を使えば更に神殿の崩壊が始まるだろう。判断に要した時間は一瞬だった。

状況の把握は神官達に任せる。意識を落とせばとりあえずすぐに神殿が消え去る心配はなくなる。

この樹の力は素晴らしい。マナ・マテリアルの蓄積が再開すればそう遠くない内にまた意識を取り戻す事ができるだろう。神にとって百年や二百年など微睡《まどろ》みのようなものだ。

再び眠りにつこうとしたその時――空間に亀裂が奔《はし》った。

招かれざる侵入者。亀裂から現れたのは――巨大な百足と、三人の人間だった。

ケラーが目覚めたせいで空間を断絶していた結界が維持できなくなったのだ。

反射的に力を行使し、侵入者を見定める。それは、忌まわしき神として世界と戦い滅ぼされたケラーの持つ習性と呼ぶべきものだ。

能力、感情、生態、魂の輝き。そして魂に染み付く魔物の臭い。

そして、すぐに理解した。ケラーを覗いていた者は、この者達だ、と。

最上位の神官達が無礼な侵入者達に一斉に儀式杖を向ける。

だが、ケラーは攻撃を制止した。ケラーのもとまで乗り込んできたのだ。何か理由があるのだろう。

他の神の手によるものだという可能性も消え去った。間近で見てわかった。この空間跳躍能力は神の奇跡ではなく、突然変異によるものだ。この世界は時折、こういう悪戯《いたずら》をする。

伝わってくる感情は強い高揚と畏れ。力こそ弱いものの、一度《いちど》ケラーの意識に触れて尚、目の前に立つ気概を持つとは、この時代でも相当な傑物に違いなかった。

爛々《らんらん》と輝く瞳。先頭に立つ黒髪の女が口を開く。

「神よ、お初にお目にかかる。もう時間もないだろうから、単刀直入に言うよ。我々は《千鬼夜行《ナイト・パレード》》、現代の魔王だ。理解しているかは知らないが――あんたらは追い詰められている。取引がしたい」

神と取引を試みるとは、身の程を知らない女だった。ケラーと人間では存在の格が違う。

確かに、目の前の女は強い。人間も進化したのだろうか、ケラーが存在していた時代の人間と比べれば隔絶した力を持っている。だが、まだ足りない。この程度の者と取引する理由がない。

何も言わずただ凝視するケラーに、女が深い笑みを浮かべて言う。

「今の状況を作り出したのは――この時代の英雄だ。情報をやる。代わりに力を――あんたの兵隊をくれ。あらゆる敵を倒せる、最強の軍勢を」

…………面白い。眠りにつくつもりだったが、気が変わる。

その瞳の奥には畏れが見え隠れしていた。ケラーへの畏れではない、その英雄とやらへの畏れが。

人間との取引など本来考慮に値しないが、神よりも恐れられる相手となると話は別だ。

この時代の英雄とやらの力を見てやろう。

第三章　神々の戦い

精霊人《ノウブル》の故郷、ユグドラ。深い森の奥に作られ神秘に守られたその都市は僕達にとって、自然豊かな美しい都市であると同時に、ほとんど住人のいない寂寞《せきばく》とした都市だった。

だが、今そんなユグドラは大いに沸いていた。避難していたという精霊人《ノウブル》達が一斉に戻り、ずっと誰もいなかった通りでは宴の準備がされている。

精霊人《ノウブル》は火を嫌う。代わりに宴を彩るのは水と風と、草花だ。装飾そのものは派手ではなかったが、集まってくる全員が見目麗しい事で知られる精霊人《ノウブル》である事もあり、お伽《とぎ》の国に迷い込んだような気分になってくる。ハンターになってから世界各地色々な場所を訪れたが、こんな光景は初めてだ。

行方不明になっていたユグドラの戦士達。その最初の一人が戻ってきたのは黒き世界樹の動きが止まり、僕達がユグドラに戻ってからしばらく経った後だった。

それからも次から次へと、ユグドラの戦士達は戻ってきた。黒き世界樹がマナ・マテリアルを吸い上げぶん投げた人達だ。無事を確認する余裕はなかったのだが、どうやら問題なかったらしい。

無事、宝物殿の弱化に成功した後のさらなる吉報に、ユグドラは一気に沸いた。それは、ユグドラにやってきてからほとんど姿を現さず、稀《まれ》に顔を合わす事があっても一度も言葉を交わさなかった人間嫌いのユグドラの民達が、手のひらを返す程だった。アストルが手のひらを返した時にも思ったが、彼らは両極端すぎる。

セレンが眩しいものでも見るように目を細め、すっかり明るい雰囲気のユグドラを眺めて言う。

「奇跡です。ニンゲン。これは、奇跡なのです。戸惑いもあるでしょうが、行方不明になった戦士達の中には、家族もいたのです。まさか、全員戻るだなんて——感謝の言葉もありません」

「あはは…………運が良かっただけだよ。お礼を言うならあの黒き世界樹に言いなよ」

なんというか、何もしていない僕からすればかなりの戸惑いがあるのだが、終わり良ければ全て良しだ。笑顔が戻ったのならば何よりである。お礼なんていらないよ、いや、本気で。

ルインが腕を組み、深々とため息をついて言う。

「黒き世界樹…………不吉な名前だ。世界樹を模倣しようなど、何たる罰当たり……本来ならば看過できない事だが、助けられた以上は怒りを呑み込むべきなのだろうな」

「今は細かい事を言うのはやめにしましょう。《千変万化》、貴方の事を信じて、エリザからの手紙を無視しなくて、本当によかった。たった一月にも満たない時間で貴方は全ての問題を解決してくれました。我々ユグドラの民は皆、この恩を決して忘れないでしょう」

いや……僕が解決した事、ある？　まぁ結果だけ考えればうまく行ったのかもしれないが、恐ろしい事に生産的な行動を取っていた記憶が何もない。シトリーにお礼を言ってください。

「いや、まだ全てが解決したわけじゃないから……」

とりあえず結果的に地脈の操作はそれなりにうまくいったみたいだし、行方知れずになっていたユグドラの戦士達も戻ってきた。だが世界樹の暴走の問題が完全に解決したわけではないし、まぁ世界の破滅はまだ先の話だからいいとしても、忘れてはいけない一番の問題は、ルークの解呪の目処《めど》が立っていない事だ。

てか、リィズ達、ルークの事完全に忘れてない？　信頼しているのかもしれないけどさ。

セレンが僕の言葉に真剣な表情で頷く。

「そうですね…………《千鬼夜行《ナイト・パレード》》の動向も気になります」

「…………いや、そっちは気にならないよ。もう彼らの力もいらないし」

作戦途中で怖気《おじけ》づくかあるいは僕の無能に愛想がつきて逃げていったのだろう。余り興味はない。

…………いや、冷静に考えたら、『現人鏡《あらひとかがみ》』でルークの事を探して貰うべきだったな。失敗した。

「…………ニンゲン、貴方がそう言うのならば、そうなのでしょうね。とりあえず今は食事と休息を取り、英気を養いましょう。ユグドラの戦士が戻った今、我々の使える戦力も増した。ユグドラの兵士は一騎当千の戦士ばかりです。全員、貴方の指揮に従います」

揃って行方不明になったのに一騎当千とは、自己評価が高すぎるな。だがまぁ、指揮したりするつもりもないし、面倒な事は言うまい。

「うんうん、そうだね。必要になったら頼らせて貰うよ」

「他にも――戦い以外でも、我々に何かできる事があったら、言ってください。恩人達に何かできることはないかと私に話しかけてきた者が何人もいるのです」

「そうだなあ…………別にないけど」

強《し》いて言うなら探索者協会の支部を作らせてくれたらガークさんにも顔が立つが、ずっと来訪者を拒絶していたユグドラにそれを望むのは酷だろう。シトリーやルシア達に精霊人《ノウブル》秘蔵の書物を見せてくれたりしているみたいだし、これ以上欲しい物は特にない。そもそも僕達は別に君達を助けようとして来たわけじゃないんだよ。

過分な評価と些細な罪悪感にしくしく痛む胸を押さえていると、リィズとエリザを中心に、ユグドラの斥候《せっこう》部隊が交じった宝物殿調査部隊が戻ってきた。

最初はティノ、リィズ、エリザの三人だけで調査していたのに、随分大所帯になったものだ。

「クライちゃーん、結界消えてたよ！」

「プレッシャーが減っていた。宝物殿の消滅までは望めそうにないけど…………幻影《ファントム》の姿もほとんどなかったし、今ならば侵入できる」

本当に宝物殿を弱らせられるとは、シトリーは本当に凄いな。

結界が消えたのは朗報だ。兎《と》にも角《かく》にも宝物殿に侵入してルークを取り返さない事には始まらない。

多少宝物殿に幻影《ファントム》が残っている程度ならば対処できるはず。

問題は、僕以外の皆が見たという神の幻影《ファントム》だ。

「エリザは神の幻影《ファントム》は残ってると思う？」

「…………消えている可能性は高い。ボスはマナ・マテリアルが足りなくなったら真っ先に消えるから――でも…………」

「でも、何？」

僕の問いに、エリザはむき出しになった脚を手のひらで撫でると、困ったような表情で言った。

「…………でも、とても…………嫌な予感がする」

…………エリザの嫌な予感は当たるからなあ。ユグドラにやってきてから色々あったのに、まだこれ以上なにかあるのだろうか？　今すぐおうちに帰りたい……。

「クライちゃん、私達は侵入の準備は万端だよ？　ティーもやる気満々だし、今夜にでもいけるけど？どうせなら何か起こる前にさくっと攻略した方がいいんじゃない？　今なら相手もまだ混乱してるだろうし……」

まぁ、そういう考え方もあるなあ。いや、でもまあすぐに出るってなると事前準備の時間もそれだけ短くなるわけで…………。

僕は《嘆きの亡霊《ストレンジ・グリーフ》》のリーダーだ。リィズ達とハントを行う機会は最近めっきり減ってきたが、なんだかんだ僕がいる場合、最終決定は僕が下す事になる。

「シトリーは？」

「クライちゃんの意見に従うって」

困ったなあ。リィズもティノも、ユグドラの戦士の皆さんも、全員が僕の決定を待っていた。

まあ正解のない二択と言えば二択だ。

そして、僕はこういう二択を強いられた場合、大体後回しにするのであった。

行方不明になった人々が戻って喜んでいるところだ。すぐに戦いに赴く必要はあるまい。準備だって必要だし、少し休みたい。まあ、僕は侵入には同行しないけどね。

「そうだな…………いや、明日にしよう。時間をあければ状況も好転するかもしれないし……何かあっても問題ないように、準備しておいて」

リィズも確固たる根拠があってすぐに出ると言っていたわけではなかったのだろう。

僕の決定に疑念を抱くこともなく、リィズが元気よく言う。

「りょーかい！　クライちゃん、ところで……私にも活躍の場、くれるよねぇ？　ねぇ？　この間の呪物関係の騒ぎでも私ばっかり大したことなかったし、皆、ずるくない？　ティーなんてしょっちゅうクライちゃんのお供してるみたいだし」

「お、お姉さま!?　そんな事は…………」

なんでそんなに大変な目に遭いたいんでしょうか？　僕から見れば今回もリィズは偵察やら何やらで大活躍していると思うんだけど、それだけでは足りないとでも言うのだろうか？

別に、リィズをお供にしたくないわけではないのだ。ただ、いつも最前線にいるリィズといつも最後尾にいる僕が噛み合っていないだけで……。

僕はリィズの頭に手を乗せると、せめてハードボイルドな笑みを浮かべて言った。

「まぁ、明日大暴れしてもらうから……楽しみにしてなよ」

ユグドラの宴はしめやかに始まり、日が暮れるまで続いた。

豪勢な料理が出るわけでもなく、大騒ぎをするわけでもない。静かに食事を楽しみ、友や家族と語らう。それは、自然との調和を尊ぶ精霊人《ノウブル》ならではの文化なのだろう。お祭り好きのリィズは少し物足りなそうだったが、まぁまだ戦いが終わったわけでもないし、たまにはこういうのもいいだろう。

たった数時間で、ユグドラの民達からの扱いは古くからの友のように変わっていた。僕の所にもひっきりなしに人がきたが、リィズ達やラピス達もずっと囲まれている。

話をしてみた感じ、ユグドラの民も帝都の民と余り変わらないようだった。

どうやら実は初めての人間の来客に興味津々だったらしく、人間の文化についてや僕の住む帝都の事、そして僕達《嘆きの亡霊《ストレンジ・グリーフ》》がこれまでこなしてきた依頼の話など、色々話をする羽目になった。もしかしたら、ガークさんから頼まれていた探索者協会の支部を置かせて貰うという話もあながち夢物語ではないかもしれない。

その辺を歩いていたユグドラの人から貰った飲み物（ノンアルコール）を飲んでいると、火照った顔をしたシトリーが近づいてくる。

「クライさん。楽しんでますか？」

「ああ、そっちは？」

「はい！　皆いい人ばかりで――沢山参考になる話も聞けました！　他種族との交流はハンターの醍醐味ですね」

どんな時でも勉強に余念がないねえ。そういう勤勉なところが、錬金術師《アルケミスト》としてのシトリーの腕前を支えているのだろう。僕も本来ならばリーダーとして、ユグドラの民達と交渉して何か一つくらい有益な話をまとめるべきなのだが、いかんせんやる気が……。

「今回は色々失敗してしまいましたが、本当にいい勉強になりました…………次はクライさんの手を煩《わずら》わせる事がないように頑張ります！」

「？　いや、別に煩わせるだなんて……迷惑がかかったわけでもないし、むしろ僕の方こそシトリーの事を頼ってばかりで申し訳ない」

まぁ、今更だけどね。もはや《嘆きの亡霊《ストレンジ・グリーフ》》が巻き込まれる事件は僕では手に負えない域に達しているのだ。これから先もシトリーだけでなく、皆に迷惑をかけ続ける事になるだろう。

さっさと引退したいなあ。

「いえいえ、そんな…………そうだ！　今回の件の報酬の交渉、どうしましょう？　セレンさんもクライさんの恐ろし――凄さを理解できたみたいですし、大抵の要求は通ると思いますが……」

……ほとんど何もやっていない僕のどこらへんに凄さを見出《みいだ》したのか気になるなあ。

「んー、要求、か。特に思いつかないなあ……シトリーから見ればユグドラの技術は宝の山なんだろうけど、僕から見るとねえ」

まず基礎知識が不足していて何を言っているのかわからない。うちのメンバーは一流揃いなので色々教えを受けた事はあるのだが、ついぞ身につくものは一つもなかった。悲しき才能の差である。

シトリーは僕の言葉に笑顔のまま硬直していたが、しばらくしてヒソヒソ声で言った。

「…………クライさん。なんなら、物じゃなくてもいいんですよ？　例えば…………お嫁さん、とか。ずっと未知の国だったユグドラで配偶者を見つけて帰ったら、皆がクライさんに一目置くでしょう」

…………たまにシトリーってとんでもない事言うよね。

「いやいや、さすがにそんな人身売買みたいな――」

「クライさんはユグドラの恩人です。今ならばどんな綺麗な子も選り取り見取り《よどみど》ですよ？　意外と精霊人《ノウブル》の方々も情熱的ですからね。熱視線を感じませんか？　セレンさんも止めはしないでしょうね」

その言葉につられ、周りに視線を向ける。精霊人《ノウブル》は老若男女、美男美女ばかりだ。人里にはほとんどいないので出会う機会もないが、結婚したい種族では間違いなくぶっちぎりでナンバーワンである。人間を見下す高貴な態度も人気の理由の一つだというのだから業《ごう》が深い。

軽く周りを見回しただけで、何人もの精霊人《ノウブル》と視線が合う。にこりと笑いかけてきてくれる子もいる。確かに好意は持たれているみたいだ。つい数時間前までは道端で会っても目を背けてきたのに、変化が凄すぎてついていけない。精霊人《ノウブル》の嫁ねえ……。

しげしげと周りを見回していると、シトリーがむっとした表情になっていた。

いや、嫁なんて探すつもりはないよ!?　シトリーが変な事を言うから見てしまっただけだ。

「ま、まぁ、興味はないかな。今は、ほら、やることもあるし……」

「……向こうは、クライさんに興味津々みたいですが。お兄ちゃんでもモテるレベルですからね」

アンセムは文武両道のナイスガイだ！　モテて当然だろ！　…………と言いたいところだが、アンセムは身体が大きすぎるからな。確かに彼がほぼ初見の人々に囲まれるのは珍しいかもしれない。

そういえばさっきも随分熱心に僕の事を聞いてきた子がいたね……全然気づかなかったが、今思い返すとそういう事だったのだろうか？

興味を持たれるのは嬉しいが、少し困る。先程まではなんとも思っていなかったのに、そう言われると妙に視線が気になってきた。考えすぎかもしれないが、こういう時はさっさと逃げるに限る。

シトリーに断り、足早にその場を離れた。人のいない方に向かってユグドラの中を歩いていく。

特に目的地を決めていたわけではないが、いつの間にか、僕はユグドラの端まできていた。ユグドラ屈指のパワースポット。ルークの解呪作戦の前にセレンが瞑想していた場所だ。

静かな水音に、冷たい空気。街灯などない事もあり、自然溢れるスペースには誰一人いない。

念の為、後ろを確認するが誰もついてきていない。ほっと一息つき、前を向く。

そして――一瞬、心臓が止まりそうになった。

いつの間にやってきたのか、暗闇の中、すぐ目と鼻の先に三つの人影が立っていた。

顔は仮面で覆われ、漆黒の外套を羽織っていたが、背格好に手に持つ武器で誰なのかはわかる。

「アドラー…………生きていたのか」

混乱でいっぱいになっている頭で、なんとか言葉を出す。

《千鬼夜行《ナイト・パレード》》。宝物殿弱化作戦中にいなくなったチーム。

シトリーの見解では、マナ・マテリアル撹拌《かくはん》装置はアドラーの手で破壊されていた。てっきり師匠の僕に愛想をつかして作戦を途中で放棄し逃げ出したとばかり思っていたが、この分だとそういうわけではなかったらしい。

幻影《ファントム》に変えられたユグドラの戦士達はその前後の記憶が失われていた。どういうプロセスで変えられたのかは不明だったが、僕は人を変貌させる仮面の存在を既に知っている。

【源神殿《げんしんでん》】の主は仮面の神だ。恐らく、仮面を被せられる事で幻影《ファントム》に変えられてしまうのだろう。

背格好が変わっていない事を考えると、アドラー達はもしかしたら変えられている途中なのだろうか？　半強制的に弟子入りしてきて、ずっといなくなればいいと思っていた。だが、最後まで戦って幻影《ファントム》に変えられたとなれば多少は憐れみも感じてくる。

アドラー達は無言で立っていた。誰もいない場所で一対三。紛れもなくピンチだが、今も結界指《セーフ・リング》は持ち歩いているし、ここはユグドラの中だ。大声をあげればすぐに誰かが飛んでくるだろう。

内側で幻影《ファントム》の本能と闘っているのだろうか？

攻撃を仕掛けてくる様子のないアドラーに、僕は少しセンチメンタルな気分で言った。

「その姿……哀れだね、アドラー。君達は……道を誤った」

そもそも、その魔物を操るという特異な能力を悪事に使おうとしたのが間違いだった。賊にならなければ《嘆きの亡霊《ストレンジ・グリーフ》》と交戦する事もなく、こんな森の奥までやってくる事もなかっただろう。死にそうな目に遭う事も、幻影《ファントム》に変えられる事もなかったはずだ。因果応報と言うべきだろうか？　悪い事していない僕やユグドラの人達も酷い目に遭っているのが解《げ》せないけど。

僕の言葉に、アドラーの手がゆっくりと持ち上がり、自分の仮面に触れる。

そして――あっさりとその仮面を外した。

言葉を失う僕の前で、その黒いルージュの塗られた唇が笑みを作る。

「くっくっく……この姿を見ての第一声がそれか。つくづく、思い知らされるね。そして――耳が痛い言葉だ。だが、あんたにはわからないだろうね。力を求める者の気持ちが」

あれ？　もしかして幻影《ファントム》に変えられて……いない？

クイントとウーノもアドラーに続き仮面を取る。その瞳は夜闇《よやみ》の中、爛々《らんらん》と輝いていた。

「《千変万化》。神算鬼謀《しんさんきぼう》のあんたには――私達がこうしてやってきた理由もわかるんだろうね？」

知るわけないだろ。何が起こっているのかもさっぱりわからない。皆、神算鬼謀神算鬼謀ってうるさいな。僕を神算鬼謀認定したら神算鬼謀の格が下がるってもんだ。

センチメンタルな気分も吹っ飛んでしまった。ため息をつき、一番妥当そうな事を言ってみる。

「復讐……とか？」

僕が師匠として無能だったから、ユグドラから離脱する前にわざわざ襲いに来た、とか？　さすがにアドラーでもそんな無茶苦茶な理論は掲げないだろうか？

「くく……復讐、か。確かにある意味復讐かもしれないね」

……マジかい。とんでもない連中だな、《千鬼夜行《ナイト・パレード》》。押し掛け弟子やっておいて何も学べなかったから復讐しようとか、完全に逆恨《さかうら》みでしょ。

アドラーがくるくると槍を回転させ、こちらに向ける。クイントが宝具の剣を構え、ウーノも杖をこちらに向けてくる。ユデンの姿が見えないが、また地面の下か。

僕は殺す価値もない男だというのに、どうして皆命を狙ってくるのか解せない。仮にアドラーが一匹も魔物を率いてなかったとしても僕なんて楽勝だよ。

どうせ抵抗は無駄なので、ハードボイルドな笑みを浮かべて言う。

「戦うつもりはないよ。悪いけど、僕には明日があるんでね」

「……神との戦いの前夜だというのに、凄い自信だ。だが、悪いけど、戦ってもらうッ！」

何を言っているんだ、このあんぽんたんは。アドラーは知らないかもしれないけど、宝物殿の弱化作戦は成功した。【源神殿】の結界も消えたし、神など存在を保てるわけがない。

アドラーの槍が神速の勢いで突き出される。僕はその速度に身じろぎ一つできなかった。

儀礼用の槍だと思っていたが、武器としても実用品だったらしい。大きく柄《え》を回転させた薙ぎ払いに、突きによる連撃。黒い穂先が闇を切り裂き、風と鋭い音があがる。

魔王アドラー。槍の腕もかなりのものだ。

それ一本でもハンターとしてそれなりにやっていけるだろう。

その連撃は流麗で、まるで演武のようだった。踏み込み、突き、薙ぎ払い。アドラーがピタリと穂先を僕の眼前で止めて吐き捨てるように言う。

「ここまでやっても……動揺一つなし、か。これでも槍の腕も鍛えていたんだが――自信をなくすね」

それはこっちの台詞だ。

その突きは幾度となく僕の服を撫でたが、驚くべきことに結界指《セーフ・リング》は一つも発動していなかった。

僕が攻撃の中で立ち尽くしていたのは、ただ反応できなかっただけだが、結界指《セーフ・リング》が発動していないのはきっとアドラーがぎりぎりで当てなかったからだ。攻撃を当てるより普通に難しいと思う。

アドラーが槍の穂先と同じくらい鋭い目つきで言う。

「神の力を――ケラーの力を、甘く見ていた。あれは、ただの幻影《ファントム》じゃない。万全じゃない今の状態でも、私達が戦った、如何《いか》なる魔物や幻影《ファントム》よりも…………強い。いくらレベル8でも、とても使役できるとは思えないねえ」

「……え？　まさか君、神を使役しようとしてたの？」

「!?　なん……だって!?」

僕の言葉に、クイントが愕然としたように僕を凝視する。

魔物を使役する力を持っているとはいえ、神の幻影《ファントム》を従えようなど、余りに考えなしではないだろうか？　まったく、自信家にも程がある。見習いたいね（大嘘）。

「……いや、できる事とできない事、やっていい事と悪い事、しっかり線引きしないと……」

自分達が使役したいからといって、皆同じだと思ってもらっては困る。

僕の言葉がよほど衝撃だったのか、アドラー達は完全に固まっていた。

一体何があって、何のために戻ってきたのかさっぱりわからないが、まあそこまで興味もない。僕は暇ではないのだ。気が変わって攻撃を再開する前に話を終わらせてしまおう。

「まぁ、【源神殿】には明日突入する予定だ。僕達にも目的があるからね」

「……ケラーは、強い」

アドラーが押し殺すような、実感の込められた声で言う。

もしかしてアドラー、シトリーの作戦の意味を理解していなかったのかな？　僕でもある程度は理解できていたというのに、もしかしたら僕が考えているよりもアドラーは馬鹿なのかもしれない。

何のためにマナ・マテリアルの補給を止めようとしていたと思っているんだよ、まったく。

僕は鼻を鳴らすと、自信満々に言った。

「知ってる。だから、その力を発揮する前に、消えて貰うんだよ」

《千変万化》が去っていく。いつもと何ら変わらない様子で。

アドラーはその様子を、ただ呆然と見送った。

誰もいなくなってどれだけの時間が過ぎただろうか。ウーノが掠れた声を上げる。

「行って、しまいましたね……しかし、今回は、大失敗でした。まさか、クライさんが、ケラーを、使役するつもりが、なかったなんて」

「全く、だよ」

仮面の神、ケラー。アドラー達が交渉を試みた神の幻影《ファントム》はアドラー達の想像を遥かに超える力を有していた。その能力の一端でも知れば、利用してやろうなどという考えは浮かばない程の力を。

思い返せば、ケラーの力をあの男は最初から理解していたのだろう。だから、現人鏡で神の姿を見た時も、眉一つ動かさなかったのだ。そして、その考えは全く正しいと言わざるを得ない。

宝物殿弱化作戦は紆余曲折ありながらも、成功した。【源神殿】に流れ込む力は大きく減じ、復活半ばだったケラーの意識も眠りにつくはずだった。

アドラー達が、取引を試みた、あの瞬間までは。

《千変万化》の作戦は完璧だったが、最も優秀な点を一つ挙げるとするならばそれは、【源神殿】側に強い警戒心を抱かせないという点になるだろう。

マナ・マテリアルの蓄積は自然現象だ。その増減も主に地殻変動などの自然現象で発生する事象であり、ケラーも異常にこそ気づいていても、それに対して全力で対応しようとは考えていなかった。

そして、しかし、それをアドラー達が変えてしまった。

じくりと、ケラーとの戦いで受けた傷が痛んだ。

一応の応急処置はしたのだが、槍を全力で振るったせいで傷口が開いたのだろう。顔には出さないように注意していたが、きっとあの男にはばればれだったはずだ。

本来だったら、一撃で殺されていてもおかしくはなかった。この程度の傷ですんだのはユデンのおかげだ。ユデンが盾になっている間にリッパーを使えたから、なんとか命だけは助かった。

だが、代償は余りにも大きかった。古代の遺跡で神に近い存在として畏《おそ》れられてきたユデンも、ケラーに傷一つつける事ができなかった。あれは——真正の怪物だ。

「私達は、世界の、敵だねえ」

「最初から、敵でしたよ、アドラー様。魔王、ですから」

「仕方ねえ、よ。導手《どうしゅ》ってのは、そういう運命だ。そうだろ？」

導手にとって魔物の使役は本能だ。そして、その能力は現代社会では受け入れられない。

アドラー達は虐《しいた》げられるより虐げる事を選んだ。ただそれだけの事。

だが、今回の件は完全にアドラーの失敗だった。

取引できると思った。マナ・マテリアルの供給が減り復活が遠のいたケラーには、いついかなる時でも動けるパートナーが必要なはずだった。そして、アドラー達は復活させてしまった。本来ならば再び眠りにつくはずだった、古の神を。

全ての想定外はケラーの持つ権能だ。

魔術でも武術でもない、ただの人間だったケラーを神たらしめた特殊能力。

「『外部感覚《アウターセンス》』――まさか、あんな能力があるとはね」

アドラー達が《千変万化》のもとにやってきたのは、悔いを残さないためだ。

取引は失敗した。幻影《ファントム》の供給が得られなかった以上、そして重傷を負った以上、《千変万化》と戦っても勝ち目はない。だが、今戦いを挑まなくては《千鬼夜行《ナイト・パレード》》としての誇りは地に落ちる。

結局、相手にすらされなかったが、これはこれで清々しい気分だ。

「くく…………あの男、私達の行動まで想定通りだったようだねえ」

《千変万化》はアドラー達を見て、現状について何一つ質問しなかった。

結局、アドラー達は最初から最後までその手のひらの上で踊らされていたのだろう。

《千変万化》への弟子入りから、勝手に離反するところまで。あの男は恐らく――《千鬼夜行《ナイト・パレード》》を使って、ケラーを復活させたのだ。

外部感覚《アウターセンス》は強力な能力だ。アドラー達の持つ魔物を支配する力も人間に芽生えた突然変異に近い異能だが、ケラーの持つそれは格が違う。

ケラーと交戦した事に後悔はない。契約を一方的に反故《ほご》にされた時点で戦いは必定だった。

だが、強敵とわかっていながら戦いを挑み為す術もなく敗北したのは将たるアドラーの責任だ。

あの男ならばこのような無様な結果にはならなかっただろう。どのような策を用いるのかはわからないが、不思議な確信があった。

小さくため息をつく。身体が重くなっていく。

ここに来てから――いや、《嘆きの亡霊《ストレンジ・グリーフ》》と初めて交戦してから、衝撃的な事の連続だった。伝説の精霊人《ノウブル》の都に、神殿型宝物殿の恐るべき幻影《ファントム》。古き時代から復活した強大な神に――アドラー達と同じ力を、アドラー達と異なる目的で使う男。

これまで己の征《ゆ》く道に疑問を抱く事はなかったが、もしかしたらここがアドラー達にとっての分岐点なのかもしれない。ここから先も魔王としての生き方を成すのか、それとも《千変万化》のように力を誰かを助けるために使うのか。

血を流しすぎた。油断すれば意識が落ちそうだった。体温も低下している。

ウーノやクイントも同じ状況だろう。命がこぼれ落ちようとしている。

生き延びられるかどうかは不明だが、逃げる事はできる。

ウーノの頭に座っているリッパーを見る。その手に握られた鋏《はさみ》は全体に大きな罅《ひび》が奔《はし》り、朽ちかけていた。まだ崩れていないのが不思議なくらいだ。後一回、空間を切り裂けば鋏は粉々に砕け散るだろう。そしてなくなった鋏が再び再生するかどうかは主であるウーノにもわからない。

「だが、逃げる前に――人間に神が破れるのか、その可能性を見せてもらおうか」

あの男は、ケラーと戦うつもりだ。ユデンを容易《たやす》く屠《ほふ》り、アドラー達に圧倒的な差を見せつけた恐るべき神と。普通に考えれば、神に人間が勝てるわけがない。だが、《千変万化》もまた、怪物である。

あの男は、ケラーには力を発揮する前に消えてもらうと言った。

だが、既にケラーはユデンを容易く屠る程の能力を取り戻している。

果たしてあの男はどこまで想定しているのだろうか？

そして、如何なる奇策を以て、無敵の能力を持つ神を倒すつもりなのか？

アドラーはしばらく痛みに耐えながら《千変万化》の去っていった方を睨んでいたが、やがてふらりと立ち上がり、よろめきながら夜の闇に消えていった。


夢を見た。影絵のような草原の夢だ。

空に浮かぶ三日月。闇。どこまでも続く黒い草原。

その中心に、一つの人型が立っていた。

人間ではなく人型という表現になってしまうのは、それが明らかに人とは違う空気を纏《まと》っていたからだ。高レベルのハンターは強者特有の空気を、オーラを身に纏う。だが、それが纏うオーラは僕がこれまで出会ったどのハンターとも違っていた。

強いて言うのならば、一番近いのは――【迷い宿】で遭遇した幻影《ファントム》だ。

竜でもなく、悪魔でも幻獣でもない。かつて神と呼ばれし、超越的な存在。

危機感覚の薄い一般人でもひと目でわかるプレッシャー。

身体は小さいが、そんなもの関係ない。

そして、その顔は──灰色の仮面で覆われていた。

不思議な事に、その来歴が頭の中に伝わってくる。

仮面の神、ケラー。

魔術でも武術でもない、特異な能力を持つ血筋に生まれ、神を殺し神となった太古の戦士。

その顔を覆う仮面は神の骨で作られている。

その手がゆっくりと持ち上がり、人差し指がこちらを指す。

気味の悪い風が吹いた。生えていた草が波打つように揺れる。

そして──突然、足元が崩れ大きな穴が開いた。

肌を撫でる風の感触すらある、余りにも鮮明な夢だった。

だが、僕が穴に落ちる事はなかった。いくらリアルでも夢という事だろう。

不意に脳内に呆れたような声が響き渡る。

『なんと、感度が鈍い男だ…………攻撃が、すり抜ける。アンテナが……弱すぎる。本当にこれが、英雄か？』

なんか失礼な事を言われた気がする。

ぼんやりと佇む僕に、ケラーは音なき声で意志を伝えてくる。

『我が神殿への干渉、見事であった。跪《ひざまず》き、忠誠を誓え。さすれば救いを与えよう。弱きは罪、力こそ我が教え。敗北者と交わす取引などない』

その理屈でいくと、僕が一番この神にとって無価値な人間という事になるのだが……神のくせに見

る目がないのかな？

もっとも、これはただの夢だ。現実ならばともかく、夢の中でまで媚《こ》びへつらうつもりはない。

僕は誰も見ているわけでもないのに、ハードボイルドを気取って言った。

「邪悪な神と取引などしない。そもそも、一度滅んだという事は、お前もまた敗北者だろう」

『…………無知が、蛮勇が、哀れなのは悠久の時を経ても変わらぬか』

こちらに伸ばしていた腕。その手のひらを上に向け、ケラーが拳を握りしめる。

ただそれだけで、僕の周囲の空気が熱を持ち、圧縮された。

『外部感覚《アウターセンス》』。

これがケラーの能力。魔術でも武術でも、そしてもちろん呪術でもない。彼らの一族が生まれつき持ち、世代を重ねるに連れ研ぎ澄まされていった特殊能力。手で物を掴むように、足で走り目で見るように、彼らは常人が持たない不可視の感覚器官を用いて事象を操作する。

だが、僕には何のダメージもない。全てがリアリティに溢れているのに、その攻撃に対して痛みは疎《おろ》か衝撃すら感じないのが、これがただの夢である証だろう。

しかし、これが神、かぁ……確かに、仮面を被っている幻影《ファントム》ばかり登場する宝物殿のボスなのだから仮面を被っているのは不思議ではないが、安直というかなんというか……。

そもそも、なんか姿、小さくない？　人型なのは百歩譲って認めたとして、もうちょっと強そうな姿をしていてもいいのに、僕の想像力、貧困すぎる。

「……ちっさ」

『…………愚者がッ！』

地面が爆《は》ぜ、火柱が上がる。雷が落ち、無数の杭が全身に突き刺さり、氷漬けになる。

どうやら怒らせてしまったらしい。まあ痛みはないからいいけど。

しかし酷い夢だなあ。心配事もある程度解消したんだから、もうちょっといい夢見ればいいのに。

攻撃が止まる。脳内で再び声がする。

『この世界では、攻撃は無意味か。疾《と》く、備えよ、現代の英雄。すぐに現世で相見《あいまみ》えようぞ』

不吉な事を言うのはやめてください。

神は宣戦布告のような言葉を放つと、かき消えるようにいなくなった。


意識が覚醒する。陽光の差し込む寝室で、僕はベッドから身を起こし大きく伸びをした。

清々しい目覚めだった。眠りの深さは僕の持つ数少ない強みだ。特に最近色々あって、身体が休息を求めていたのだろう。

しかし変な夢を見たなあ……すぐに夢を忘れる僕にしては珍しい事に、内容も鮮明に覚えている。

きっと昨日の夜、アドラーに変な話をされたからだ。まったく、神を使役するだとかしないだとか、結局何しにやってきたのかもよくわからなかったし、はた迷惑すぎる。

シトリーのおかげで【源神殿】は陥落寸前だ。後は、【源神殿】の様子を見つつルークを回収すれば僕の悩みは全て解決。いずれ再び来るであろう世界樹の暴走については頭のいい人が考えればいい。

突入についても、リィズ達が主導で行うだろうから、僕の神算鬼謀の出番はない。

……………でも、一応、神の幻影《ファントム》の対策は考えておこうかな。僕って運悪いし……。

まぁ、対策と言っても僕にできる事はない。宝具も戦闘に使える物はほとんどないし、マリンや黒騎士もさすがに神相手では荷が重いだろう。今回も結局はいつも通り仲間を頼るしかない。

《嘆きの亡霊《ストレンジ・グリーフ》》に《星の聖雷《スターライト》》。セレンにルイン、帰還したばかりのユグドラの戦士達。フィニスとミレスという神に限りなく近いという精霊《エレメント》の協力もある。アークを呼べなかった事だけが残念だが、まさしく最高戦力と呼ぶに相応《ふさわ》しい。

心配するだけ無駄だな……と思ったが、ふと一つ思いつき、僕は懐からスマホを取り出した。

神の事は神に聞くに限る。

妹狐に通話を試みる。最近少し嫌われている気がしていたが、妹狐はすぐに出た。

「やっほー、突然連絡してごめんね？」

『…………謝罪に誠意がない』

「確認したい事があって……これから神と戦うんだけど、弱点とかあったりしない？」

『!?』

神の事は神の眷属《けんぞく》が一番良く知っているだろう。

妹狐はレベル10宝物殿【迷い宿】の幻影《ファントム》だ。【迷い宿】は【源神殿】ができるよりも昔から存在する宝物殿であり、最奥に存在する狐の神は仮面の神と同格の存在と言えよう。スマホで連絡を取れるのが神ではなくその眷属である食いしん坊な妹狐というのが懸念点だが、まあダメ元である。

『何か、勘違いしていない？　私は…………危機感さんの味方じゃない。何故私達の、弱点を教えなければいけない？』

妹狐が不機嫌そうな声で言う。けっこう餌付けもしているのに好感度が全然上がらないな。なんでこんなにつんつんしているのか、思い当たる節が本当にない。もっとこんこんしなさい。

「あー……いや、今回戦うのは他の神だよ。消滅寸前まで弱らせたからこのままでも押し切れそうなんだけど、何か後一手くらいあったらなーって思ってさ」

『!?　？　？？？　…………神に、弱点なんてない』

「え、そうなの？」

弱点だらけじゃん、君。戦闘能力は高いのかもしれないが、制約が大きすぎる。

どうやら、余り話したくないようだ。だが、しばらく無言で言葉を待っていると、妹狐が言った。

『強いて言うなら、神の弱点は——他の神。神は、人間になど、負けない。でも、もしも万が一、億が一、その隙をついて、神に勝つ事ができたなら……その力の一部が手に入るだろう。母様の——尾のように』

「…………なるほど、ね」

確かに、僕達が【迷い宿】と遭遇して生き延びる事ができたのは幸運の結果だ。幻影《ファントム》とは一度も戦う事はなかったし、もしも当時戦闘になっていたとしたら今頃生きていたかどうかわからない。

ケラーの能力は未知数だ。交戦になればこれが初めての神とのまともな戦いになる。

苦戦は必至だろう。だが、妹狐は弱点など教えないと言ったが、押し殺したような妹狐の声には、その言葉には、ヒントがあった。

神は人間になど負けない。神の弱点は、他の神だ。

そして、僕達は既に神の力の一部を有していた。

【迷い宿】のボス、狐の神から押し付けられた『神狐《しんこ》の終尾《しゅうび》』は凄まじい力を秘めていた。無尽蔵の魔力《マナ》の塊。今はルシアが持っているが、宝具でも再現できない、まさしく神の力だ。

つまり…………万が一戦うことになったら鍵になるのは、ルシアだな。

「…………なるほどね。助かったよ、情報ありがとう。おかげでなんとかなりそうだ」

『え？　あ――』

通話を切り、スマホをしまう。具体的な弱点はわからなかったが、そこまで期待していたわけではない。まぁ、いざという時が起こらなければいいだけだよ…………。

さっさと着替えをして外に出る。今日が正念場だ。

ルークをなんとか見つけ出す。できれば、シトリーの作戦の影響で【源神殿】の幻影《ファントム》が減っている間に解呪まで済ませてしまいたい。さっさと終わらせないとまた何が起こるかわからないからな……。

部屋にリィズ達はいなかった。きっと昨日頼んだ宝物殿侵入のための準備をしているのだろう。

ルークめ…………解呪が成功したらなんと文句を言ってやろうか。まったく、シェロに変な事をしなければこんな苦労をする事もなかったのに、本当に面倒な事をしてくれる。

と、そこで僕に天啓が舞い降りた。

ルークの呪い…………もしかしてシェロ本人に解いて貰えばいいだけでは？

マリンも消滅していなかったのだし、シェロがまだ消滅していない可能性はかなり高いだろう。

僕が頼んでも呪いを解いてくれないかもしれないが、セレンはシェロの近縁らしいし、彼女が頼めば解いてくれるのではないだろうか？　少なくとも試すだけならただだ。

何故気づかなかったのだろうか、まったく。最初に気づいていたらこんな厄介事に巻き込まれる事もなかったのに、神算鬼謀が聞いて呆れるな。

だが、遅くはない。シェロ本人が呪いを解く場合、普通の解呪ではなく根本を断つという事になるので、もしかしたらルークがその場にいなくても石化を解けるかもしれない。危険な宝物殿の中、どこにいるのかわからないルークを探すより余程安全だ。

最終的に宝物殿に向かうのは変わらないだろうが、早速セレンに頼んでみよう。

たった一月足らずで状況が随分変わったものだ。

宴から一夜。屋敷に集合したユグドラの戦士達を見て、セレンは感嘆のため息をついた。

昨晩行われた宴も本当に久しぶりだった。ユグドラの戦士達が行方不明になってから長らく、ユグドラには明るい話題はなかった。戦えない者達の多くをユグドラの外に避難させてから街の中も静まり返っていたが、今のユグドラは希望の光で溢れている。

希望が戻ったのは宝物殿の弱化に成功したというのもあるが、一番の要因は行方不明だったユグドラの戦士達が生きて帰った事だろう。世界樹の暴走を止めるために厳しい訓練を重ねたそれらのメンバーはユグドラにとって誇りであり、希望そのものである。

ユグドラにたどり着いた直後は疲労し切っていた戦士達も、家族との再会を経て再び戦意を取り戻していた。次の戦いに向かう事を拒否する者は一人もいない。

既に目標は達成したと言ってもよかった。

神が完全に顕現《けんげん》する前に宝物殿を弱らせる事ができた。行方不明になっていたメンバーも戻った。シトリーの作ったマナ・マテリアル撹拌装置をユグドラで改良すれば、宝物殿を消し去る事も、もしかしたら世界樹のこれ以上の成長を止める事だってできるだろう。

《嘆きの亡霊《ストレンジ・グリーフ》》はセレンが想像していた以上に素晴らしいハンター達だった。

ここまで、セレン達は助けて貰ってばかりだった。次は、セレン達がその恩に報いる番だ。

宝物殿はまだ危険だ。黒き世界樹の力でマナ・マテリアルの石像を見つけ出し、今度こそ確実に解呪する。【源神殿】で行方知れずになったルーク・サイコルの流入量は減っているが、内部にはまだ幻影《ファントム》も残っているだろう。だが、ユグドラの戦士達全員で取りかかれば必ず見つけ出せるはず。

屋敷に集めたユグドラの戦士達も皆、覚悟を決めた目をしていた。精霊人《ノウブル》と人族の因縁を気にしている者など誰もいない。

セレンの話を聞き、戦士の一人が大きく頷く。

「一度は死んだ身です。この生命、新たな友のために使う事に躊躇《ためら》いなどあるわけもありません」

同意を示す周りのメンバー達。その中の一人がふと思い出したように言った。

「そう言えば、その石像……朧《おぼろ》げですが…………記憶があります。【源神殿】への侵入者だと幻影《ファントム》達が騒いでいて――そう。宝物庫に運び入れたはずです」

「!?　幻影《ファントム》だった頃の事を、覚えているのですか？」

「全て覚えているわけではありませんが――」

「構いません。話してください」

戦士達から幻影《ファントム》だった頃の話を聞き取り、まとめる。どうやら、幻影《ファントム》だった頃の記憶はまちまちのようだった。数日の事ならばある程度鮮明に覚えている者もいれば、ほとんど記憶がない者もいる。

だが、この状況では僅《わず》かな情報もありがたい。それぞれの証言を継ぎ接《は》ぎして【源神殿】の大まかなマップを作り、目標地点を定める。

石像の侵入者の存在はインパクトがあったらしく、覚えている者は何人もいた。どうやらルーク・サイコルの石像は宝物殿の半ばまで侵入し、また動けなくなったところを幻影《ファントム》達に回収され、神殿の宝物庫にしまわれてしまったらしい。宝物庫があるのは【源神殿】の奥深く。祭壇の間の近くだ。

「神の卵が存在する祭壇の近く…………マナ・マテリアルの供給を減らせたとはいえ、まだ幻影《ファントム》も残っているでしょうね」

「迎撃を命じられたのはいなくなっても痛くも痒《かゆ》くもない捨て駒です。地の利は向こうにあります。激戦になるでしょう」

幻影《ファントム》達が自然消滅するのを待つような時間はなかった。

あの石化の呪いは強力だ。早く解呪しなければ二度と戻らなくなる。

セレン達、ユグドラ側の準備はできていた。行けと言われれば、いつでも行ける。

そこで、タイミングを見計らったようにクライがやってきた。

準備を終えたセレン達とは違い、杖の一本も持っていない軽装で、後ろにはみみっくんを連れている。その佇まいには一切の凄みはなく、その肉体には魔力《マナ》もマナ・マテリアルもほとんど流れていない。事前に知らなければその青年が凄腕のハンターだなどとは絶対に思わないだろう。

だが、その能力を疑う者は既にいない。その青年の事をユグドラの民達はずっと語り継ぐだろう。

「ニンゲン、ユグドラの民一同、戦いに出る準備はできています。幸運な事に、戻って来た仲間達の証言で石像の居場所にも当たりをつけることができました。次の解呪は確実に成功させます！」

このニンゲンも表には出していないが、仲間の石化を不安に思っているはずだ。セレンが最初の解呪を成功させることができていたら、恩人にそんな思いをさせる事もなかったはずだ。

意気込みを示すセレンに、《千変万化》はにこにこしながら言った。

「あぁ、その事なんだけどさ……もう時間も余りないし、呪いを解くようにシェロと交渉するなんてどうだろう？」

「!?　こ……交、渉…………？」

頭の中が真っ白になり、思わずその言葉を反芻《はんすう》する。

それは、解呪における基本中の基本だった。どれだけの腕前があっても、外から呪いを解くよりも術者本人に交渉して解いて貰ったほうが楽に決まっている。

隣にいたルインが、セレンの反応に頬を引きつらせていた。

ルインはセレンの呪術の、そして魔術の師である。

「ま、まさか……最初に、交渉を、試さなかったのか？」

「……て、てっきり、シェロは既に消え去っているものだと――」

だって、本人と交渉して解けるのならばセレンに解呪してもらう必要なんてない。

「試すくらいはするべきだろう。シェロは我々の近縁、人族の声に耳を傾けなくてもセレン皇女の言葉ならば聞き入れる可能性は十分ある。まぁ、そもそも現ユグドラの皇女が解呪に失敗したというのが情けない話だが――最近使ってなくて腕が錆びついたのでは？」

耳が痛い。もっとも過ぎて反論の余地すらない。

しかし、どうしてこのニンゲンはこのタイミングでそんな事を言い出したのだろうか？

そういう事は最初の解呪に失敗した時点で指摘するべきだ。これから命を賭けて恩に報いようとしていたセレンにとって梯子《はしご》を外されるなんてレベルではない。仲間達もセレンを白い目で見ている。

「……ニンゲン。そういう事は最初に言うべきです。なんで今まで言わなかったのですか？」

「あー、いや……なんというか、セレンの解呪が成功していたらそれに越したことはなかったし」

困ったように頬を掻く《千変万化》。答えにはなっていないがそう言われてしまうと、セレンとしては謝罪するしかない。

そのまま大人しく頭を下げようとしたところで、セレンはそのニンゲンが、作戦を終えた直後、シトリーの作戦を皮肉めいた様子で褒めていたのを思い出し、動きを止めた。

困惑したような視線の中、頭を働かせる。

そもそも、シトリーの作戦とは別個で進行していた《千変万化》の作戦は完璧だった。シトリーの作戦は不要だったはずだ。にも拘らず、《千変万化》はシトリーに指揮権を与え作戦を任せた。

《千変万化》の力量は一流揃いの《嘆きの亡霊《ストレンジ・グリーフ》》の中でも突出している。リィズやシトリーやルシアは確かに凄いが、クライ・アンドリヒについてはもはや意味がわからない。指揮や作戦立案だって誰かに任せるよりも自分でやったほうが楽にきまっている。

だが、《千変万化》はそうしなかった。恐らく全ては——仲間達を成長させるために。

突出した一人の英雄は仲間の成長を妨げる。楽な方法を選ぶのは悪い事ではないが、そればかり選んでいてはいざという時に大きな問題になるだろう。

ユグドラが窮地に立たされたのだって、一部のメンバーを頼っていたのが原因の一つだ。

才能ある戦士の役割を持った者達が早々にいなくなった事で、ユグドラは滅ぼされたわけでもないのに身動きが取れなくなった。あのままではユグドラは真綿で首をしめられているかのように少しずつ弱らせられ、いずれは為す術もなく幻影《ファントム》の手に落ちていただろう。

今回はなんとか乗り越える事ができたが、それは《千変万化》の類まれな作戦によるものであって、セレン達ユグドラの民の実力ではない。そして、このニンゲンはいつまでもユグドラにいるわけではない。次に何かしらのアクシデントが発生したら、セレン達だけで対応しなくてはならないのだ。

もしかしたら、《千変万化》がシェロとの交渉を最初に言い出さなかったのも、セレンを成長させるためだったのだろうか？　奇妙な話だが、そう考えると全ての説明がついた。

もしも最初からその選択肢を取っていたら、ルークの解呪は何事もなく終わっていただろう。解呪のために宝物殿に向かう事もなかっただろうし、全てを半ば諦めていたセレンが今のように奮起する事もなかったかもしれない。今だって、恩人のためだからこそ、仲間達は立ち上がろうとしていた。《千変万化》側に、ルークの解呪を遅らせる理由はない。全てが、計算されていたのだろう。セレン達ユグドラの民が自らの力で前へと進めるように。

——そして、その作戦は終わりに向かっている。

文句を言う気にはなれなかった。だが、今更シェロと交渉するなどごめんだった。それでは余りにも、セレン達にいいところがない。問題だって一応はある。

小さく咳払いをすると、セレンは意地の悪い恩人に言った。

「それは最後の手段にしましょう。セレンはかなりの強度で呪われています。交渉が確実に成功するとは言い切れませんし、そもそも石像は【源神殿】の奥にあるようです。そんなところで石から戻っても危険でしょう」

「へー、石像の場所、わかったんだ？」

感心したように目を見開くニンゲン。その言葉は自然で、しかしそれ故に怪しかった。シトリーの作戦の裏で独自の作戦を進めていた男だ。ルークの居場所くらい把握していてもおかしくはない。

一応、筋は通っているはずだ。シェロとの交渉にリスクがあるのは本当だし、もうここまで来たのだから宝物殿に突入して直接解呪したって大して変わらない。

しかし、《千変万化》は思案げな表情で言う。

「うーん、でもルークだしな。時間も余りないし……」

「時間が……ない？　今日宝物殿に突入すると決めたのはニンゲン、貴方では？」

突入自体は昨日でもできた。今回日程を決めたのは《千変万化》本人だ。

言葉の意図がわからない。まだ《千変万化》には隠された計画でもあるのだろうか？

口を開きかけたその時、泡を食ったように仲間達が駆け込んできた。

宝物殿の監視をしていた部隊だ。

「セレン様、大変です。【源神殿】に――崩落の兆しがあります」

「…………へ？」

ありえない話に、思わずまじまじと同胞を見返す。

確かに黒き世界樹の力でマナ・マテリアルの供給は絞れた。だが、マナ・マテリアルの流入量を制限できたのは南側だけだし、そもそも宝物殿というのはそうそう崩壊するものではない。

シトリーの立てた作戦だって、宝物殿の弱化を目標としていたが、その崩壊までは見込んでいなかった。マナ・マテリアルが不足した時、宝物殿は幻影《ファントム》や宝具を力に還元して己を保とうとする。仮に力の供給が完全にゼロになったとしても、宝物殿はそう簡単に崩壊しない。

宝物殿に突入してルークの石像を探すとか、そういう話ではなくなってしまった。

「……【源神殿】に何が起こっているのか、確認に向かいます。総員、戦闘準備を。ユグドラが世界樹の暴走に対してここまで対処できたことはなかった。ここから先は何が起こるかわかりません」

【源神殿】の崩壊はユグドラにとって紛れもない吉報だ。宝物殿が崩壊する程マナ・マテリアルが減っているという事は幻影《ファントム》も軒並み消滅しているはず――。

ふと、気になり《千変万化》の表情を見る。そのニンゲンの表情はいつもと何も変わらなかった。

焦りも緊張もないその表情はまるで現状を全く理解できていないかのようで、もちろんそんな事あるわけがない。この状況も想定の範囲内なのだろうか？

見られている事に気づいたのか、《千変万化》がにこにことのんきな事を言う。

「そっかー、宝物殿が崩壊ねえ。なんか予想より早いな。運が向いてきたね」

ありえない。崩壊など、するわけがない。するわけがないのだ。

だが、それを指摘する気にはなれない。セレンは一度身を震わせると、立ち上がった。


宝物殿を監視していたチームの報告により、ユグドラは一気に騒がしくなった。

たった十数分で、武装したユグドラの戦士達含む戦えるメンバーが集められる。

僕はセレン達と一緒にのんびりとその様子を眺めていた。

宝物殿崩壊。それは、地殻変動などで大幅に地脈が変わらない限り発生しない珍事である。僕もこれまで様々な珍しいものを見てきたが、宝物殿の崩壊はまだ見た事がない。

シトリーの説明では宝物殿を弱らせ結界を取り払うという話だったはずだが、まさか宝物殿それ自体を崩壊させてしまうとは、本当に恐ろしい研究成果だった。もしもこの技術が明るみに出れば二度と枕を高くして眠れないだろう。宝物殿を自在にコントロールする力とか、余りにも危険すぎる。

シトリーが困惑混じりの表情でぶつぶつ呟いている。

「…………おかしいですね。力を使う結界も解除されていましたし、あの程度で【源神殿】が崩壊するわけがないのですが……内部にマナ・マテリアルを消費するなにかでもあったのでしょうか？」

どうやら、宝物殿の崩壊はシトリーにとっても想定以上らしい。

まぁ、【源神殿】は悩みの種だ。消滅してくれるならそれに越したことはないだろう。

「日頃の行いがよかったのかもしれないよ」

「……人族のジョークは難しいな、です」

ジョークなんて言ったつもりはなかったんだが、クリュスが憮然とした様子で僕を見る。

なんだか祭りの後でも見ているような気分だった。【源神殿】が消えるという事は幻影《ファントム》も大部分が消え去るという事。そして、世界の破滅の心配もしばらくはなくなったという事だ。

少なくとも、百年や二百年で新たな神が顕現する事はないだろう。後はルークの石像を回収して今度こそセレンに解呪して貰えばようやくユグドラにやってきた目的も達成だ。

さっさと帝都に戻ってクランマスター室でダラダラしたいよ。ついでに、世界の破滅の危機が迫っていたのに居なかったアークにも文句を言ってやろう（逆恨み）。

その時、後ろから柔らかいものがのしかかってきた。

頬をくすぐる髪と、熱い肌の感触。甘ったるい声でリィズが言う。

「クライちゃん!! 宝物殿なくなっちゃうの？ 私の敵はぁ!? 昨日、約束してたよねぇ!?」

「お、お姉さま!?」

そう言えばそんな事も言ったねぇ……いや、約束なんてしてないよ。ただ思う存分暴れて貰うって言っただけで――。

リィズは僕相手には聞き分けがいいが、それは我慢しているだけであって、約束を破られて何も感じないわけではない。迂闊《うかつ》な答え方をするとそのしわ寄せは他に行くことになる。主にティノとか。

僕はぽんぽんと体温の高い腕を叩いて言った。

「確かに言ったねえ。でも、リィズ。宝物殿が崩壊したからって暴れる場がなくなったと考えるのはちょっと早とちりじゃない？」

ひしとばかりに僕を抱きしめていた腕の力が少しだけ緩む。リィズの吐息が頬をくすぐる。

ルシアやシトリーやユグドラの皆さんからの視線がきついからそろそろ離れて欲しい。

「…………確かに、そうかもお？　でも、宝物殿が崩壊したら、さすがに幻影《ファントム》の数とかは減っちゃうんじゃない？　私それ、嫌なんだけど？　ずっと調査に徹してたんだよ？　レベル10宝物殿に遭遇して一度も幻影《ファントム》とまともに戦わずに帰るなんて、ハンター失格じゃない？」

リィズ……どうやらだいぶ不満が溜まっているようだ。装置を防衛していた時に幻影《ファントム》と戦ったりしなかったのだろうか？　しなかったんだろうなぁ。

リィズはプロフェッショナルだが、同時に勝手気ままだ。役割を放棄する事はないが、【万魔の城《ナイト・パレス》】の攻略中に一人だけ戻ってきてしまったように、やることさえやったら後は好きなように動く。

僕は少しだけ考えると、時間稼ぎを行った。

「リィズ。数より質だ。大丈夫、戦いの場はあるよ」

「…………クライちゃん、大好き」

大好き頂きました。僕も大好きだよ、だから大人しくしようね。

リィズが機嫌を直し、身体を離す。先程とは一転し鼻歌を歌い始めるご機嫌なリィズちゃん。

これでしばらくは持つはずだ。少なくとも、今日一日が終わるまでは。

セレンがそっと近づき、小声で確認してくる。

「……ニンゲン、戦いの場とは、なんですか？　何がくるんですか？」

そんな事聞かないでおくれよ。リィズは地獄耳なんだ。

「……やばい残党。でも大丈夫だよ。きっとなんとかなる」

崩壊した宝物殿跡でも幻影《ファントム》の一体や二体は残っているだろう。もしも全く戦いが起こらなかったら期待の反動でリィズの機嫌が酷い事になるだろうが、まあその時はその時だ。

僕はもうこれ以上面倒な事に巻き込まれる事なく速やかに帰りたいんだよ。

エリザがふらふらしながら、僕の方にやってくる。いつものんびりしている彼女にしては珍しく、その顔からは血の気が失せていた。

「クー…………あ、足が、逃げたがってる……」

「…………君の足はいつも逃げたがってるなあ。もう世界樹の暴走も終わりなのに――」

僕より百倍（控えめな表現）は強いのに、逃げたがりすぎである。

もっとどっしり構えなさい、キャラが被るだろ！

エリザが僕の腕を掴み、これまでにない真剣な表情で言う。

「クー……逃げていい？　よくわからないけど、これは……絶対にまずい」

「……まぁ、もう終わりだし、エリザがいなくても問題ないと思うけど……逃げるってどこに逃げるつもりさ？」

エリザは派手さこそないが、しっかり働いてくれた。盗賊《シーフ》の仕事は元々、ハンターの中でもリスキーだ。戦闘は回避するとはいえ、何が出るかわからない宝物殿の調査を行うのは簡単ではない。

どうして宝物殿が崩壊を始めたこの段階になってそんな事を言い出すのか理解できない。

僕の言葉にエリザは目を大きく見開いていたが、しばらくするとがっくりと肩を落とした。

「!!　……逃げる場所なんて、なかった。クーといるといつもそう」

「……僕の勘は何も起こらないって言ってるよ？」

「……クーの勘は腐ってる」

へー、勘って腐るものなんだ……初耳。今日のエリザは辛辣《しんらつ》だなあ。


結局、エリザ含めた全員で世界樹に向かう。

こうして歩いていると、最初にルークの解呪を試みに世界樹に向かった時の事を思い出した。

あの時も大所帯だったが、行方不明になっていたユグドラの戦士の皆さんが加わった今の僕達は軍のようだ。フィニスだっているし、多少幻影《ファントム》が現れたところで問題なく撃滅できるだろう。

セレンの表情もあの頃と比べて少し柔らかくなっているように感じられた。多分に幸運が重なったおかげとは言えこうしてユグドラの人々を助け出し、世界の破滅の危機を防ぐ事ができたのは紛れもなくシトリー達の行動の結果だ。今回の件は使っている技術が危険すぎるので世界に知れ渡る事はないだろうが、僕は友人達の功績を誇るべきなのだろう。

一団に交じり、世界樹に向かって進んでいく。数十分程歩いたところで、僕はようやく遥か彼方《かなた》に聳《そび》える世界樹の異変に気づいた。

以前まで絶え間なく落ちていた葉が、止んでいた。地面が見えなくなる程降り積もっていた落ち葉の絨毯《じゅうたん》も影も形もない。

あの葉は世界樹にマナ・マテリアルが過剰に蓄積した結果だと言っていたはずだ。シトリーの作戦は宝物殿を崩壊させるだけでなく、【源神殿】を生み出した原因だった世界樹の暴走まで解決してしまったのか。隣にいたセレンが険しい表情で言う。

「まさか世界樹の落葉が止まるなんて――これは、黒き世界樹の力？　いや、しかしあれは――」

「だが、実際に世界樹の纏う力は――マナ・マテリアルは明らかに減少している」

ルインもセレンも大変だな……状況が良くなっているのにしかめっ面とは。

マナ・マテリアル撹拌装置の効果について、シトリーはあくまで理論上と言っていた。実際に使ったことはないのだから、予想よりもうまくいくことだってあるだろう。シトリーは優秀だからな。

そして、更に進むこと三十分程。僕達は何事もなく【源神殿】にたどり着いた。

前を進んでいたユグドラの戦士達が僕達に道を譲るかのように左右に割れる。

目の前の光景に、思わず息を呑んだ。

世界各地に血管のように通る地脈の中心——世界樹。その幹を取り囲むかのように展開されていた宝物殿が、半壊していた。見渡す限りに続いていた漆黒の壁も記憶に残っている高さと比べて半分もなく、辛うじて残されたものも現在進行形で風化でもするかのように崩れ続けている。

崩れ落ちた瓦礫は空気中に溶け落ちるかのように消え、残らない。宝物殿が顕現した時は一瞬で周りの景色が切り替わったが、どうやら崩壊はゆっくりと進むらしい。もしかしたら新発見では？

その目を限界まで見開き、セレンが強張《こわば》った声をあげる。

「宝物殿が…………崩れて——」

「へぇ…………凄いじゃん」

ユグドラの戦士達も、《星の聖雷《スターライト》》も、そして、僕の幼馴染達も、全員が立ち尽くしその光景を見ていた。周囲に幻影《ファントム》の姿がない事を確認し、前まで行ってみる。

半壊した外壁の向こうはほとんど物が残っていなかった。きっともう少し早く来ていたら、まだ形を保っていた【源神殿】が見られたのだろう。

僕は危険な宝物殿は大嫌いだが、宝物殿自体を嫌っているわけでもない。これでも腐ってもハンターを目指した身、高レベルの宝物殿を安全な状態で見る機会などそうはないだろう。

過去の文明を反映した奇妙な模様の刻まれたレリーフが、異形の神を奉じて立てられた柱が、消えていく。僕はせめて目を大きく見開き、その光景を記憶に焼き付けた。

「兵《つわもの》どもが夢の跡、とでも、考えているか？」

「まぁ、そうだね。一度はじっくり内部を見て回りたかったよ。でも、仕方ない事だ」

「左様。神殿は神の在る場所。神なくして神殿は成らん」

…………あれ？

いつの間にか、空気が変わっていた。

音が消え、風が消え、得体の知れない圧迫感が肌を撫でる。

「クー…………はなれて」

エリザが押し殺すような声で言う。

僕はその言葉でようやく、いつの間にか現れた人影を認識した。

僕より頭一つ分は低ぃ小柄な身体。身を包む衣装は僕と同じく余り戦闘には相応しくない軽装で、袖から伸びた白い手足は細く今にも折れそうに見える。

そして――その頭部は、大きな灰色の仮面で覆われていた。

「己の手足を喰らうが如き愚行よ。この地にようやく根付いた神殿を消し去るなど、非効率この上ない。だが、そうせねば肉体は取り戻せなんだ」

伸びた手。その先にある瓦礫が、さらさらと崩れる。その声には戦意も殺意も存在しない。

だが、何故だろうか。その声には、形容しがたい恐ろしさがあった。

セレンがまるで熱に浮かされたような口調でつぶやく。

「神殿が、力に還元――吸収――ありえない。幻影《ファントム》が、母なる宝物殿を崩すなんてッ!!」

「フィニスッ!!」

ルインが短く叫ぶ。それと同時に伸びた黒い腕が、目の前の人影を薙いだ。

あらゆる物を枯渇《こかつ》させるフィニスの力。その力に物理的な破壊は付随しないが、障壁もマナ・マテリアルも、命までも、あらゆるものを吸収する。

だが、その神に近い精霊《エレメント》の力を前に、ソレは焦り一つ見せなかった。

フィニスの漆黒の力が見えない壁に阻まれているかのように、人影に当たる直前にかき消える。

そして、それはまるで何事もなかったかのように言った。

「喜べ。神の眠りを妨げるなど、並大抵の英雄にできる事ではない」

もしかしてこれ……ケラーじゃない？　夢で見た姿にそっくりだ。

ケラーは僕しか見ていなかった。ここには他にたっぷりマナ・マテリアルを吸った連中がいるのに、完全にターゲットにされている。

「挑発に乗ってやる。この世の英雄の力、見せてみろ」

「く、くー、何をしたの!?」

……どうやら、あれはただの夢じゃなかったみたいだな。

予言者や占い師、そして神官。この世界には夢の中で超越的な存在と交信できる者がいる。

僕にはもしかしたら本当にその手の才能が隠されていたのかもしれない。タイミング最悪だけど。

「…………僕も捨てたもんじゃないなぁ」

「兄さんッ!!」

背後でルシアが僕を呼ぶ。ほぼ同時に、一斉に攻撃が開始された。

《星の聖雷《スターライト》》とユグドラの魔導師《マギ》達がルインに遅れて、攻撃魔法を放ったのだ。

無数の風が、水が、光が、ケラーを襲う。ケラーは小さく吐息を漏らした。

「前座にもならん。我が力を、知らせていないのか」

ユグドラの戦士達が息を呑み、僕も思わず目を見開く。

攻撃が、ケラーに当たる寸前に停止していた。弾くわけでもなく、受け流すわけでもない。

「魔術じゃ…………ない？」

セレンの声。空中で止まっていた術が一斉に反転し、術者に襲い掛かる。

短い悲鳴。それが消えるその前に、リィズがケラーの背後に現れた。

相手が未知の力を持っていても躊躇いのない先制攻撃。

顔は真っ赤に火照り、目が燃えるように輝いていた。

その宝具に包まれた脚が一瞬ぶれ、律儀にもお礼の声が聞こえた。

「クライちゃん、ありがとッ！」

僕には何も見えない。だが恐らく、それは蹴りだった。神速の蹴り。

空気を貫く重い音。ケラーの姿が空中を滑る。

「やった!?」

「!?　当たって……ねえッ！」

ティノの短い声に答えるリィズ。呆れたような声が空気中を伝播《でんぱ》する。

「愚かな……蹴りなど通じるものか」

ケラーが滑るように旋回し、空中で止まる。その身にはかすり傷一つついていない。

だがその前に、翼も宝具も魔術も使わず空を飛ぶとは如何なる理屈だろうか？

いや、わかる。昨日の夢で見た、理不尽なまでの神の能力。

僕は自然と、昨日の夢で聞いた単語を口に出していた。

「それが、神を殺した外部感覚《アウターセンス》、か……恐れ入るよ」

「!?　知ってるの？　クライちゃん!?」

……ごめん。知っていると言えば知ってるし、知らないと言えば知らないよ。そもそもあの夢での出来事のどこまでが本当でどこまでが夢なのかも定かではないのだ。

さらさらと、瓦礫が、【源神殿】の欠片が、塵《ちり》に変化し、消えていく。

ケラーは無数の視線にさらされ、尚悠然としていた。

僕の言葉をケラーは否定も肯定もしていないが……僕の言葉、合ってた？

「力を吸わせないでッ！　ミレスッ！」

「フィニスッ！　もう一度だッ！」

地面がめくれ上がり、土塊《つちくれ》の槍がケラーに襲いかかる。フィニスの力を固めた枯渇の矢がケラーを消し飛ばすべく飛来する。

だが、その双方はやはりケラーに当たるぎりぎりで止まった。

びりびりと空間が歪む。ケラーの領域と二人の魔法がせめぎ合い、そして消失する。

ミレスとフィニスの力を同時に受け、傷一つ負わない。

恐らく、無効化しているわけではないだろう。それは単純な、有する力の差だ。

ケラーが退屈そうな口調で言う。

「世界との境が、曖昧だったのだ。生まれつき、世界は私の一部だった。周囲はこれを、錯覚と、病と呼んだ。その世界を己の肉体の一部のように操れると、知るまではな」

拡張された感覚器官。彼にとって世界とは自然に操作できる己の器官の一つだった。

それが、昨晩夢で見たケラーの力の全容だ。そして、その力でケラーは神と呼ばれていた超越的存在を殺し、神に成り代わった。そう――未知の病に侵された一族から、超越的存在に。

己の力を、経緯を誇るのは、それが信徒を得るための一番の手段だったからだろう。

アンセムの所属する教会が奉じる光霊も、数多の信徒を集めた結果、神と呼ばれるに至った。

ならば、同様に力を誇り多くの信徒を集めたケラーを神と断ずるになんの障りがあろうか？

彼の存在していた文明では恐らく、それは当然の事だった。

アンセムが光を纏い、巨大な剣を片手に突進する。

アンセムの役割はパーティの守護だが、その膂力《りょりょく》は《嘆きの亡霊《ストレンジ・グリーフ》》随一でもある。光霊の力で強化された剣がケラーの不可視の力と衝突する。衝撃で大地が割れ、ケラーが笑った。

「なかなかの力、だ。もっと出力を上げろ、人間。そして、降《くだ》れ。こうして出会ったのも何かの縁、現世の神に降るのもこのケラーに降るのも変わるまい」

うーん…………もしかして、ありかな？

どうやら思ったよりも話は通じるようだし、暴れないように交渉もできるかもしれない。

何より、ちょっと強すぎる。全ての攻撃を捌《さば》いて尚、ケラーには余裕があった。

過去、神殿型宝物殿を攻略できたハンターは何人か存在したが、ボスたる神を正面から滅ぼせた者はいない。だがケラーは過去に神殺しを成し遂げている。恐らく、たった一人で。

突然変異で人から分かれた怪物。マナ・マテリアルもとんでもないモノを引っ張り出したものだ。

だが、レベル８ハンターが幻影《ファントム》に降参していいものか……迷っていると、アンセムが叫んだ。

「笑止っ！　《嘆きの亡霊《ストレンジ・グリーフ》》が、力に降るなど、ありえんっ！」

……ボルテージ上がってるなあ。こんな時に「うむ」以外の言葉を話さなくてもいいのに。

遮二無二《しゃにむに》繰り出される剣が大地を激しく割る。アンセムは剣の腕前はそこまででもないのだが、その一撃にはルークでもなかなか再現できない威力が込められていた。

狂っていない狂戦士。ルーク・サイコルはアンセムの在り方を見て早々に剣を教えるのを諦めた。

《不動不変》の力の源は信仰だ。パーティを、人を守るという己への信仰。

妹達に甘めな事を除けばこの幼馴染は完璧な守護騎士《パラディン》だった。

大地をえぐる一撃を紙一重で避《よ》け、ケラーが僕を見る。

「愚かな……だが、面白い。英雄、お前の答えも、同じだったな」

「…………まぁ、仕方ないよね」

アンセムがそう言うのならば是非もない。世界と神だったら神を取るかもしれないが、幼馴染と神だったら幼馴染を取るよ、僕は。それがレベル８ハンター、《千変万化》の流儀だ。

ケラーの放つプレッシャーは相応だ。だが、そのプレッシャーをアンセムの咆哮《ほうこう》が跳ね返す。猛追を仕掛けるアンセム。攻撃の手が止まった仲間達を鼓舞するように、エリザが叫んだ。

「まだ、あれは万全じゃないッ！　万全なら、力を吸収する必要などないはずッ！　勝機は——ある！」

「総力戦ですッ！　ケラーを倒せば世界は救われますッ!!　相手はただの幻影《ファントム》ですッ！」

いつもダウナーな雰囲気を纏うエリザの熱い叫び。シトリーがよく通る声でそれに追従する。

英雄譚に出てきてもおかしくないような、余りにも強大な敵との交戦。

身体が震えた。恐怖ではなく高揚に。

アンセムが大ぶりの攻撃で敵を牽制し、後ろからリィズとティノ（君たくましいね）が回避に入るケラーを追う。ユグドラの戦士やエリザ、《星の聖雷《スターライト》》達が後ろから絶え間なく攻撃をサポートする。

息つく暇もない攻防。その光景はハンターを諦めた僕にとっても余りにも眩しかった。

誰も、死を恐れていなかった。音。風。吹き上がる砂埃に、びりびりとした戦意。

だが、ケラーの調子は英雄の一団を前にしても変わらない。

「然り。この存在は未だ脆弱なり。我が外部感覚《アウターセンス》でも力を取り戻すのは容易ではない」

その手が大きく動く。舞っていた土埃を、見えない何かが押しのける。

宝物殿をマナ・マテリアルに分解吸収し、ユグドラの戦士達の魔法を跳ね返し、リィズの蹴りを回避し、ミレスとフィニスの同時攻撃を容易く受け止めたそれは、目であり、耳であり、腕であり、脚であり、剣であり、杖であり、世界そのものでもある神の器官だった。

強い衝撃が奔った。アンセムが大きく後退し、取り囲んでいたユグドラの戦士が虫けらのように吹き飛ばされる。距離を取っていた魔導師《マギ》達にまで届く衝撃。結界指《セーフ・リング》がなければ僕程度、間違いなく即死だっただろう。

空から無数の葉が落ちてくる。まるで要塞《ようさい》のような威容を誇る世界樹が震えていた。

ケラーが小さく肩を竦《すく》め、笑う。

「見よ。今の私には――たかが、樹の一本をへし折る事すら、できない」

一撃を、当てたのか。それだけで、マナ・マテリアルを蓄え強化された世界樹を揺らした。

不完全な状態でこれならば、力を取り戻した暁には世界樹を破壊できてもおかしくはない。

これが――世界の破滅。これが、神。

妹狐があれほど人間には勝てないと断言した理由が今ならば理解できる。

あらゆる攻撃を防ぐ盾にして、世界樹をも揺らす剣。神の奇跡は人の手には負えない。

「あり……えない。こんな――」

ユグドラの絶対の信仰の対象たる世界樹。それを侵す神の奇跡を前に、セレンが蒼白の表情で後退る。いや、セレンだけではない。

先程まであった熱が、かき消えていた。僕でも感じられる絶望的な力の差だ。

既に立っている者は少なかった。アンセムが後退する程の余波だ、ティノやリィズも吹き飛ばされている。仕方ないとは言え、一撃でここまで壊滅的な状況になるとは、神の力とはここまで違うのか。

ケラーの顔が不意にこちらに向けられる。

神の骨で作られた仮面の向こうから淡々とした声が聞こえた。

「英雄。お前は——不可思議な力で身を守ったな。不思議な男だ、外部感覚《アウターセンス》を以てしても推し量れないとは」

あ、はい。不可思議な力。それは結界指《セーフ・リング》です。

自慢じゃないが、こう見えて僕の命は——後十四個あるんだよ。

とりあえず結界指《セーフ・リング》は通じるようなのでいつも通り前へ出る。

逃げても意味ないのだから前へ出て囮《おとり》にでもなった方が得だ。

いつの間にか、空が不吉な暗雲に覆われていた。ぽつりぽつりと雨が降り始める。

さっきまで快晴だったのに、踏んだり蹴ったりだな。

自嘲気味に引きつった笑みを浮かべかけ、そこで僕は気づいた。

雨……水……異常な速度で立ち込める黒雲。もしかしてこれは…………ルシアがあの尻尾を使い大規模な攻撃魔法の準備をしているのでは？

ルシアはできの良い妹だ。何も言わなくてもやるべき時にやるべき事をしっかりこなしてくれる。

今更ただの攻撃魔法が外部感覚《アウターセンス》に通じるとも思えないが、ルシアは神の力の一部を持っているのだ。

奇跡が起こるとしたらそこだろう。

となると、僕がすべきは——時間稼ぎだ。ルシアが攻撃を放つまで、ケラーの目を引きつける。

僕はハードボイルドな笑みを浮かべると、ケラーの目の前に立った。

攻撃は——来ない。この神は僕の中身を見定めようとしている。空っぽなのに。

「ケラー、君は確かに強い。だが、残念ながら、昔は最強だったかもしれないけど、今は最強ではないな。僕は君の弱点を知っている。これでも、その……人の世界では神算鬼謀で通っていてね」

「…………」

ケラーは何も言わない。ただ、途方もないプレッシャーだけが僕にのしかかっていた。

こんな事になるなら快適な休暇《パーフェクト・バケーション》を着てくるべきだった。セレンから返してもらってなかったから着れなかったのだが、なんというか、ゲロ吐きそうだ。

早く…………早くぶちかましてくれ、ルシア。足止めも長くは持たないよ！

「僕は実は……その、えっと、ずっと前から君の復活を予見し、準備していた。外部感覚《アウターセンス》は強力な異能だからね。この世界にはアドラーみたいにおかしな能力は結構あるけど、君の能力は特に強力だ。うん、破るには相当考えなくてはならなかったよ」

「…………面白い、英雄。言ってみろ」

まだ？　まだですか？　ルシアさん。もうちょっと？

僕はゆっくり時間を掛けて深呼吸をすると、苦し紛れに言った。

「あー、なんというか、こう、おかしな言い方になるし気を悪くしたら申し訳ないんだけど、その…………そう。僕にも、異能が、ある」

本当は異能どころかただの能すらないのだが、構うものか。

僕の嘘八百に、ケラーは身じろぎ一つしなかった。だが、代わりに遠巻きに僕達を窺っていた周りがざわつく。クリュスが空気を読まず素《す》っ頓狂《とんきょう》な声をあげる。

「!?　そ、そうだったのか、ヨワニンゲン、です！」

「我が外部感覚《アウターセンス》はそうは言っていない。お前の中には何もない」

ほらー、ケラーの方が冷静じゃん。てか、僕の中に何もないの？　本当に？　神のお墨付きで？　もっとちゃんと見て！　そして、ルシア早く攻撃して！　いつももっと喧嘩っ早いでしょ、君！

「理解できるものだけが真実とは限らない。僕の異能は誰にも理解できない、理解されない力……………今すぐに眠りにつくのならば、君も見ずに済むけどどうする？　自分で言うのもなんなんだけど、僕の力はかなりやばいよ？」

やばいよやばいよ。本当にやばいよ。ヤバすぎて本当に吐きそうだ。

「に、兄さん、何をするつもりですか!?」

…………おかしいな、今、ルシアの声が聞こえたような……気の所為《せい》かな？　呪文を詠唱中にそんな声出せるわけがないし。

だが、はったりでもなんでも相手を撤退させられたら僕の勝ちだ。恐る恐る神を見る僕に、ケラーはすこぶる落ち着いた声で言った。

「強い恐れを感じる。恐れと、不思議な余裕。英雄、お前はまだどうにかなると思っているな。そして、お前の仲間達も。一体どういう理由で強い絆ができたのか、私はとても……興味がある」

やばい、この神、僕が今まで出会った敵の中で一番冷静だ。

ケラーはまるで僕の事を恐れていなかった。声を荒らげもせずに言う。

「いいだろう。先手は譲ってやる。お前のやばい異能とやらを、見せてみろ」

「…………………………………し、仕方ないな。こんな事、本当は、やりたくなかったんだが……」

ゆっくりと深呼吸をして、両手を広げる。

もちろん、僕に異能なんてない。だが、時間稼ぎはできる。

僕には強い仲間がいる。言葉で伝える事はできないが、時間稼ぎさえできれば、幼馴染で以心伝心のリィズ達ならば神もなんとかしてくれるはず。

僕は真剣な表情を作ると、ケラーに言った。

「君の弱点は――神だ。そして、僕の異能、『真の勝者はただ踊る《フォエバー・ダンス》』。そうッ!! 君の異能が！ 神の器官ならば！ 僕の異能は！ 全ての試練に打ち勝つ！ 勝利の方程式！ 最低五時間続くこの神ダンスを見終えた時、君は――滅びる（やけくそ）」

「!? 何？」

「最後まで、じっくり楽しんでくれよ！」

これでも僕は一時期……踊る吟遊詩人《ダンシング・バード》になりたがっていた事があるのだ（黒歴史）。結局歌も踊りもそんなに好きじゃなかったのでやめたけど。

さすがの神の力でも僕の言葉は予想外だったのか、あるいは長尺のダンスを宣言されたせいか、ケラーが明らかな動揺を見せる。ここからが地獄の始まりだ。

【迷い宿】の狐は自らの発言に縛られていた。ケラーも同じ性質を持っている可能性はある。

ケラーは、先制攻撃はこちらにやると言った。踊っている間は手出しはしてこないだろう。

後は僕が踊り疲れて倒れるのが先か、ケラーの忍耐が切れて攻撃を仕掛けてくるのが先か、あるいははルシアか誰かがなんとかしてくれるのが先か――いざ尋常に、勝負!!

大きく腕を振り上げ、ケラーに向ける。振り付けは考えていない。僕が考えるべきはできるだけゆっくり動きスタミナを温存する事だ。

さぁ、この《千変万化》の神算鬼謀を喰らえ！

そうだ、最初はくらげみたいな動きでいこう。

強い稲光が世界を照らす。軟体生物になった気分でぐにゃぐにゃしながら腕を下ろしたその時――

目の前にいたケラーが横からきた白い何かに衝突し、弾き飛ばされた。


「!?」


轟音。ケラーの小柄な身体が地面を数度バウンドし、空中で体勢を立て直す。

ケラーを派手に吹き飛ばしたのは――白くふさふさしていて、太いものだった。

いや、これは…………尾だ。純白の狐の尾。だが、ルシアが持っているものではない。

僕の踊りに気を取られていたところを吹き飛ばされたケラーが、初めて呆《ほう》けたような声を出す。

「これは――神気。何をした？」

目の前に横たわっていた尾がしゅるしゅると戻る。その先に佇むケラーよりも更に小柄な人影。

いつの間にかそこに現れていたのは、妹狐だった。狐を模した白面に、頭頂から伸びた白い耳。その臀部《でんぶ》には大小、二本の尾が生えている。ケラーを吹き飛ばしたのはそのうちの大きい尾のようだ。

予想外の姿に絶句する。

まさか…………僕との会話を受けて、助けに来てくれたのか!?

嫌われていると思いこんでいたのに、なんと義理堅い幻影《ファントム》だ。

「黒雲……災厄を止め得る者、嵐と雷を纏いやってくる──」

叩きつけるような激しい雨。セレンが妹狐を見つめ呆然と呟く。

そう言えば予言があると言っていたね。まさかそれ、アークではなく妹狐の事だったのか。

音もなく、妹狐の周りに小さな炎が浮かぶ。感動に言葉も出ない僕を見て、妹狐が心の臓まで凍りつきそうになるくらい、冷ややかな声で言った。

「…………嘘つき。消滅寸前まで弱らせたって、言っていたのに」

よく見るとその肩はぷるぷると震えていた。

…………そう言えばそうだったね。なんかごめん。

ケラーが地面に降り立つ。見たところダメージはなさそうだ。

「獣の神性を使うか、英雄。退屈はせずにすみそうだな」

ケラーが攻勢に転じる。振り払いのような動作と共に、不可視の力が妹狐を襲う。妹狐は見えない攻撃に対して、尾を盾にして受けた。衝撃がびりびりと空気中を伝播し、結界指《セーフ・リング》がそれを防ぐ。

「は？　使…………う？　危機感さんが、私達を……使う？」

まさか神の一撃を受け切るとは、妹狐が戦う姿を見るのは武帝祭以来だが、なんだか以前よりも強くなっている気がするな。尻尾も一本しかなかったはずだし……。

「私は……危機感さんが、弱らせた、獲物を、神の力を、掠め取ろうとした、だけッ!!」

助けに来てくれたわけじゃないのか…………まぁ、いいだろう。僕は震える声で叫ぶ妹狐に、親指を立てて言った。

「おーけー、そういう事なら今回は譲るよ。ぐっじょぶッ!!」

「――ッ!!　そんな反応、望んでない！」

びたびたと尾を地面に叩きつけ抗議する妹狐。どんな反応を望んでいたのか教えてくれたら僕はその反応を返す自信があるよ。

「舐められたものだ。多少力を得た、妖《あやかし》め。弱点は、わかっている」

ケラーが力を行使する。地面がめくれ上がり、土塊が浮かび、粘土のように形を変える。

形作られたのは――一丁の銃だった。スマートな長い銃身の猟銃。ただの銃ならば、妹狐クラスの幻影《ファントム》に通じるわけがない。だが、妹狐はその武器を見てびくりと身を震わせた。

ケラーが慣れた動作で猟銃を構える。ただの魔獣相手でも威力不足だろう、単発式の猟銃を。

「獣の化生《けしょう》が恐れる鉛の弾だ。久しぶりに狩りとしよう。もうこれ以上仮面はいらない。骨は捨て、お前の毛皮はコートにでもしてやろう」

「…………ぶれいな。もとにんげんのかみめ。ききかんさんの、つぎにぶれい」

妹狐の声は、屈辱に震えていた。その尾が広がり、浮かんでいた炎が一気にその勢いを増す。

暗い空。風はますます強くなっていく。絶え間なく降る雨の中浮かぶ炎は、精神がかき乱されるくらい幻想的だ。大きさ自体はそこまででもないが、その炎がただの炎でない事は明白だった。

しかし、僕、妹狐でコートを作ろうとしたことなんてないんだけど、そんなに無礼な事したっけ？

僕はとっさに妹狐に胡麻《ごま》をすった。

「勝ったら稲荷《いなり》寿司あげるから頑張って！」

「とてもぶれい!!」

妹狐の炎に鬼の顔が浮かび、無数の炎が一斉にケラーに向かって放たれる。

ケラーがそれに対して行ったのは、引き金を一度引く事だけだった。

一つの銃声。ただそれだけで、炎が全て霧散する。妹狐の尾が一瞬で前に大きく伸び、盾となる。

普通に考えればケラーの攻撃を一度防いだ尾が、たかが一発の弾丸を通すわけがない。

身体が動いてしまったのは、ただの不運の結果だった。

僕はひ弱で、しかも今は宝具の快適なサポートもない。絶え間なく発生した予想外の出来事に、腰が抜けかけていた。強い風が背を押した。そして、僕は結界指《セーフ・リング》に慣れすぎて人を庇って前に出るという行動が身体にしみついていた。

全ての条件が揃った結果、僕は倒れ込むように妹狐と尾の間に踏み込んでいた。

「ッ!?」

妹狐の表情が変わった。

伸びた尾が大きく跳ねる。飛び散る血飛沫《しぶき》に、小さな苦痛の声。弾丸が尾を貫通したのだ。

ただの一発の鉛玉が勢いを減じる事なく、その胸元に迫る。

とっさに手を伸ばした。結界指《セーフ・リング》の力は指先まで行き届く。貫けるものなど存在しない。

…………あ、ぎりぎり間に合わないわ。

距離が足りないというのもあるが、手を伸ばす場所が上すぎた。しまったと思ってももう遅い。弾丸は僕の腕に掠ることすらなく通り過ぎる。言い訳のしようもなかった。

僕の防御を抜けた弾丸が妹狐の胸元に着弾した。

そして——妹狐の姿が、まるで幻のように消えた。

勢い余って地面を転がる。ケラーは間抜けな事をした僕に視線を向けすらしなかった。

妹狐のいたはずの場所をただじっと見ている。

「逃げたか……私の知覚範囲から一瞬で消えるとは、油断ならない獣だ」

どうやら死んだわけではないらしい。まったく、逃げられるなら庇う必要なかったな。

そして、神の眷属では神には敵《かな》わないらしい。【迷い宿】の幻影《ファントム》でも手も足も出ないとは、僕の力は全く変わっていないのに、敵の力、インフレしすぎ！　よくこの世界、まだ滅んでないな。

さてどうしたものか。立ち上がりなんとなくケラーに手のひらを向けたところで、声が響いた。

『逃げる必要など、ない。新たにこの星に顕現した太古の神よ。我々は戦いを望まないが——猟銃を向けられては、無視するわけにはいかないな』

激しい雨音の中でもよく通る不思議な声。聞き覚えのある声だ。

ぽつぽつと再び炎が浮かぶ。その数は妹狐が浮かべたものの比ではなかった。

『また、利用されたね。愚かな子だ。二度と関わるなと言ったはずなのに――こんな場所に引っ張り出されるとは……あまつさえ、助けられるなんて、【迷い宿】が誕生して以来の失態だ』

『危機感さんが、嘘をついた。あれはルール違反。それに…………助けられてなんていない。危機感さんは、弾に届いていなかった』

炎が揺らぎ、浮き上がるように、幻影達《ファントム》が現れる。

狐の仮面をつけた幻影達《ファントム》。世界中を動き続ける伝説の宝物殿、【迷い宿】の住民達が。

一体や二体ではない。整列する無数の幻影達《ファントム》。左右に分かれたその間を歩いて来たのは、かつて【迷い宿】で出会い会話を交わした長身の幻影《ファントム》――兄狐だった。

傍らには先程撃たれたはずの妹狐もいる。兄狐は諭すように言った。

「人間は嘘つきだ。最初からわかっていた事だ。それに、神がいる事を知りながら、油断したね。一人で行くべきではなかった。助けが間に合わなくても――庇われたのは、とても問題だ」

「…………」

しゅんと目を伏せる妹狐。慌ててフォローを入れる。

「僕は嘘なんてついてないよ！　それに、助けてもいない！」

「危機感さんは黙ってて」

「あ、はい」

妹狐に向けるものとは打って変わった冷ややかな声。

お役御免みたいなのでそろそろと後ろに下がる。このまま帰っても大丈夫だろうか？

ケラーは大所帯で現れた他の神の眷属達を前に、戸惑いの混じった声をあげた。

「外部感覚《アウターセンス》は……何も捉えていない。ここには、何もいない、はずだ」

「そこまで、わかるのか。全てを見通し全てに干渉する神の器官──恐ろしい能力だ」

兄狐は袖に手を入れ頷くと、感心したように言った。

「世界の中心に生まれ落ちた古の神。もしかしたら貴方は、我々よりも強かったのかもしれないね」

ケラーが大きく腕を動かし、手のひらを握りしめる。

空間が歪み、兄狐も含め整列していた【迷い宿】の幻影《ファントム》達が何かに押しつぶされたように、ぺしゃんこになる。だが、兄狐の声は止まらなかった。潰れたまま、話し続ける。

「貴方が自らの力を神の器官と定義づけるなら──我が母の力は星を欺《あざむ》く嘘だ。貴方の言葉は正しい。ここには何もいないよ。でも、この世界は、ここに我々がいると思い込んでいる」

兄狐だったものの上に炎が浮かび、移動する。潰された幻影《ファントム》達が炎に変わる。

それは──道だ。立ち尽くすケラーに、兄狐の声が言った。

「御前《ごぜん》だ。今日の母は、娘がまた人間に騙されて機嫌が悪い。このままじゃ、腹いせに誰か食われるかもしれない。せいぜい、楽しませてくれよ、人の神」

あ、これまずいね。

エリザじゃなくてもわかる。心が、魂がざわつく。今ここに降り立とうとする者の、その大きさに。

どうやら彼らは宝物殿総出でやってきたらしい。上の黒雲の中にいるんだろうなあ。

僕は完全に蚊帳《かや》の外になっている仲間達を見ると、大きく手を振り撤退の合図を出した。

マナ・マテリアルは時に恐ろしい怪物を呼び起こす。

数多《あまた》の国々を滅ぼした竜に、世界征服の寸前までいった魔の王。そして——古の邪悪な教団が支持していた神。もしかしたら、宝物殿が再現する文明の幾つかの滅亡理由がマナ・マテリアルの呼び起こした災厄によるものだという説は、真実なのかもしれない。そうだとしたら、僕達の世界がまだ滅んでいないのはとても幸運な事なのかもしれなかった。

【迷い宿】と共にやってきた嵐は丸一日止むことはなかった。

僕達がユグドラに戻った後も、雷鳴は絶え間なく響き、地面は断続的に震えた。

僕にはわからなかったが、森の精霊達は神々の戦いにざわめき、力の衝突で発生したエネルギーは数キロの距離を越えてユグドラまで届き、結界を揺るがしていたようだ。

誰にとっても気が休まらない一夜が明け、ようやく嵐も弱くなり振動も聞こえなくなる。

窓から空を見上げていると、帰ってから散々お説教をしてくれたルシアが隣に立って言った。

「力の衝突の気配が消えました。どうやら勝負がついたみたいですね」

「……どっちが勝ったと思う？」

ここまでやってケラーの勝ちだったら最悪だ。

逃げるようにユグドラに帰ってから僕を待っていたのは、お説教地獄だった。

ルシアやクリュスからは基本として、一応は恩人としての立ち位置を築いていたはずのセレンやルイン、ユグドラの皆様から、最後にはアンセムにまで窘《たしな》められるとは、このクライ・アンドリヒ、痛恨の無能である。一応僕も、意図したことではないと反論したのだが全く信じてもらえなかった。まあそもそも妹狐がやってくるきっかけになったのが僕のスマホな時点でもうどうしようもない。

どうやら時間経過でルシアの呆れゲージも下がってくれたらしい。

眉を顰《ひそ》め、少しだけ考えてルシアが答えた。

「さぁ。あのレベルになってくると相性とかその時のコンディションで勝敗はひっくり返ると思います。あれが元人間だなんて、世界は広いですね」

「僕達も頑張らないとねー」

でもルシアがあんなに強くなったら困るな。兄の威厳が完全に死滅してしまう。

「しかし実際、あそこまで突き抜けた力を持っていると、もはや私達とは違うジャンルの生き物ですよね…………お姉ちゃんやお兄ちゃんの攻撃も全然通ってなかったし」

「見えない何かがクッションになってたんだよ。しかたねーだろ！　もうッ！　イライラするッ！」

「うむ……」

さっそく強敵の分析を始めるシトリーに、リィズが苛立たしげに舌打ちをする。戦っている時は嬉しそうだったのに、今は随分機嫌が悪そうだ。

「何にイライラしてるの？」

「クライちゃんの期待に応えられなかった自分ッ！　クソッ、感触が残ってて気持ち悪いッ！　なんかねえ、言葉にしづらいんだけど——硬さと柔らかさと軽さと重さが同居した変な物質を攻撃してい る感じッ！　次にケラーが現れた時のために、何か手を考えないと——」

さいですか……………って、あんな怪物が何度も現れてたまるかいッ！

「魔法も蹴りも刃も殴打も全部受け止めてましたね。衝撃も伝わってなかったし——お兄ちゃんとお姉ちゃんの攻撃を捌《さば》いた時はケラー本体も動いて受け流していたので魔術より物理攻撃の方がまだ効きそうですが、あそこまで無傷で止められては大して変わりません」

「…………あの神には攻守共に隙がなかった。周囲全てに目と耳と腕があるようなもの。恐らくあれを破るには外部感覚《アウターセンス》の許容を超える圧倒的な力を叩き込むしかない」

幻影《ファントム》の弱点の看破を得意とするエリザの総評。

圧倒的な力ってアンセムよりも強い力って事だよね？　大変へビーな状況だ。

ティノなんて黙り込んでいる。妹狐達が敗北したら、また僕達が戦う事になるだろう。さて、どうなるかな——と、そこまで考えたところで、僕は懐からスマホを取り出した。

そうだ……怖がらなくても、妹狐に連絡して結果を聞けばいいんだよ。

連絡先の一覧から妹狐を選択する。通話を開始しようとしたところで、至近距離で声がした。

「…………気軽に、連絡しないで」

「ッ!?」

一瞬で戦闘態勢に入るリィズ達。とっさに僕は手のひらを向け、喧嘩っ早いリィズ達を止めた。

妹狐に視線を向け、とりあえず親愛を込めた笑みを浮かべておく。

「…………君、本当に神出鬼没だなぁ」

ふらっと現れふらっと消える。兄狐の言葉を考えると、これは幻術の類なのだろうか？

辛うじて止まったものの、ルシア達もめちゃくちゃ警戒している。まったく……。

「ケラー、倒せたんだ。やるやん」

「……馬鹿にしないで。母様が、搦手《からめて》もなしに、負けるわけが、ない」

口ではそう言っているが、妹狐は割とぼろぼろだった。隠していない尻尾は赤く染まり、白い着物も汚れている。軽くその様子を観察し顔をあげると、いつの間にか妹狐の隣に兄狐が立っていた。

突然現れると驚くなあ……まぁ、こちとら何かが突然現れるのには慣れているけど。

「本当に、強かった。あれは、戦いの結果生み出された神だ」

「うんうん、そうだね」

「我々とは、生い立ちが違う。まさか、顕現《けんげん》したばかりの状態で、母上の尾を、三本も持っていくとは。危機感さん達では…………まだ、勝てなかったよ」

「うんうん、そうだね。本当に助かったよ、来てくれてありがとう！」

「…………危機感さんは煽《あお》るのが本当にうまいな。この子が庇われてなかったら、この身が滅びる覚悟で八つ裂きにするところなんだが、とても、非常に、残念なんだが——我々の存在には恩返しの性質が刻まれていてね…………報復できないんだ。ただの攻撃だけじゃなくて、仕返しになってしまうのが、良くない」

どうやら絶大な能力を誇る【迷い宿】の幻影《ファントム》にも苦労はあるらしい。しかし真心込めてお礼を言ったのに本気で嫌そうな表情をされると傷つくなあ…………恩返し、ねぇ。

庇ったと言ってもあんなの偶然だし、実際に僕が何か成せたわけではない。お礼をしなければならないのは僕の方だろう。…………これからも助けて貰う事があるかもしれないし！

「恩返しだなんて、そんな。お礼をしたいのはこっちの方で――そうだ、今は難しいけど、また今度クラン総出でいい油揚げを用意するよ！」

「!!」

狐の面で顔の上半分が隠されているが、妹狐の尾がふさふさと揺れる。

僕が言うのも何なんだが、君本当に油揚げ好きだねえ。

「…………危機感さん、僕の妹の事を馬鹿にしてないかい？　まぁそれも今日までだけど――」

「え？」

「これ以上利用されては神の格が落ちる。受けた恩はあの神を撃退した事で帳消しだ。ほら」

背を軽く押され、妹狐がふらふらと前に出る。

妹狐はしばらくじっと僕を見上げていたが、不意に僕の持っていたスマホを指差した。

「騙された」

「!?」

瞬きした時には、僕が持っていたスマホは、光沢のある紙に変わっていた。触ると少しベタベタしていて、香ばしい油揚げの匂いが漂ってくる。妹狐が嘆息して頷く。

「これでよし」

「!?　なんで!?　戻して！」

「ッ！　それは、もともと包み紙ッ！　危機感さんはずっと騙されていたッ！　鈍すぎるッ！」

「そういう事だ。ゴミを変えて作った道具をそんなに長く使えるなんて、もはや才能だよ。時間が経てば綻《ほころ》びが出るはずなのに――」

意味がわからない。僕のスマホ、返して…………。

ショックを受けて固まる僕に、兄狐がため息をついて言う。

「これで全て正常に戻った。いい経験と呼ぶには被害が大きすぎたが……まぁ、いい。あの『神』を今片付ける事ができたのは僥倖《ぎょうこう》だ。母の力もいずれ回復する。百年も二百年も、僕達にとっては一瞬だ。さようなら、《千変万化》」

「…………ばいばい」

妹狐がひらひらと手のひらを揺らす。何かを言う間もなかった。二人の姿がふっとかき消える。

それは、余りにも突然の別れだった。残ったのは元スマホだった紙だけだ。……てかよく考えたらこれって、以前妹狐にあげた油揚げの包み紙では？

「いなくなるの早いなあ……油揚げご馳走するって言ったのに」

「…………なんだか、うんざりしてるみたいでしたね」

それまで黙って僕達の様子を窺っていたルシアが呆れたように言う。まぁ、少し悪いことしたかもしれない。ようやく少し仲良くなれたかなと思っていたのだが。

まぁ、人生は長いんだし、ハンターにとって別れは必定だ。

縁があればまた会う事もあるだろう。僕はそこでぱちりと指を鳴らして言った。

「そうだ！　番号覚えてるし、別のスマホ手に入れたら連絡先登録しよっと」

「兄さん…………相手がレベル10宝物殿の幻影《ファントム》だって事、忘れてませんか？」

「やっぱり神を殺すには神になるしかないのかなあ？　ねぇ、ティー？」

「…………ますたぁは結構前から神です」

妹狐、なかなか愛嬌あるよね。ケラーも最初に服従を求めてきたし、もしかしたらレベル10宝物殿の幻影《ファントム》というのは意外と交渉が通じる相手なのかもしれない。

元々スマホだった包み紙を胸ポケットにしまう。セレン達はケラー達の戦いを夜通し警戒しているはずだった。急いで結果を教えてあげる事にしよう。


【迷い宿】の幻影《ファントム》とケラーの戦いの結果を報告に行く。

セレンの屋敷には大勢のユグドラの民達が集まっていた。どうやらユグドラでは皇族と一般市民の間に垣根がないようだ。人数がそこまで多くないためだろう。

セレンは僕と出会った直後と比べても遜色ないくらい酷い表情だった。せっかく一時期、柔らかい表情を浮かべるようになったのに、昨日の戦いで全てリセットされてしまったようだ。

皆の前で報告をする。ケラーと【迷い宿】との戦いは後者の勝利で終わった事。やってきた【迷い宿】の者達は元いた場所に戻り、平和が戻るであろうという事。

いい報告をしたつもりだったが、歓声はあがらなかった。

代わりに、セレンが深々とため息をついて言う。

「…………もはや、貴方には言うべき言葉が見つかりません、《千変万化》。《星の聖雷《スターライト》》とエリザから話を聞きましたが、これまでも随分色々な事をやってきたようですね。まさか別の神を世界樹に呼び寄せて戦わせるとは、滅茶苦茶な…………いや、そもそも一体どうやって――」

「…………人徳？」

「……ヨワニンゲン、オマエ、私達を馬鹿だと思っていないか？　です」

「それよりも私はあの貴様の持つ異能とやらが気になるがな」

ラピスの冷ややかな眼差し。それについては……忘れておくれよ。恥多きハンター人生に新たな恥を刻んでしまった。いや、だがあれで時間を稼げた結果妹狐達が間に合ったと考えると、あの踊りは僕がこの地に来てやった行動の中でも一番役に立ったのでは？

本当の事を言ってもいいが、どうせ信じてもらえないだろう。

僕はハードボイルドな笑みを浮かべて言った。

「今は秘密にしておこうかな。いつか詳細を話す時も来るだろう」

「…………ふん。相変わらず秘密主義、か。……まぁいい。手段はどうあれ、貴様がユグドラを救ったのは純然たる事実だ」

純然たる事実じゃないと思うよ。救ったのは僕ではなく妹狐達で、そこまで持ってきたのは《星の聖雷《スターライト》》や《嘆きの亡霊《ストレンジ・グリーフ》》、セレン達など、僕を除いたメンバー達だ。

だが、そんな事は関係ないらしい。ラピスが相変わらず冷ややかな眼差しで言う。

「クランの設立を持ちかけられた時はどうなるかと思ったが――ルシアの件を除いても、所属するだけの価値はあった。誇るがいい、我ら精霊人《ノウブル》に返しきれぬ程、大きな貸しを作れた事を」

口調は不遜だが言っている事は殊勝だな。貸しを作ったつもりはないが、何を言っても聞きはすまい。共にクランを建てて数年、彼女達のそういう頑固なところを、僕は痛いほど知っていた。

「ラピスの言う通りですね。細かい事は置いておきましょう。シエロを取り戻し、行方不明だった同胞を助け、神を打倒し、世界樹を救った。我々の使命は果たされた。ニンゲン、《嘆きの亡霊《ストレンジ・グリーフ》》に《星の聖雷《スターライト》》。ユグドラは貴方達に到底、返すことができない借りができた。ニンゲン、貴方達は短命です。ですが、我々は末代まで、貴方達に受けた恩と、その勇気を忘れる事はないでしょう」

「大したことはしていないし、忘れていいよ」

「ニンゲン、謙遜も過ぎれば傲慢《ごうまん》になるぞ。ニンゲンで精霊人《ノウブル》に貸しを作れる者はそうはいない。その魂を誇るべきだ」

アストルがすかさず窘めてくる。他の《星の聖雷《スターライト》》のメンバー達もうんうんと頷いていた。

最初は皆ぴりぴりしていたのに、変わったものだ。

ラピスの宣言でようやく全てが終わった事を理解したのか、緊迫していた空気が弛緩《しかん》する。

「後片付けは我々だけで十分でしょう。本当にありがとうございました。ろくに歓迎もできていませんでしたが――今はゆっくりと疲れを癒やしてください。必要なものがあればなんでも用意します。ニンゲン、種は違えど、貴方達は間違いなく我々の同胞です」

なんで精霊人《ノウブル》ってすぐになんでもとか言うのかなあ。

シトリーが目をキラキラさせている。がっつり搾り取るつもりだ。僕は心の中で合掌《がっしょう》した。

ようやく少しイライラが収まってきたらしいリィズが言う。

「今回の件で、クライちゃんレベル９になれるんじゃない？　ガークちゃんも随分、期待していたみたいだし」

「…………いやいや、レベル９だなんて、まだまだだよ。それに帝都には僕よりもっと優秀なハンターが沢山いるし」

勘弁してください。レベル８の段階でこんなに酷い事に巻き込まれているのに、レベル９になったらどうなってしまうかわからない。

しかし今回は本当にしんどかったが、今度こそ全て終わったな。

度重なる戦いに、想定外の事態。最後はアーク神に全て解決してもらうつもりだったのに、まさか狐神《こしん》をぶつける事になるとは。だが、何度もどうなるかと思ったが、結果的には死者も出ていないし、問題も大体は解決できた。なかなか悪くない結果だったのではないだろうか？

ユグドラはいい場所だった。今回はやることも多くゆっくり楽しむ余裕もなかったが、機会があったら今度はバカンスで来たい。

ほっとため息をつき、ぐるりと仲間達を見回す。

そして、僕は肝心な事を忘れていたのを思い出した。

…………あ！　ルーク！


油断はしていなかった。全力を尽くし、そして及ばなかった。

十一の尾を持つ、純白の化け狐。長きを生き力を蓄え神性を得るに至った魔性。

獣の化生《けしょう》は基本的に尾の数に比例して強くなる。その神は、ケラーがそれまで戦った事のある如何《いか》なる獣よりも多くの尾を持っていた。

一目でその強さはわかったが、和解の道はなかった。鉛玉は元獣の神性にとっての逆鱗《げきりん》だ。

そしてそもそも、神は何者にも迎合しない。

この世界での居場所を賭け互いの存在を削り合う。それは――神々の戦いだ。

更地になった一帯を、ケラーは一人ふらつきながら歩いていた。

激しい戦いの結果、できたばかりの肉体には無数の罅《ひび》が入っていた。力が保てない。

マナ・マテリアルが現在進行形で身体から抜け続けているのを感じる。

能力はケラーの方が強かった。だが、蓄えた力の総量の桁が違った。

あの狐は恐らく相当昔からこの世界に降臨している。

尾を三本吹き飛ばしたが、ケラーは魂に傷を入れられた。今生《こんじょう》では、決して消えない傷を。

化け狐の言葉が脳裏に染み付き離れない。

尾を三本も失い、力を大きく減じて尚、変わることのないその堂々たる姿。

『殺しはせぬ。敗北した神、愚かなる人間よ。その傷は、二度と消えぬ。この世界の片隅で、その屈辱と共に永遠に生き続けるがよい』

百年だ。百年後ならば、尾のほとんどを吹き飛ばせた。最悪でも相打ちにまで持っていけた。その確信がある。ケラーは万全ではなかった。神殿を喰らい、眷属《けんぞく》を喰らい、世界樹の力を一部吸い取っても、完全なる力には程遠かった。

戦った事は後悔していない。ただ、口惜しい。あれほどの神と全力で戦えなかった事が。

力だ。力が必要だ。幸い、ここは世界の要処、その中心たる樹の近くで身を休めれば、消滅しない程度には回復するだろう。あの化け狐の言う通り。

神の器官は今、自由に動かせない。神性を帯びたその尾は、妖術は、決して傷つかないケラーの能力に傷をつけた。一度魂に負った傷は、外部感覚《アウターセンス》を以てしても完全には回復できないだろう。少なくとも、あの化け狐を殺すまでは。

尾と狐火とケラーの力で掘り返された大地を歩いていく。巨大な神秘の樹はあの英雄の策によって流れ込む力を減じていたが、十分だ。

世界樹にたどり着く。樹に手をつき、座り込もうとしたところで、ケラーは樹の近くに立つ物に気づいた。

――それは、石像だった。今にも動き出しそうな躍動感に溢れた剣士《ソードマン》の石像。

その目は大きく見開かれ、手には一振りの剣が握られている。

この樹は昨日まで、ケラーの神殿に完全に呑み込まれていた。誰かが持ってきたものでなければ、この石像も神殿に貯蔵されていた品のはずだ。

神殿の中にあったもので変換できるものは宝具も幻影《ファントム》も、全て力に変換し、吸収した。どうして石像が残っているのだろうか？　信徒達ならば知っていたかもしれないが、あの時のケラーには全てを確認する余裕はなかった。

と、そこで石像が持っていた剣を見る。

「……この剣は……我が神殿に貯蔵されていた品、か。何故、還元できなかった？」

物質の構成を『外部感覚《アウターセンス》』で分解して吸収する。神殿の建造物も、幻影《ファントム》も、宝具も、全て強制的に分解した。そこから外れたとするのならばそれは――。

マナ・マテリアルは意志を、情報を汲《く》み取る性質がある。力への還元はケラーの能力を以てしてもかなり無理の出る作業だった。だから、恐らく、『担い手』がいる武器は還元できなかったのだろう。

だが、武器を持っているのはただの石像だ。

ダメージに散漫としている意識。その奥底にほんの僅《わず》かな警戒心が蘇る。

ぼろぼろの神の器官をなんとか動かし、石像に触れる。

そして、ケラーは石像の奥から響くその声を聞いた。

『――るい…………………れも、戦い――』

この石像……元人間か？

生き物を石にする力を、ケラーは知っている。

見た事もあるし、治した事もあるし、石にした事もある。

だが、ならば、この声はなんだ？　何故、石になった生き物が声を出している？　何故、出せる？

力を使い詳細を識《し》る。その石像は表層だけが石化したようなまがい物ではなく、強力な呪いにより内部まで完全に石となっていた。石化していないのは——その魂だけだ。

『ぜろ…………らい…………る……』

もしも魂だけで意志を伝えようとしているのならば、なんと強靭《きょうじん》な魂だろうか。

残された力を総動員し、その内部からの声に耳を傾ける。

着流しに燃える瞳。その瞳に魅入られるように一歩近づいたその時、それまでとぎれとぎれだった声が繋がった。


「ずる、いぞッ！　俺も、戦いたいッ！　交ぜろッ、クライッ!!」


「!?」

これは——魂の声ではない。現実の声だ。

石像にぴしりと罅が入り、全身に広がる。

魂が呪いを完全に凌駕《りょうが》していた。マナ・マテリアルがその意志を汲み取ったというのもあるのだろうが、まさか意志だけでこの石化を解除するなんて——それは奇跡と呼ぶに差し支えない現象だ。

「ありえない」

「うおおおおおおおおッ！」

石化が解ける。再誕の産声が、熱い咆哮《ほうこう》が、世界樹を揺らす。

長き年月を生き、神に至ったケラーでも見たことのない奇跡に、思考が刹那《せつな》の間、凍りつく。

ケラーが最後に見たのは、一瞬の躊躇《ためら》いもなく振り下ろされる白刃だった。


「…………これで、しまいか。少々刺激的な…………見世物だったね」

《千変万化》の策の全てを確認し、アドラーはため息をついた。

遠く【源神殿《げんしんでん》】跡の様子を映し出していた『現人鏡《あらひとかがみ》』が光を失う。力を振り絞ったのだろう。仕方あるまい。ケラーと、《千変万化》が呼び出した巨大な狐の神との戦いは、まさしく神々の戦いだった。

ユデンを手に入れた時は最強になったと錯覚したが、どうやら世界はアドラーが想像していた以上に広かったらしい。共に戦いを見ていたウーノとクイントも疲れ果てている。

アドラー達はユグドラから遠く離れた田舎町にいた。リッパーの残された力を使い切り飛んだ、世界樹から最も遠い町だ。ゼブルディアからも離れたこの場所には《千変万化》の噂すら存在しない。

それは、事実上の敗北を意味していた。だが、それすらもどうでもいい。

「まさか、他の神の幻影《ファントム》をぶつけるなんて……つくづく、噂以上でしたねー」

「あいつ絶対、俺達と組む必要なんてなかっただろ……」

疲れ切ったようなクイントの声。まったく、その通りだ。

関わるべきではなかった。いや――力を蓄える前に関われてよかったと言うべきか。

少なくとも、その力を知った今、《千変万化》と敵対する機会は来ないだろうから。

クイントがアドラーを見る。

「アドラー、これからどうする？」

「そうだねえ……」

従えていた魔物のほとんどは死んだ。《千鬼夜行《ナイト・パレード》》には戦力と言える戦力は残っていない。

もちろん、魔物は補充する事ができる。再起を目指す事はできるだろう。《千変万化》は紛れもない化け物だったが、世の中の大半のハンターよりも強い程度の自信はある。

だが、アドラーはしばらく考え、頭をぼりぼり掻いて言う。

「ちょっと疲れた。次は人助けでもするかね」

「……いやまあ、理屈はわかるけど、ウーノはともかく、俺達が人助けって面《つら》か？」

「そんな事ありませんよー。髪型とか格好とか、諸々調整すればアドラー様でも人助けできると思いますー。今更な感じもありますが、力が必要とされる時世ですし、私達にできる事もあるかとー」

どうやらクイント達も《千鬼夜行《ナイト・パレード》》としてこのまま活動を続けるつもりはないらしい。

これまでの活動とは正反対の突拍子もない提案に戸惑う事もなく侃々諤々《かんかんがくがく》の議論を始めるクイント達に、アドラーはため息をついた。

Interlude レベル9

探索者協会ゼブルディア帝都支部。各国の大抵の都市に存在する探索者協会の支部の中でもトップクラスの規模を誇るその支部長室で、ガーク・ヴェルターは今日も膨大な業務に勤しんでいた。

探索者協会支部長の仕事は多忙だ。人外の力を持つ幻影《ファントム》や魔物と渡り合える戦闘能力を持ち、現代技術では再現できない数々の宝具や素材を持ち帰るトレジャーハンターを統括する探索者協会は貴族や商会にとって重要な存在であり、その支部長ともなると早朝から夜遅くまでスケジュールがみっしり詰まる。貴族との会食に、魔物を間引く騎士団との情報共有、魔物から取れる素材や宝具の売買のルートの確保から、犯罪者ハンターの動向調査の指揮。

そして、それら多忙な裏方の活動がハンター達に評価される事はない。

元二つ名持ちのハンターから探索者協会の帝都支部長になったガークにとって、それらの仕事は現役時代に参加したどのハントよりも厄介なものだった。特に、帝都支部は規模が大きい分だけ依頼の持ち込みも多いし、生じる利益も絶大だ。そしてついでに、問題のあるハンターも数多い。

活発に活動しているハンターならば放置しておいてもある程度は問題はないが、中にはやたら優秀なくせに声をかけないと数少ないノルマの達成すら危ういハンターなんてのも存在している。それらはあらゆる意味で目を離しておけない、目を離せない存在だった。

部下からの書類に一通りチェックを入れ、ガークは片腕に最近の日課である確認を行う。

「カイナ、クライのやつはまだユグドラから戻ってこないのか？」

「はい。門とクランハウスに人をつけているので間違いないかと。連絡もありません。ふふ……何かあったらお伝えしますよ」

「頼んだぞ。あの野郎、油断すると戻ってきても報告をいれねえからな」

腕を組み、椅子の上でふんぞり返ると、ガークは額に皺を寄せため息をつく。

伝説の都、ユグドラ。人族は決して立ち入りを許されないと言われている精霊人《ノウブル》の都に《千変万化》が向かったのはもう一月近く前の事だった。

帝都中を震撼させた呪い事件。重要参考人であるクライ・アンドリヒを帝都から出した事で、ここ一月、ガークには膨大なクレームと仕事が舞い込んだ。時にその眼光で睨みを利かせ、時にレベル8に振り回されている哀れな自分を演出し同情を誘い、時にひたすら頭を下げ続け、時に高レベルハンターに依頼を投げつけた。全ては伝説の精霊人《ノウブル》の都市、ユグドラと渡りをつけるためだ。

ユグドラは未踏の地である。ハンターだけでなく商会や貴族もユグドラとの繋がりを求めているが、余程警戒心が強いのか、誰一人として成功していなかった。ユグドラの精霊人《ノウブル》は滅多に外界に出ない上に街の場所も不明で、招待されなければ絶対に立ち入れないとまで言われている。

高位精霊人《ハイ・ノウブル》の皇族が治め、高度な文明と独自の文化を持つとされる都市に万が一にでも探索者協会の支部を築く事ができれば、どれほどの利益になるか想像すらできない。そしてもちろん、精霊人《ノウブル》の皇族と人間が交流を始めれば、現在存在する種族間の確執の緩和にだって繋がるだろう。

全ては二十《はたち》を超えたばかりの青年の手に託されていた。

クライ・アンドリヒは極めて優秀なハンターだ。アーク・ロダンを押さえ帝都最速でレベル８に至り、一つだけでも帝都を揺るがす大事件を複数解決した。だが、その優秀な男は同時に帝都屈指の気分屋でもあり、権力にも金銭にも靡《なび》かない男でもある。

ユグドラとの交流の構築はこれまで誰にも達成できなかった偉業だ。だが、あの青年が本気を出せば、五分《ごぶ》よりももうちょっと高い確率で関係を改善できるだろう。

今のガークにできるのはその青年の気が乗るように祈ることだけだ。

「俺が、面倒事を全て引き受けて時間を作ってやったんだ。手を抜きやがったらただじゃおかねえ」

「どうするつもりですか？」

「そりゃもちろん、レベルダウン…………は喜びそうだな、あいつ」

そもそも二つ名持ちを理由もなくレベルダウンさせる事などできないのだが、ハンターにとって最も不名誉とされるレベルダウンを受けても、あの青年は嘆きすらしないだろう。

金銭でも権力でも靡かない。飴《あめ》も鞭《むち》も通じないハンターとは、厄介な存在もいたものだ。

内心の不安を誤魔化すように舌打ちをする。と、その時、ガークの目の前の空間が発光した。

強力な魔力《マナ》の気配に反射的に立ち上がり、カイナを庇う。

狙われる事も多い探索者協会支部のトップの部屋だ、セキュリティはかなり厚いのだが――。

どうやら、少なくとも攻撃魔法ではないようだ。見たことのない反応に警戒を強めるガークの前で光の中から人影が現れた。

それは、信じられないくらい美しい妙齢の女性だった。ほっそりとしたシルエットに、頭にかぶった植物のサークレット。耳は尖っており、精霊人《ノウブル》の特徴を備えている。傍らには性別不詳だが同じくらい美しい精霊人《ノウブル》を連れていた。

その者達がただの精霊人《ノウブル》ではないのは明白だった。隆盛を誇る帝都でも精霊人《ノウブル》は少ない。

「転移魔法、だと？　ありえん」

空間転移は超高等術式だ。現代の魔導技術では、事前に術式を刻み決まった場所への転移を可能にするだけで精一杯のはず。それだって、帝都では使える者はほとんどいない。

幸い、殺意は感じなかった。ガークの問いに、サークレットをつけた精霊人《ノウブル》は形のよい目を数度瞬かせると、ガークをじっと見つめて言った。

「ここがあのニンゲンがやってきたと言っていた、帝都ですか。私は誇り高きユグドラの皇族――セレン・ユグドラ・フレステル。こちらが私の護衛のルインです。貴方が、権力者ですか？」

「なに!?」

ユグドラの……皇族、だと!?

後ろのカイナをちらりと確認する。カイナも目を見開き、絶句していた。

アポイントメントもなしに乗り込み、唐突に名乗りを挙げる。本来ならばそんな言葉信じられないが、転移魔法とその美しさがその言葉に説得力を持たせていた。

何より、ユグドラにはあの《千変万化》が向かったのだ。何が起こってもおかしくはない。

言葉を選び、刺激しないように声をかける。

「これはご丁寧に。俺はガーク・ヴェルター。権力者と言えば権力者だ。ところで確認したいんだが──クライはそっちに行ったたか？」

本当にユグドラの皇族である可能性は…………十分、ある。

クライの名に、その表情があからさまに揺れ動いた。どうやら腹芸《はらげい》は余り得意ではないらしい。

「行ったみたいだな。それで、突然やってきた用事を教えてくれ。長くなるなら食事の席も用意するが──」

まさか……クレームか？　ユグドラの皇族からのクレーム……あの男なら、あり得るぞ！

様々な悪い予想が脳裏をよぎる。

あの男はハントの達人であると同時に、悪気なく人を怒らせる達人なのだ。

戦々恐々としながら言葉を待つガーク。自称ユグドラの皇女はガークの言葉にほっとしたように胸を撫で下ろすと、鈴を転がすような声で言った。

「私達の用件は一つです。私達はあのニンゲンに大変な世話になりました。いくら礼をしても足りないくらい、借りを作ってしまいました。そこで、ユグドラの代表として、要求します。あのニンゲンを──レベル9にしなさい」

あの野郎……本当に、今度は何をしでかしたんだ。

嘆きの亡霊は引退したい ～最弱ハンターによる最強パーティ育成術～

外伝　精霊人の未来

「私達もそろそろ変わるべきだと思うのです」

　全てのトラブルが解決し、帝都に戻るまでの時間を部屋でまったりしていると、ユグドラの皇女、セレン・ユグドラ・フレステルがいきなりやってきて、開口一番にそう言った。

　何の話をしているのかさっぱりわからなかった。思わず助言を求めて部屋の中をきょろきょろ見回すが、あいにく室内には僕しかいない。皆、森の探検に行ってしまったのだ。

　ユグドラ近辺は人族にとって長く未踏の地だった。世界樹の暴走事件もなんとか解決し、ルークも帰還した今、根っこからトレジャーハンターなリィズ達の興味が森の探検に移るのはやむを得ない事だろう。それが今後のトレジャーハンターとしての発展に役立つともなれば止められるはずもない。むしろ、僕まで拉致られなかった事を感謝すべきだ。

　ルークとか石化から戻ったばかりなのに元気爆発してたし……。

　セレンが突然やってきた理由にも全く思い当る節はなかった。

　僕達がやってきた時にはほぼ無人だったユグドラだが、避難していた住民達が戻り、幻影《ファントム》に変えられていた戦士達が戻り、活気に満ちている。そのトップであるセレンは暇ではないはずだ。

その上、呼び出すならまだしも、わざわざここまで足を運ぶとは――。

「悪いけど、シトリーは留守だよ。後でまた来たら？」

「ユグドラは世界樹の暴走を止めるため、長く出入りを制限していました」

セレンが、僕の言葉を完膚《かんぷ》なきまでに無視して続ける。

「そして、結局私達だけでは未然に世界樹の暴走を防ぐ事も、暴走を止める事もできませんでした」

「……いや、頑張っていたと思うけど」

「精霊人《ノウブル》の皇女として恥ずべき結果ではありましたが……これは、好機です。今ならば、ユグドラの民達のニンゲンへの悪印象も大きく抑えられています。今こそ――外に出て、ニンゲンと交流する時なのですッ！」

なんか僕の周りって話聞かない人多いな。しかし、交流する時、か。

僕達をユグドラに招き入れたり、シトリーの作戦に乗ったり、セレンって意外と保守的じゃないよね。まぁ僕としてはその意見に殊更《ことさら》に反対する理由はない。

「いや、多少は悪印象があったとしても、精霊人《ノウブル》の能力は大部分でニンゲンを上回っています。ユグドラの民ならば、ニンゲンの社会でもうまくやっていけるはずです！」

「まぁいいんじゃないかな。ラピス達も何の問題もなく帝都でうまくやってるし」

正確に言えばトラブルは起きているが、致命的な問題は起こしていないのでまぁよかろう。そもそも最初からうまくいく事なんてそうはない。

やる気の欠片もない僕に、セレンは決意を込めて言う。

「世界樹の暴走は止められましたが、次にまた別の危機が訪れないとも限りません。同じ失敗はしません。今回の件では色々学びがありました。私は、精霊人《ノウブル》と、そしてもちろん、ニンゲンのよりよい未来のために、ユグドラの皇女としての責任を果たします」

「うんうん、そうだね。セレンならきっとできるよ！　僕にもできる事があったら協力するから、頑張れ頑張れ！」

セレンは働き者だなあ。大きなトラブルが解決したばかりだというのに、わざわざそんな事を宣言するためにここまで来たのだろうか？

そこで、セレンは頬を紅潮させ見惚れるような笑みを浮かべると、油断している僕に言った。

「そう言っていただけると、思っていました。協力に感謝します、ニンゲン。私はニンゲンの社会には詳しくありません。それで……相談に乗っていただきたいのですが」

…………ニンゲンの社会では今のは社交辞令と呼ぶんだよ。

僕が呆れている間に、セレンがテーブルに持ってきた資料を広げ始める。

困ったなぁ…………シトリー達がいれば相談役を押し付けられたのに、まさか僕しかいない時に相談にくるなんて……。

実際、僕程、相談役に向いていない男はいない。自分の事ですらまともにできないのに他人の悩みなんて解決できるわけがないではないか。

まぁ、誰も僕の言葉を真に受けてくれないんだけど……神算鬼謀の噂も厄介なものだ。

「かつてのシェロの事件で我々の社会的な地位が向上した事はユグドラでも知られていますが、まだニンゲンに拒否感を示す同胞は少なくありません。そのあたりから改善したいと思っているのです」

「それは大変けっこうなアイディアだね」

僕が関わらなくていいなら更にけっこうだった。

「ニンゲンの文化に慣れるには実際に体験するのが一番でしょう。それで、何人かニンゲンの国に派遣しようと思っているのですが――ユグドラに住む者達は皆、いい人ばかりですしニンゲンよりも優秀なので大きな問題は起こらないとは思いますが、性格や得意分野というものがあります。ニンゲンの国は沢山あると聞きますし、どこに誰を送り出していいか、是非意見を頂きたいのです」

その相談はつまり……全部僕にぶん投げるという事では？　なかなかやるな……僕でもそんなぶん投げ方しないぞ。

どこに誰を送り出していいかなんて僕がわかるわけがない。そりゃ人間の国についてはセレンよりかは詳しいだろうけど、僕も大概世間知らずだしそれに――いい人ばかり、か。

《星の聖雷《スターライト》》のメンバーもいい人ばかりだが、クランに加入したばかりの頃は誤解されていた……というか、はっきり言って面倒事ばかり起こしていた。

今も面倒事に発展する事はあるが、それでも一時期と比べて落ち着いているのは、慣れたからだ。帝都の人間が精霊人《ノウブル》に慣れたのではなく、彼女達が人間社会で生活する事に慣れた。そして、そこに至るまで並々ならぬ苦労があった事は言うまでもない（一番苦労していたのはエヴァとガークさん）。

僕に言わせて貰えれば、どこに誰を送り出しても問題は起こるだろう。文化が違うのだ。もちろん、こんな事、同胞を何より大切にしているセレンには言えないが――。

問題を起こさない精霊人《ノウブル》はいつものんびりしているエリザだけ！

僕は小さく咳払いをして話を逸らす事にした。

「これはただの提案なんだけどさ、例えばの話なんだけど――人族の街に出るのもいいけど、ここに人を招くなんてどう？」

「…………!!　聞きましょう」

なんだかんだ人の街も危険がいっぱいだ。精霊人《ノウブル》はまだまだ珍しいし、実際に《星の聖雷《スターライト》》が起こしたトラブルも三割五分くらいは《星の聖雷《スターライト》》に非はなかった。ならば先に精霊人《ノウブル》のホームグラウンドに人族を招いて人族に慣れる方がいいだろう。

ここまで来られるほどの実力者は大体人格者だろうしそれに――今思い出したけど、僕はガークさんからこの街に探索者協会支部を置けるように頼んでくれと言われていたんだよ。

セレンの表情は険しかった。ユグドラは伝説の都市にして、精霊人《ノウブル》にとっても特別な街である。忌み嫌っていた人族を招くというのは問題も多いだろう。だから、ただの提案だ。

まぁ無理そうだったら無理そうだったで、問題はない。別に支部を置けなかったところで僕は何の損もしないし、一応は提案したというスタンスも取れる。日和《ひよ》ったとも言える。

「人を招けばユグドラの人達も慣れるだろうし、そこから世界中にセレン達のスタンスの変化を知らせる事もできる。トラブルは発生するかもしれないけど、探索者協会の支部を置けばある程度は解決できると思うよ。実はここに来る前に頼まれていてね……セレンがよかったら、なんだけど――」

「いいですよ。ニンゲン、貴方がそう言うのならば、探索者協会の支部？　とやらを置きましょう。

それに、その提案も――ありだと思います」

即答するセレン。判断が早すぎる。

そこまで早いと逆に怖いわ……もうちょっと考えておくれよ。

唖然としていると、そこでセレンの表情が曇る。

一度言ったはいいものの、よく考えてみて不安になったのだろうか？

うんうん、そうだよね。僕が言うならばじゃなくて、ちゃんと考えて発言しようね。一番ダメな判断基準だよ、それ。

にこにこしていると、セレンが大きくため息をついて言った。

「しかし招くのはいいとして、ニンゲンは来るでしょうか？　ここに来るには魔獣の蔓延《はびこ》る森を踏破しないといけませんし、自然と共に生きるユグドラの文明はニンゲンから見たら退屈だと思います」

……何の心配してるんだい。

「…………世界樹があるじゃん」

「そうですね……確かに、世界樹は雄大です。でも、こういうのも何なんですが……言ってしまえば、樹ですよ？」

まさかの発言である。まぁ、そりゃ言ってしまえばでかい樹かもしれないけど、一応ユグドラの民が管理しているものなんだから言い方というものがあるだろう。

セレンも変わってるよなぁ…………いや、真剣に考えていると言うべきかもしれない。

「そんな自嘲しないで…………ユグドラもいい所だよ。風光明媚だし食べ物も美味しい」

「それ以外には？」

そ、それ以外…………？

「……皆綺麗だし、魔法の技術だって発展してるし……」

「美醜の感覚は人それぞれですし、精霊人《ノウブル》の魔法がニンゲンに理解できるとも思えません。それに、シトリーの出した魔法陣を見るに――外の技術ともそこまで差はないかもしれません。ニンゲンが足を運ぶ理由としては弱いと思います」

面倒な事言い始めたな……真面目過ぎか？

いいじゃん。ユグドラに来たい人なんていっぱいいるよ……伝説の都市なんだから。

セレンは拳を握りしめると、僕を上目遣いで見て言った。

「ニンゲン……正直に答えてください。貴方はもう一度ここに来たいと、思いますか？」

「……徒歩圏にあったら」

「…………」

いや、ここ遠いからさ……もともと僕の行動範囲はとても狭いのだ。理由がなければクランマスター室から出ないくらいで、だからこの街が悪いわけではない。

セレンはしばらく黙っていたが、やがて押し殺すような声で聞いてきた。

「…………どんなユグドラなら、何度も来たいと思いますか？」

「……まぁ、今のユグドラは外から人を入れる事を前提としていないからね……宿とかもないし」

苦労してやってきて泊まるところすらないとなると、なかなかきついものがあるかもしれない。

「そう言えば、この間、武闘大会を開催していた街はやばい人出だったなぁ…………お土産とかも色々売ってたし――」

行われていた武帝祭《ぶていさい》は知名度の高い武闘大会だったし、街の規模や立地もあるから一概に比較はできないが、沢山人を呼び込むのも大変なのかもしれないな。

しみじみそんな事を考えていると、セレンが真面目な顔で言った。

「なるほど……わかりました。やりましょう、武闘大会」

「!?」

「後は、宿とお土産、ですね。幸い、ユグドラの周囲の森には色々な資源があります。今は名産品など特にありませんが――魅力的なお土産を作る事も可能なはず。よく考えてみると、今何もなくても作ればいいんですね！」

めちゃくちゃな事を言い出すセレン。趣旨がずれているような気もするが、目が輝いている。

もしかして、快適でダメになったのは宝具が悪いのではなくセレンが悪かったのかもしれない。

「武闘大会なんて少し野蛮ですが、背に腹は代えられません。精霊《エレメント》の力を借りれば街の整備は簡単ですし、ニンゲンの街とは違うユグドラならではの良さを出せるに違いありません！　ユグドラまでの道もちょっと考えた方がいいですね……神樹廻道の術式を止めるわけにはいきませんし、森の幻獣達の力を借りて送迎するなんてどうでしょう？　送迎があれば沢山のニンゲンがやってくるはずで

「…………そうだッ！」

突然の大声に、思わず身を震わせる。

「各地の精霊人《ノウブル》に連絡して客の呼び込みをしましょうッ！　今こそ、ユグドラの良さを全世界に知らしめる時ッ！　精霊人《ノウブル》は優秀ですし、ニンゲンのどの街よりも素晴らしい街を作れるはずですッ！」

僕としては特に意図のない何気なく出した言葉だったのだが、セレンに火をつけてしまったらしい。

この事がクリュスとかにバレたら叱られそうだな……客とか言ってるし、目的を見失っている。

考え方が柔軟だとは思っていたが、柔軟過ぎるよ。いつか金属を使った工業とかも解禁しそうだ。

「ニンゲンッ！　外の街についてわかる資料などありませんか？」

「…………観光地のガイドブックなら」

みみっくんに何でもかんでも突っ込んできたからね。自由に都市を出られない者にとって観光地のガイドブックというのはこの上ない娯楽なのである。

「!!　さすがです！　それこそが今、私に必要なものです！」

本当にそれが今のセレンに必要な物なのかよく考えたほうがいいと思うけど……。

だが、言葉に出してしまうとまた面倒な事を言われそうだったので、素直に物を渡す。ユグドラの人達には申し訳ないが自分達の皇女なのだから止めるのは自分達でやってくれ。

ガイドブックを受け取ったセレンはカラー印刷された冊子に視線を落とし、目を輝かせた。

「これが…………外の世界！」

「…………もしかして、興味があったり？」

「世界樹の対応でそれどころじゃありませんでしたからね。ですが、精霊人《ノウブル》を率いる者として多角的な視点を持たねばなりません。いずれは自らの目で見て回らねばならないでしょう」

精霊人《ノウブル》…………前途多難だな。まぁ、だが皇女が暗い表情をするくらいなら目を輝かせて暴走していた方がマシだろう。

じっとパンフレットを確認してぶつぶつ呟くセレン。

「温泉…………ここでも掘れば出るのでしょうか？」

「…………地面の下には危険なものが埋まっている事もあるから、気をつけた方がいいよ」

そう、例えば……地底人とかね。

とりあえず、セレンの意識は完全にパンフレットに移ったようだった。なんだかまずい事をしてしまったような気もするが、注意は逸らせたのでよしとしよう。

「温泉を掘って武闘大会を開けばとりあえず二つの街は超えられますね」

「うんうん、そうだね」

その二つは混ぜるものでは…………………いや、何も言うまい。

なんだか楽しそうだし、そんな事を考えられるようになったのも平和が戻ったが故だ。きっともう少し時間が経てば少しは冷静になるだろう。あまりにも馬鹿げた計画はルインが止めるだろうし。

どういう方向に進むにせよ、ユグドラのトップがこうなのだ。これから精霊人《ノウブル》達は変わっていくのだろう。もしかしたら僕は今、精霊人《ノウブル》の歴史の転換期を見ているのかもしれなかった。

僕達はもう帝都に戻らないといけないが、共に戦ったユグドラの今後の栄光を祈るばかりだ。

目を細めセレンの方を見ていると、そこで不意にセレンがパンフレットから頭をあげた。

「それでは、ニンゲン。どこに誰を送るかの選定はお任せします。私はユグドラを一大観光地にするべく、計画を立てますので」

「!? い、いや、先にユグドラにニンゲンを招くって――」

「そんな事、どちらも同時にやればいいでしょう！」

「あ、はい……」

セレンは言いたいことだけ言い終えると、足取り軽く部屋を出ていく。残されたのは勢いに負けた僕と、セレンが持ち込んだユグドラの住民リストだけだった。

ユグドラを一大観光地にするって……いつそんな話になったんだろうか。

しばらく呆然とリストを見ていたが、見ているだけではリストはなくならない。

セレン、凄く楽しそうだったな……確かにユグドラをどんな街にするのか考えるのは楽しい仕事かもしれない。だが、いくらなんでも楽しくない仕事を他人に押し付けるなんて――。

僕はしばらく首を捻っていたが、考えるのを諦めた。

まぁ、どこでもいいよ。精霊人《ノウブル》は何かとトラブルを起こしがちな性格を除けば優秀だ。《始まりの足跡《ファースト・ステップ》》の初期メンバーに《星の聖雷《スターライト》》を入れたのも広告塔目的だったわけで、ユグドラの方々も時間が経てば外の世界に馴染むだろう。後は長い目で見てくれるように手紙の一つでも持たせて知り合いに頼めば、なんとかしてくれるに違いない。

人数がいるといっても、ユグドラに住んでいる精霊人《ノウブル》の数なんてたかが知れている。幸い、僕にはこういう事が得意そうな知り合いが何人かいた。

エヴァとガークさん、アークは鉄板だが、フランツ団長も貴族だしこういうは得意だろう。そう言えば灯火騎士団《トーチ・ナイツ》の灯火《とうか》も精霊人《ノウブル》をパーティに入れたいって言っていたような気がする。グラディス卿とかもエクレール嬢を助けてあげたしノーとは言うまい。武闘大会を開催したり温泉を掘るなら、武帝祭を行っている剣と闘争の街『クリート』や、温泉街『スルス』に送るのもありだね。この間騒動に巻き込まれたばかりだし僕の名を出せば悪いようにはしないはずだ。しかし思い返すと、つくづく事件に巻き込まれてばかりだな……。

まぁ、そうと決まれば善は急げだ。

僕は鼻歌を歌いながら、手紙を書く事にした。

あとがき

お久しぶりです。またお会いできて光栄です、作者の槻影です。

とうとう『嘆きの亡霊は引退したい』も念願の二桁巻となりました。『嘆きの亡霊は引退したい』の第一巻が発行されて五年、思えば長く書き続けているものです。

コミカライズも合わせるとシリーズ累計百万部突破という事で、沢山の方に楽しんで頂けて作者として幸せです。これからもますます気合を入れてクライ達の冒険を書いて参りますので、何卒よろしくお願いいします。

十巻は、八巻から続く呪物騒動編の後編。敵として立ちはだかるのは特異な能力を持つ古の神という事で、過去一の強敵となっております。一巻からどんどん大きくなっていたスケールも十巻という記念すべき巻でくるところまできたと言えましょう。内容についての詳細はいつも通り差し控えさせていただきますが——今巻の隠しテーマは「共闘」です。

仲間との共闘、敵対している相手との共闘、そしてかつて戦った敵との共闘。

拙作にはキャラクターが多いです。十巻も出していれば敵もサブキャラもそれなりの数になります。

単巻でしか出て来ないキャラなどもおり、いつかまたストーリーに出したいと考えておりました（問題は読んでくださる方が覚えているかどうか）。

　今巻は少しだけですが、やりたい事はできたかなと思っています。クライの異能も出せたしね！　今巻も楽しく書けたので、楽しく読んで頂けたら嬉しいです。

　さて、どんどんエスカレートしていった戦いの規模ですが、今巻で一旦の収束となります。最近は呪いや神など強敵と戦う事が多かったですが、トレジャーハンターにとっての強敵は必ずしもそういった者達だけではありません。次はまた違った戦いを書いていければと考えておりますので、ご期待ください！


　最後は恒例の謝辞で締めさせて頂きます。

　イラストレーターのチーコ様。いつも作中にマッチした素晴らしいイラストをありがとうございます。表紙のセレンの表情がお気に入りです！　今後もよろしくお願いします。

　担当編集の川口様、高橋様。そして、ＧＣノベルズ編集部の皆様と関係各社の皆様。拙作が十巻まで続けてこられたのは間違いなく皆様の尽力のおかげです。本当にありがとうございました。これからも皆が楽しめる小説をどんどん書いていきたいと考えておりますので、よろしくお願いします！

そして何より、二桁巻までお付き合い頂きました読者の皆様に深く感謝申し上げます。ありがとうございました！（奥付から飛べるアンケートに答えるとＳＳが読めます。そちらも是非！）

２０２３年４月　槻影

2023.5

嘆きの亡霊は引退したい
ついに!!
10巻発売!!!!
おめでとうございます!!
蛇野らい

GC NOVELS

嘆きの亡霊は引退したい ～最弱ハンターによる最強パーティ育成術～ 10

2023年6月5日　初版発行

■本書は小説投稿サイト「小説家になろう」(https://syosetu.com/)
に掲載されていたものを、加筆の上書籍化したものです。

著者
槻影

イラスト
チーコ

発行人
子安喜美子

編集／編集補助
川口祐清／高橋美佳

装丁
伸童舎

DTP
STUDIO 恋球

印刷所
株式会社平河工業社

発行
株式会社マイクロマガジン社
URL:https://micromagazine.co.jp/

〒104-0041
東京都中央区新富1-3-7　ヨドコウビル
TEL 03-3206-1641 FAX 03-3551-1208（販売部）
TEL 03-3551-9563 FAX 03-3551-9565（編集部）

ISBN978-4-86716-428-0 C0093

ファンレター、作品のご感想をお待ちしています！

宛先　〒104-0041　東京都中央区新富1-3-7　ヨドコウビル
株式会社マイクロマガジン社　GCノベルズ編集部
「槻影先生」係　「チーコ先生」係